문학과 행복

탐방-빛나는 문인들의 인생론

문학과 행복

탐방-빛나는 문인들의 인생론

박화성 안수길 서정주 최정희 임옥인 김 송 오영수
박재삼 김시철 정연희 신동한 허영자 이병주 문효치

이광복 지음

도화

차례

사랑과 멋과 행복의 메시지

문단에 발을 들여놓은 지도 어언 40년이 지났다. 길다면 길고 짧다면 짧은 세월이지만, 그동안 문단의 중심에서 참으로 많은 문인들을 만났다. 작품으로만 뵙던, 우리 문학사에 찬란한 금자탑金字塔을 쌓아올린 고명하신 큰 어른들을 뵐 때에는 저절로 머리가 숙여졌다. 동년배나 후배들을 만날 때에는 오래 기다렸던 친인척을 다시 만난 것처럼 반가웠다.

얼마 전 방을 정리하다가 과거에 발표했던, 즉 신문과 잡지와 단행본에서 오려낸 내 원고의 스크랩 뭉치를 발견하였다. 엄청난 분량이었다. 소설과 콩트 이외에도 수필, 칼럼, 논평 등등 나 자신이 보기에도 놀라울 정도로 숱한 원고들이 뭉텅뭉텅 쏟아져 나왔다.

탐방이나 인터뷰 기사도 수백 편이었다. 찾아 나섰던 상대방 인물들도 하늘의 별처럼 다양했다. 예술가, 사업가, 정치가, 종교인, 성직자, 경찰, 각 분야의 명장明匠들, 운동선수, 요리전문가, 풍수전문가, 각종 기술자, 파출부, 직업여성, 구두닦이 등등 각계각층에 걸쳐 이루 헤아릴 수가 없었다.

하지만 곰곰 기억을 더듬어 보니 스크랩으로 보관된 원고보다는 속절없이 사라진 원고가 훨씬 더 많았다. 달리 말하자면, 그동안 줄기차게 써서 발표한 작품 중 스크랩으로 남아 있는 원고는 빙산의 일각에 지나지 않았다. 경악과 탄식을 자아내지 않을 수 없었다. 잃어버린 원고가 많다는 사실에 경악했고, 글을 발표하고 나면 어디론가 달아나지 않도록 잘 관리했어야 하는데 그렇지 못했던 게으름과 불찰에 저절로 탄식이 흘러나왔다.

그럼에도 불구하고 저 70년대 이후 작금에 이르기까지 원로문인 인터뷰 기사 몇 편을 찾아낸 것은 불행 중 다행이었다. 아니, 그것은 큰 행운이었다. 이 글들을 다시금 자세히 읽어보는 동안 나도 모르게 아, 하고 짤막한 감탄사가 목구멍을 넘어왔다. 어느덧 유명을 달리하신 어른들이 많았고, 또 다른 한편으로는 생사를 떠나 그분들께서 들려주신 격조 높은 말씀 중에는 반드시 금과옥조金科玉條로 새겨야 할 잠언과 더불어 아직까지 문단에 공개되지 않은 새로운 진실이 적지 않은 데다 더러는 연구자들에게 도움이 될 만한 내용도 깃들어 있기 때문이었다.

혼자만 알고 그냥 묻어두기에는 아까웠다. 차제에 책을 묶기로 했다. 오래 골몰했지만, 열네 분의 인터뷰 기사를 한몫에 함축적으로 드러낼 만한 제목이 영 마땅치 않아 생각다 못해 그냥 포괄적인 공통분모를 표제로 삼았다. 문학은 언제 어디서나 소중한 예술이고, 그렇다면 어느 누구라도 문학을 통해 얼마든지 행복해질 수 있다고 믿는다.

필자에게는 확고한 신념이 있다. 문인이 문인을 존경하지 않으면 문인은 다른 계통의 종사자들로부터 존경 받을 수가 없다. 따라서 필자는 문단에 나온 이래 항상 문인들, 특히 원로와 선배 문인들을 한없이 존경했고, 후배와 신인들을 내 형제자매처럼 아낌없이 사랑했다. 나 자신 또한 수천수만의 문인들로부터 과분한 사랑과 가르침을 받아왔다.

따라서 지금까지 만난 그토록 하 많은 문인들 중에는 눈이 아리도록 그리운 분과 지금이라도 당장 찾아뵙고 싶은 분들이 넘쳐난다. 일찍이 그분들에 관해 쓴 원고가 수백 꼭지에 이르고, 앞으로 훨씬 더 많은 분들에 대한 글을 쓰게 되리라 믿는다. 하지만 이번에는 일단 스크랩 뭉치에서 운 좋게 찾아낸 글들만 묶을 수밖에 없었다.

여기 수록한, 일찍이 필자가 찾아뵈었던 대가들에게 다시 한 번 머리를 숙이며, 거인들을 직접 뵙지 못한 독자들에게는 그 어른들의 귀한 말씀을 사랑과 멋과 행복의 메시지로 전한다.

2017. 여름.
이광복

인생은 허무하고 작품만 남아

소설가 박화성(朴花城, 1903~1988)

이사 준비로 바쁜 나날

파란 지붕의 주택들이 이마를 맞대고 있는 역촌동 64번지. 곳곳에 승용차가 세워져 있는 조용한 마을. 목욕탕·문방구·약국·세탁소 무슨무슨 연쇄점의 간판들…….

자로 잰 듯이 반듯한 골목 안에 작가 박화성 선생 댁은 있었다. 서둘러 인터뷰를 청하자 선생은 천천히 하자고 하였다. 우선 차부터 마시자는 것이었다. 주방으로 들어갔던 선생이 손수 차를 끓여왔다.

- 부엌일을 보는 분이 안 계신가요?

"글쎄, 일 봐주는 아줌마가 지난 일요일 집에 가더니 통 연락이 없군. 무릎이 아프다고 약 가지러 갔는데 아직까지 안 오구 있어."

그래서 요즘은 선생께서 부엌에서의 모든 일을 손수 해낸다. 고희古稀를 넘긴 오늘에도 살림 돌보랴, 글 쓰랴, 바쁘기만 하다.

- 건강은 어떠십니까?

"지난 69년 위장 수술을 받은 뒤로는 항상 안 좋아. 그때 잘못했으면 죽는 건데 하느님께서 살려주신 거야. 수술을 받기 전엔 늘 건강했고, 외모도 볼만했는데……. 지금은 그럭저럭 연명한다고나 할까. 그렇다고 정신마저 그런 것은 아니야. 정신은 늘 건강하지. 물론 건강한 육체에 건강한 정신이 깃든다는 말이 있긴 하지만, 아무튼 정신만은 건강해요. 거의 음식물 섭취를 못하는 편이어서 피로가 자주 와. 조금만 움직이고 나면 곧 피로해지거든. 그래서 가급적 이런 인터뷰 같은 것도 피하고 있어. 예서제서 인터뷰 요청이 오는데 대개는 거절하지. 그런데 오늘은 참 이상하군. 나도 모르게 붙들리고 말았으니……."

선생은 환하게 웃는다. 일순, 주름살이 펴진다. 이날따라 날씨가 쌀쌀했으므로 선생은 또 한 번 난로를 손본다. 심지를 돋우고 조금 가까이 난로를 끌어당기는 손길이 부드럽다.

- 근황을 소개해 주셨으면 합니다. 물론 여러 일로 바쁘시겠지요?

"바빠요. 서울대에 근무하는 막내아들과 함께 있었는데, 요즘은 나가서 따로 살거든. 학교가 관악산으로 이사를 하자 우리 집에도 변동이 생긴 셈이지. 여기서 관악산까지 출퇴근을 할 수가 없기 때문이야. 원체 멀어서 말이야. 그래 학교 가까이로 가는 바람에 나만 남게 되었지. 그 아들은 73년에 미국에 갔다가 2년 만인 75년에 돌아왔어. 거기서 영문학을 전공했지. 애를 낳고 꼭 사흘 만에 미국으로 떠났기 때문에 만 2년 동안 아기를 내가 키웠어요. 그랬는데 그 아기까지 데리고 가서 이젠 나만 남게 된 거야. 이사를 가는데 참 괴로워하더군. 그리고 나는 괜찮은데 주위에서 다른 사람들이 뭐라고 해. 혼자 살면

적적하지 않느냐고. 아들하고 같이 살지 그러느냐고. 그래 영동에다 새로 짓는 조그만 아파트를 계약했어. 아마 12월 중순께 입주할 거예요. 정말이지 이 집을 떠나고 싶은 생각은 조금도 없어요. 우리가 들어와서 살기 좋게 손질도 많이 했고 내가 일일이 돌봤어요. 참 정든 집인데……. 아마 이렇게 공들여서 지은 집도 그리 흔하지는 않을 거예요. 이 천장을 보라구."

선생은 천장을 가리킨다. 서까래를 정교하게 다듬어서 ∧형으로 지은 응접실의 천장. 한 가운데에는 아담한 샹들리에가 매달려 있다. 벽엔 유명한 화가의 그림이 몇 점 보이고, 또 휘호도 여러 점이다.

- 요즘에는 작품 발표가 좀 뜸하신 것 같던데요…….

"글쎄 바빠서 그런다니까. 금년엔 꼭 단편으로 두 편을 발표했어요. 더구나 수술을 받은 뒤로는 건강 문제도 있고 해서……. 아까도 말했지만 곧 피로해지기 때문이야. 더구나 요즘엔 집 문제로 신경을 쓰느라 바쁘고……."

조숙했던 문학소녀

- 문학소녀 시절의 이야기를 듣고 싶습니다.

"소녀라고 하면 대체로 열두 살부터 열대여섯 살까지를 말하겠는데, 나는 벌써 열다섯에 학교 교사로 나가 있었지요. 그러니까 퍽 일찍 사회생활을 하게 된 거예요. 월반越班을 자주 했기 때문이지. 그리고 지금 생각해 봐도 나는 퍽 조숙했어. 그런 관계로 내겐 소녀시절도 없이 처녀가 돼버렸다고나 할까……."

또 한 번 선생의 얼굴에 웃음이 번진다. 어딘지 수줍어(?)하는 듯하다. 그럼 여기서 선생이 손수 쓴 「문학수업기文學修業記」를 잠깐 살피기로 한다.

나는 네 살 때부터 국문을 알고, 다섯 살에는 한자漢字를 해득解得하여서 일곱 살 때부터 소설小說을 읽기 시작하였던 것이다. 집안에 있는 신·구소설新·舊小說을 거의 외우다시피 몇 번씩 읽고 『구약성서舊約聖書』를 통독通讀한 후에는 어머니에게 각처各處에서 빌려다 주기를 간청하였다. 좀체로 외출外出하시지 않는 어머니건만 돌아오실 때는 2, 3권二, 三卷의 소설책을 가져오셨다.

얼마 가지 않아서 친지親知들의 집에도 책이 절종絶種되자 하루 한 권卷에 2전二錢씩 하는 소설책들을 세貰로 얻어왔다. 마침 이웃 간이라 얄팍한 것은 하루에 4, 5권四, 五卷 혹或은 2, 3권二, 三卷씩 교대交代할 수가 있었다.

그때의 소원이란 어떻게 하면 크고 큰 방안에 소설小說 책을 무진장 쌓아놓고 한없이 원願없이 읽어볼까 하는 것이었다.

이러는 동안에 책방에도 내가 읽을 책은 없어졌다. 나는 그야말로 모조리 읽었던 것이다. 『구운몽九雲夢』『옥루몽玉樓夢』『삼국지三國志』『수호지水滸志』『서유기西遊記』『홍루몽紅樓夢』『조웅전趙雄戰』『유충렬전劉忠烈傳』『임화정연林花鄭延』『사씨남정기謝氏南征記』로부터 하찮은 것에 이르기까지 수효를 모를 만큼의 고대소설古代小說과 구소설舊小說이며 『치악산雉岳山』『옥빈홍안玉鬢紅顏』『빈상설鬢上雪』『구의산九疑山』『추월색秋月色』『모란봉牧丹峰』『안鷹의 성聲』 따위의 무수한 신소설新小說을 읽었던 것이다.

이 글에서 보듯 국문을 터득한 네 살 이후로는 거의 모든 시간을 독서에 바쳤던 것으로 보인다. 그러므로 성장기에서부터 문학은 선생의 체질, 바로 그것이었음을 쉽게 유추할 수가 있다.

- 독서 이외의 다른 추억은 없으신지요?

"있지. 나는 책을 읽는 이외에 어려서부터 찬미하기를 좋아했어요. 젖세례를 받았기 때문인지도 몰라. 열한 살 때에는 주일학교에서 교사 노릇을 했어. 그때에 교가를 작사해서 어린이들과 함께 부르곤 했지. 그런 일화를 죄다 소개하자면 한이 없어요. 그리고 열세 살 때 서울에서 또래들과 어울려 놀던 일이 떠오르는군. 나는 항상 다른 학생들보다 나이가 제일 어리고 키도 제일 작았어. 그래 늘 귀여움은 받곤 했지. 그때 서울에 있을 때에는 널도 뛰고 그네도 타면서 놀았는데 다들 나보고 잘한다고 하더군. 어쨌든 내 어린 시절은 그저 책 읽는 일에 다 바쳐졌어. 어떤 때는 밥도 안 먹고 책을 읽었으니까. 밤 잠을 안 자고 읽은 것은 이루 다 말할 수가 없을 정도이고…….”

- 그때에 혹시 소설가가 돼야겠다고 결심하신 일이 있으신가요?

“뭐 결심이라는 것보다도……. 열한 살이 되니까 벌써 몸뚱이에 가득 찬 얘기들을 어떻게 감당해야 좋을지 모르겠더군. 자꾸만 쓰고 싶은 거야. 물론 그 이전에 책을 많이 읽었던 때문이겠지. 딴엔 그전부터 소설을 쓴답시고 날마다 틈만 나면 방안에 엎드려서 지냈어. 그때가 고등과 4학년이었어요. 역시 잦은 월반 때문에 나이는 어려도 학년은 높았던 거야. 학과도 많을 뿐 아니라 배우는 내용도 어려웠어요. 그래도 읽고 쓰곤 했단 말이야. 시력도 그때 이미 나빠졌고……. 하여간 힘을 들여서 소설 한 편을 썼는데 그때 쓴 것이 「유랑流浪의 소녀少女」라는 작품이었어. 물론 모방소설이었지요. 주제넘게 무대를 불란서의 파리로 정해놓고 애를 태운 끝에 탈고했어. 배경을 파리로 정했던 것은 「해왕성海王星」이니 「정부원貞婦怨」이니 「무쇠탈」이니 하는 번역소설을 많이 읽었던 탓인지도 몰라. 아무튼 그렇게 해서 작품 하나를 써놓고 ‘박화성朴花城’이란 아호를 스스로 지어 붙였어.

지금은 본명처럼 쓰이고 있지만……."

영광靈光은 문학의 온상

- '화성花城'이란 아호를 쓰시게 된 동기에 대해서 좀 더 구체적으로 설명해 주셨으면 합니다.

"『옥루몽玉樓夢』에 보면 '홍난성洪蘭城'이란 인물이 나오는데 그 이름에서 힌트를 얻었지. '화성花城'은 글자 그대로 '꽃[花]'의 '성城'이라는 의미가 되겠는데, 다만 화려하지 않은 흰꽃의 성이지. 그래서 나는 꼭 성까지 붙여서 '박화성朴花城'이라고 쓰지 그냥 이름만 쓰지는 않아. 나는 내 이름에서 늘 박꽃을 연상하곤 하지. 삼라만상이 잠든 밤에 소리 없이 피는 박꽃……. 결코 화려하지 않으면서도 청초한 아름다움을 지닌 박꽃. 박 덩굴은 지붕에도 올라가고, 성에도 올라가고, 높은 곳으로 기어오르는 특성이 있어요. 그리고 꽃이 지고 난 뒤에는 덩실하게 박이 열린단 말이야. 박은 또 톱으로 켜서 그릇으로 쓰고……. 바가지는 우리나라에서만 사용해요. 그런 의미의 이름이지. 열두 살 때, 목포에서부터 지금까지 써오고 있어."

선생의 본명은 '경순景順'이고, 아호는 '소영素影'이다. 하지만 우리 문단에서 선생의 본명과 아호를 아는 사람은 흔치 않다. 본명보다는 '박화성'이라는 필명이 워낙 널리 알려져 있기 때문이다.

- 소녀시절, 작품을 써서 다른 분들에게 보이거나 또는 평을 받아 보신 적이 있으신지요?

"응, 있지요. 숙명여고보에 진학하고 나서 동료들에게 읽어준 작품이 있어요. 그때가 내 나이 열네 살이었을 때야. 그 작품 제목은 「식물원」이고……. 그 작품 역시 모방의 티를 못 벗어나 있었지만 배경이 서울이었기 때문에 내 딴에는 경성京城의 구석구석을 답파하느라고 땀을 뺐었지. 그 작품을 써가지고 함께 지내던 기숙사 학생들에게 읽어줬어요. 그랬더니 모두들 칭찬을 아끼지 않더군. 그땐 '박경순'이란 본명으로 불릴 때인데, 경순이는 어쩌면 그렇게 글재주가 좋으냐고 야단들이었어."

- 문단에 데뷔하실 무렵과 그때의 작품에 관하여 알고 싶습니다.

"학교를 마치고 교원이 되었다가 그만두고 전남 영광에 내려갔지. 거기서 낮엔 유치원 선생을 하였고, 밤엔 야학하는 사람들의 선생이 되었어요. 나는 결코 영광을 잊을 수가 없어. 거긴 내 문학의 온상이었거든. 그 당시의 영광에는 문인도 많았고 학자도 많았어요. 한학漢學을 하신 분도 여러 분이었는데 문학청년들도 수두룩했어요. 거기에는 당시 유명한 C씨가 계셨지. 중학교에서 교편을 잡고 있었는데 아마 그 분의 영향이 많았던 것 같아. 나는 그곳에서 참 많은 것을 배웠어. 시를 배웠고 그곳 선배들에 의해 많은 지도를 받게 되었던 거지. 그 읍邑의 선배들이 나의 소품이나 수필을 읽고는 소설에 소질이 있다고 해줘서 용기도 얻었고……. 그리고 나서 쓴 것이 단편 「팔삭동八朔童」인데 이 작품이 나의 첫 창작품이야. 내 글이 활자화되기로는 당시 개벽사開闢社에서 『부인婦人』이란 잡지를 새로 냈는데 거기에 발표한 수필이 최초였어요. 제목은 「K선생께」 「호프형께」 등이었고, 「정월 초하루」라는 수필도 있었는데 그것은 수필이라기보다도 오히려 소설에 가까운 글이었지. 아무튼 선배들의 격려 속에 또 소설

한 편을 썼는데 그것이 바로 「추석전야秋夕前夜」야. 그때가 열아홉 살 때였지. 아까도 말했지만 영광에서 교편을 잡고 있던 C씨가 그 작품을 춘원春園 이광수李光洙 선생님에게 보였어. 그때는 원고지도 없어서 공책에다 쓴 소설이었어요. 어쨌든, 그때 계룡산에서 정양 중이던 춘원이 그 작품을 인정, 1925년 『조선문단朝鮮文壇』 1월호에 추천해 줌으로써 문단에 발을 들여놓게 되었지요."

- 소녀시절의 독서가 어떤 영향을 주었다고 느끼시는지요?

"한글을 깨우친 뒤에 책이란 책은 닥치는 대로 읽었고, 열다섯에 교원이 되고 나서도 춘원의 「무정無情」, 「개척자開拓者」라든지 톨스토이나 셰익스피어 같은 문호들의 작품, 또 일본소설을 탐독했으나 내게 어떤 영향을 주었는지 구체적으로 말하기는 어려워. 영광에 있으면서도 『소설작법』이니 『시작법』, 『희곡작법』 같은 책을 많이 읽었으나 그것이 내게 참고가 되는 것은 나도 몰랐으니까. 그러나 소녀시절의 그러한 독서가 내가 오늘까지 소설을 써오는 동안 중요한 밑거름이 되어준 것은 분명해."

소설가는 큰북이 돼야

- 춘원 선생과 매우 가까이 지내신 걸로 알고 있습니다만……

"춘원을 처음 만난 것은 「추석전야」가 추천된 후였어요. 춘원이 최서해崔曙海 선생을 시켜 만나자고 제의해 왔더군. 춘원을 만나고 보니 평소 생각해 왔던 것과는 달리 눈이 크고 기골이 장대했어요. 그 무렵 방인근方仁根 선생도 알게 됐고……. 춘원이 말하기를 소설가는 큰북이 되어야 한다고 했어. 작은북은 세게 치면 찢어지기 때문에 큰 북이 돼야 한다는 것이었지. 큰북은 가만가만 쳐도 소리가 나고 세 게 쳐도 소리가 나거든. 그때 춘원은 예를 들어 설명하기도 했어. 아무개는 작은북이고 아무개는 큰북이라고. 그때뿐만이 아니고 춘원은 종종 그 얘길 들려주곤 했었지."

선생은 이처럼 1925년 『조선문단』을 통해 등단한 이후 일본 도쿄東京로 건너가 그곳에서 장편 「백화白花」를 집필하기 시작하였다. 선생은 그 작품을 5, 6차에 걸쳐 수정한 뒤 춘원의 주선으로 일약 동아일보에 연재하였다. 그것이 1931년의 일이었고, 이를 계기로 박화성 선생은 소설가로서의 위치를 굳건히 굳히기에 이르렀다. 그 당시 박화성 선생이 소설가가 되지 않으면 안 되었던 내적 조건을 예의 「문학수업기」 가운데서 살펴보기로 한다.

첫째로 나는 퍽 자연自然을 좋아하였다. 그中에서도 꽃과 달과 물을 사랑하였다. 7, 8세七,八歲 때에도 자다가 눈이 떠지면 달빛이 가득한 서창西窓에 파초 잎이나 월계화月桂花의 그림자가 아른대는 것을 한참 지키다가 가만히 밖에 나가서 후원에 있던 작은 못의 물을 들여다보며 파초 잎과 꽃을 어루만지며 생각에 잠기다가 어머니에게 들키기가 예사였던 것이다. 나는 지금도 생각한다. 자연自然은 글의 소재素材가 되는 것이 아닐까 하고.

둘째로 나는 꿈이 많았었다. 낙엽이 뒹구는 가을 저녁이면 하늘 나직이 울고 가는 기러기 떼를 바라보면서 무한無限한 공상육세空想六歲에는 신경쇠약병에까지 걸렸으나 나는 그때 '꿈은 공상空想이라도 좋다. 꿈은 노력여하努力如何에 현실現實로 나타날 수 있으니까. 그리고 공상空想은 이상理想으로 변變할 수 있으며, 이상理想은 노력努力에 따라 실현實現될 수 있다'는 신념信念을 깊이 간직하였다. 아마도 그 꿈의 나의 소설小說의 '살'이 되었으리라고 나는 생각하는 것이다.

셋째로 내게는 정열情熱이 있었다. 나는 대자연大自然에도 무심無心할 수 없었거니와 현실現實에도 무관無關할 수 없었다. 인간人間과 동물動物 곤충昆蟲에게까지도 뜻과 정情을 주었다. 그들의 세계世界와 타협하려고 애썼으며 그들의 환경環境을 이해理解하려고 노력努力하였다. 그리하여서 언제나 자기自己만이 아닌 외계外界와의 접촉接觸을 끊이지 않는 정열情熱을 가졌기에 어려서부터 많이 읽고 부지런히 쓰고 하였다고 생각한다. 정열情熱은 곧 글의 '피'와 '상상想像'이 되는 까닭에⋯⋯.

그리하여 선생은 오늘날까지 오로지 소설 창작만으로 이어왔다. 붓을 한 번도 멈춘 적이 없었고, 또 지치지도 않았다.

- 선생님께서는 희곡도 쓰셨는데 몇 편이나 되는지요?

"희곡을 처음 쓴 것은 36년인데, 그때 쓴 희곡으로 「잃은 봄 찾은 봄」이 있지. 그 후 두어 편 썼으나 영감이 불살랐기 때문에 발표되지는 못했어요."

- 불사른 이유는 무엇입니까?

"내용 때문이었어."

- 지금까지 50여 년을 문학으로 일관해 오셨는데 그간에 쓰신 작품 수는 얼마나 되는지요?

"장편이 20편, 단편이 약 100여 편, 도합 120편 남짓할 거야."

- 그중에서 대표작을 꼽으신다면 어떤 작품을 드시겠습니까?

"나는 작품을 쓸 때 무척 힘을 들여요. 그러니까 모든 작품들에 나만이 아는 정성이 들어있지. 그중에서도 가장 힘과 정성을 들인 것을 들라면 「백화」 「사랑」 「고개를 넘으면」 등을 말하고 싶군. 모두 장편인데 내 나름대로는 무척 애착이 가. 그리고 단편으로는 「하수도 공사下水道工事」를 들겠어. 나는 어떤 경우에도 작품을 쓸 때 에는 실제로 가보고 체험을 하는데 「하수도공사」를 쓰기 위해 나는 공사장에서 고생도 많이 했어."

선생의 작품은 대체로 현실을 파고드는 리얼리즘의 경향을 보여준다. 이러한 작가적 특성이 잘 나타난 작품으로 55년 한국일보에 연재, 호평을 얻었던 「고개를 넘으면」을 들 수 있을 것 같다. 이 작품은 해방을 분기점分岐點으로 해서 해방 이전의 세대와 그 이후의 세대가 무엇을 주고받았는가에 대해 깊이 천착해 들어가 세대의 흐름을 역사적, 민족적 차원에서 바라본 소설이다. 또 세대의 흐름을 사상이나 애정, 사회적 인간관계의 발전과정으로 파악, 이를 작품으로 형상화시키고 있는 것이다.

시야는 넓게 사고思考는 깊이

- 작가가 가져야 할 바람직한 태도는 어떠해야 한다고 생각하시는지요?

"무릇 작가는 시야가 넓어야 한다고 봐요. 어떤 작가는 신변소설도 많이 쓰고 있으나 내 경우는 가능한 한 그것을 피하려고 해. 보다 더 광범한 소재를 얻고 싶어서……. 항상 시야를 넓게 가지고 깊이 사고해야만 뚜렷한 자기의 사상이 서고 문학관이나 인생관도 아울러 확고해진다고 봐요. 또 작가는 어떤 권세라든가 외부적 압력에 굴하지 않고 작가로서의 지조를 지켜야 하지."

- 소설을 쓰려면 체험을 많이 가져야 한다고 강조하셨는데, 그 점에 대해서 좀 더 상세한 설명을 바랍니다. 아울러 선생님의 작품에

체험이 어떻게 용해되어 있는지 말씀해 주셨으면…….

"작가는 늘 새로운 것을 찾아내야지요. 그리고 새롭게 써야 하고……. 항상 창의와 새로움에의 정열이 필요하단 말이야. 내 작품들의 주인공은 각기 달라. 가령 과학자도 있고, 화가도 있고, 건축가도 있고……. 이렇게 각계 각층의 인물들을 그리는데 그들에 관해 피상적으로만 알아가지고는 좋은 작품을 기대할 수가 없지. 아무튼 작가는 많이 알고, 많은 체험을 가져야 해요."

그 점에 대해서 선생의 글을 직접 인용해 보기로 한다.

一. 소설가小說家는 어떤 직업職業이라도 익혀야 한다. 구두닦이, 이발사, 뱃사공, 철공鐵工, 하다못해 매춘부賣春婦로부터 의사, 변호사, 목사牧師, 건축가建築家, 철학가哲學家, 대통령大統領까지라도 직접直接 되어본 만큼의 습득習得이 있어야 실감實感 나는 직업인職業人을 그릴 것이 아니겠는가.

二. 소설가는 여러 가지의 성격性格을 가져야 한다. 유순柔順, 착상着想, 쾌활, 우울, 음흉, 악독惡毒, 선량善良, 관대寬大, 편협 등等 어떤 정반대正反對의 성격묘사性格描寫라도 충실充實히 표현해야 하겠기에…….

三. 어떤 인물人物이라도 되어야 한다. 공자孔子, 불타佛陀, 예수 같은 성인聖人으로부터 놀부, 샤일럭이나 희대稀代의 악한惡漢들을 그려야 하는 까닭에.

四. 성별性別과 연령年齡을 초월超越해야 한다. 이성異性도 되고 여인女人도 되어 90세九十歲의 노인老人이나 5, 7세五,七歲의 유년幼年도 자유自由로 될 수 있어야 하지 않겠는가.

五. 어떤 예술藝術에라도 얼마큼의 수련修練이 있어야 한다. 음악가音樂家, 화가畵家, 무용가舞踊家, 문인文人, 배우俳優 등等의 각종各種 예술인藝術人을 창조創造해야 하겠기에.

六. 소설가小說家는 인물人物 아닌 동물動物, 즉即 짐승, 새, 곤충昆蟲 등等의 생활生活과 심리心理까지도 이해理解하고 연구해야 한다.

- 후진들에게 특별히 당부하고 싶은 말씀은…….

"우선 문인으로서보다도 자기로서의 최선을 다하도록 일러주고 싶어. 항상 자기의 위치에서 최선을 다해야 하지. 어머니 자리에 있으면 어머니로서의 최선을 다해야 하고. 며느리의 자리에 있으면 며느리로서 최선을 다해야 하고……. 또 선배는 후배를 위해 최선을 다하고 후배는 선배에게 최선을 다해야 한다 그거지요. 작품을 쓸 때에도 마찬가지야. 작가가 글을 쓸 때 최선을 다하면 그렇게 악품惡品은 나오지 않아. 물론 작품 사이에 다소 낫고 못하고는 따질 수 있어도 역시 최선을 다한다면 그렇게 악품은 나오지 않지요. 또한 매사에 최선을 다했을 때에만 문학관이나 인생관, 그리고 세계관이 보다 더 견고해진다고 봐요."

- 지금까지 살아오시는 동안 좌우명 같은 것이 있었다면…….

"오로지 인내와 성실을 삶의 지표로 삼아왔어. 좀 괴로운 일이 있어도 묵묵히 인내하고, 어떤 일에겐 성실하려고 노력해 왔지."

- 그동안 문학을 해오시면서 아쉬움으로 남는 것이 있다면 어떤 것입니까?

"초목도 이듬해엔 새싹이 돋아나고, 겨울엔 잎이 다 떨어졌다가도 새봄엔 새 잎이 돋아나는데 인생은 한 번으로 끝나고……. 그러니까 인생은 항상 아쉬운 건데 뭐 새삼스럽게 아쉬움을 말할까. 인생은 늘 뭔가 아쉬운 거야."

- 인생에 대한 감회는 어떠신지요?

"인생은 참으로 허무해. 요 며칠 전에도 혼자 가만히 누워서 생각을 해봤는데 역시 인생은 허무하다는 생각뿐이야. 물론 아들딸들이 있지만 결국 나는 혼자거든. 인생은 혼자 왔다 혼자 가는 거야. 단 하나 내가 이 세상을 다녀갔다는 흔적으로 작품만 남는 거야. 그런 면에서 인생이 뜬구름과 다른 거지. 구름이야 한 번 흘러가면 자취도 없지만 인생은 달라. 후세에 누군가가 내 흔적을 볼 거 아냐? 박 아무개라는 사람이 문학에 청춘을 보내고 무슨무슨 작품을 남겼다고……. 결국 작품이 남기만을 바랄 뿐이야."

- 현재 구상중인 작품은 어떤 것인지 공개하실 수 있으신지요?

"구상이야 언제나 하고 있지. 체질적으로 안 쓰고는 못 배기니까. 편지를 받고 답장을 쓰는 일은 벼르고 별러도 잘 안 되거든. 그러나 소설은 쓰지 않고서는 못 배겨. 그러니까 쓰고 덜 쓰는 거지요. 지금 구상중인 작품도 몇 편 있는데 형상화되기 전엔 말하지 않을래. 괜히 뜬소문만 나는 게 싫어서……."

- 장시간 감사합니다.

인터뷰를 마치고 조용히 대문을 나섰다. 어디선가 가느다란 피아노의 선율이 흩어지고 있었다.

『월간문학月刊文學』 1977년 1월호

붓대 하나에 인생을 걸고

소설가 안수길(安壽吉, 1911~1977)

어떻게 사느냐가 문제

주유소를 지나 철물점·전파사·식당·잡화점·과일가게·노점 등으로 일종의 간이시장이 형성돼 있는 종암동 123번지 좁다란 골목 안에 작가 안수길 선생 댁은 있었다. 방문했을 때 가족들은 모두 외출 중이었고, 안수길 선생은 홀로 집필 중이었다.

세 평 남짓한 서재에는 책들이 말끔하게 정돈된 채 서가를 메우고 있었으며, 남으로 난 창窓에 나지막한 책상이 놓여 있었다. 안수길 선생은 손수 차를 끓여 권하였고, 특유의 다정다감하고 온화한 음성으로 많은 이야기들을 들려주었다.

- 건강은 어떠신지요?

"요즘은 많이 좋아진 상태예요."

안수길 선생에게 창작 이외의 큰 고통이 있었다면 그것은 곧 투병에의 역정이었다. 작가 연보年譜를 보아도 얼른 알 수 있듯이 안수길 선생은 문학과의 치열한 대결을 벌여온 한편으로 끊일 새 없이 병마와 싸워야 했다.

- 근황을 소개해 주셨으면 합니다.

"현재 두 군데에 두 편의 연재소설을 쓰고 있어요. 하나는 작년 4월 1일부터 쓰기 시작한 「이화梨花에 월백月白하고」, 또 하나는 금년 1월부터 쓰기 시작한 「동맥冬麥」이지요. 「이화에 월백하고」는 경향신문에 연재 중이고, 「동맥」은 지난 2월호부터 『현대문학現代文學』에 연재 중이지요. 그 외에 이따금 잡문 청탁이 들어오는데 피치 못할 경우엔 써 주기도 하고……."

역시 노익장老益壯의 건필을 과시하고 있다. 고희古稀를 눈앞에 두고도 지칠 줄 모르는 그 정열. 한꺼번에 두 장편소설을 쓰면서도 최근엔 단편 「어떤 연애戀愛」를 발표해 주목을 끌기도 했다.

- 하루 원고 집필 양은 얼마나 되는지요?

"약 10매 내지 15매씩 쓰고 있어요. 주로 오전 중에 쓰는데 밤엔 전혀 붓을 대지 않아요. 대지 않는 게 아니라 아주 이젠 버릇이 돼버려서……. 항상 일찍 자고 일찍 일어나서 오전 중에 글을 쓰고 오후엔 책을 읽거나 낮잠을 자기도 하지요."

선생은 문학 이외의 그 어떤 일에도 관심을 갖지 않는 작가로 정평이 나 있다. 꼿꼿한 지사적志士的 작가 정신은 문학 이외의 다른 일엔 전혀 관심이 없었고, 단 한 번도 붓을 놓고 외도한 적이 없었다. 선생은 최근 어떤 잡지와의 인터뷰에서 다시 태어나더라도 작가가 되었을 것이라고 말한 바 있다. 그 말 한마디만 하더라도 얼마나 뜨겁고 단단한 작가혼作家魂을 지니고 있는지 짐작하고도 남는다.

- 요즘 시나 소설을 왜 써야 하는가에 대한 문제가 많이 논의되고 있는 것 같습니다. 선생님의 경우는 어떻습니까?

"처음부터 어떤 목적의식을 가지고 문학을 시작한 것이 아닙니다. 그저 문학이 좋아서 읽고 써보고 했어요. 그러니까 읽고 싶어서 읽고, 쓰고 싶어서 썼던 거예요. 이제는 떼려야 뗄 수 없는 것이 되고 말았지만 지금까지 써오는 동안 내 자신의 세계가 형성되었지요. 어떻게 사느냐에 대해서, 그 문제를 더듬어 찾는 것이 내 작품을 꿰뚫고 있는 맥脈이라고 할 수 있겠는데 바꾸어 말하면 나에게 있어서 작품이란 곧 어떻게 사느냐를 탐구하는 도정道程이 되겠지요."

이 분명한 진술을 통해 우리는 안수길 문학이 어떻게 사느냐에 대한 기본 명제 아래에서 이루어져왔고, 또 그렇게 이루어질 것임을 이해할 수 있을 듯하다.

리얼리즘과 휴머니즘

- 공식적으로는 1935년 『조선문단朝鮮文壇』에 단편 「적십자병원장赤十字病院長」이 당선되면서 문단에 데뷔한 것으로 되어 있습니다만 그 이전에도 작품을 쓰셨는지요?

"중학교 때부터 썼지요. 그때 시나 동요, 작문 등을 썼는데 그것을 학교에서 내는 교지校誌에 발표하였고, 동아일보나 조선일보에도 투고하여 학생문예란에 작품이 게재되기도 했어요. 지금도 그렇지만 그때에도 몸이 약해서 다른 일은 거의 할 수가 없었는데 그때에 참 많은 책을 읽었지요."

- 그 당시에 어떤 작가의 작품을 많이 읽으셨습니까? 그리고 그 작가들에게서 어떤 영향을 받았다고 생각하시는지요?

"도스토예프스키라든지 톨스토이 같은 작가의 작품을 많이 읽었어요. 플로베르나 스탕달, 모파상 같은 작가의 작품도 많이 읽었고……. 한두 번 읽은 것이 아니라 여러 번 되풀이해서 읽었는데 그 외의 작가들도 많이 읽었습니다. 그들의 소설을 통해 리얼리즘에 탐닉하게 되었고, 작품에 흐르는 휴머니즘에 많은 감동을 받곤 했어요. 아마 그런 것들에 영향을 받았다면 받았다고 할 수 있겠지요."

- 초기에 쓰신 작품과 최근에 쓰신 작품, 그리고 현재 쓰시고 있는 소설을 비교 평가해 보신 적이 있는지요?

"역시 어렸을 때 쓴 작품은 미숙하지요. 그때는 인생을 잘 모를 뿐만 아니라 문학세계도 확립되지 않은 때문일 겁니다. 그러나 그것이 미숙하다 하더라도 미숙한 대로 가치가 있는 거예요. 문학세계는 어느 한 순간에 확립되는 것이 아니고 계속해서 쓰는 사이에 한 방향으로 집중돼 가는 것이라고 봐요. 어렸을 때의 작품은 여러 가지로 미흡해도 거기에 손질을 가하면 그 작품은 버리게 되죠. 어리면 어린 대로 그때의 느낌이 있게 마련이니까……. 어렸을 때에는 인생을 보는 눈도 미숙하지만 점차 성장하면서 문학 세계도 어느 한 방향으로 자리를 잡아가게 되는 거지요. 작품상에서도 길이와 넓이가 더욱 확대되고 표현도 더욱 세련되지요. 그것을 작가적인 발전이라고 보겠는데 경우에 따라선 퇴보가 될 수도 있으나 그것은 어디까지나 문학 활동을 중지한 뒤에 결정되는 결과라고 봐야지요. 예술을 하는 작가는 어디까지나 계속 새로움을 창조해 나가야 하지요."

그간 발표해 온 일련의 작품이 그렇듯 안수길 선생은 잔잔하면서
도 친근감 넘치는 어조로 말했다. 항상 곱고 교양적인 언어를 구사해
온 작품들과 그 작품들의 작가인 안수길 선생과는 어딘지 혼연일체
가 되어 있음을 느끼게 해준다.

선생은 초기의 작품에 대해 미흡한 점이 많다고 했지만, 그러나 실
상은 그렇지도 않다. 「적십자병원장」이후 「호가胡哥네 지팡」「벼」
「4호실四號室」「한 여름 밤」 등 1935년에서 1940년 사이에 발표된 초
기 소설들은 세련된 리얼리즘 기법에 의해 만주 지방의 농촌과 거기
에 사는 인물들을 생동감 넘치게 그려내고 있다.

대하소설 「북간도北間島」

- 대표작은 어떤 작품인지요?

"글쎄……. 스스로 대표작이라고 말하는 것은 어딘지 이상해요.
다른 분들이 말하는 대로 「북간도」나 「제3인간형第三人間型」이 되겠
지요. 그러나 아직 문학을 다 한 것도 아닌데……. 더 해 봐야 알 수
있겠지요."

문제작으로 높이 평가받고 있는 「북간도」나 「제3인간형」을 써낸
선생은 결코 그 작품에만 만족하지 않는다. 그것은 앞으로 얼마든지
훌륭한 작품을 쓸 수 있다는 확신과 그것을 뒷받침하는 의욕을 시사
하는 것이 아닐까.

소개하는 것이 새삼스럽지만, 「북간도」는 장편 대하소설로 59년 『사
상계思想界』에 제1부가 발표된 이래 5부가 완성될 때까지 장장 8년간

에 걸쳐 발표한 작품이다.

이 문제작은 1870년대 조선왕조 말엽부터 1945년 해방이 될 때까지를 시대적 배경으로 하고 있으며, 4대에 걸쳐 스토리가 전개되는데 남부여대男負女戴로 두만강을 건너 북간도 땅으로 이주해 갔던 겨레 수난의 역사를 그린 대로망이다. '월강越江 금지령'에도 불구하고 두만강을 건너 저 황량하고 광활한 북간도를 개척하는 우리 민족의 쓰라린 역사가 담겨져 있다. 즉, 북간도 이주의 선구자로 황무지를 개척하는 이한복 일가의 고투상苦鬪相이야말로 바로 우리 민족의 고투상이라고 봐야 할 것이다.

이 작품의 스토리를 보면, 이한복 일가가 두만강을 건너 북간도에 들어가 2대 장손에 이르기까지 농토를 개척하며 살아가는 모습이 리얼하게 그려져 있으며, 3대째인 창윤은 청국淸國의 강압을 받던 끝에 청인 지주의 송덕비를 불사르고, 4대인 정수는 독립군이 되어 일본군과 싸우는 등 그야말로 우리 민족의 산 역사이자 증언이 되고 있다. 특히 제3부에서는 1909년 3대째의 인물인 이창윤 일가가 비봉촌에서 용정으로 이주하고 제1차 세계대전을 맞으며, 4부와 5부에서는 본국에서 일어났던 3·1운동의 여세가 북간도에 번져 항일투쟁으로 이어지는 과정이 아주 구체적으로 생생하게 전개된다. 요컨대 장편 대하소설「북간도」는, 북간도로 이주했던 우리 민족이 그곳에서 주체성과 자주성을 잃지 않기 위해 어떻게 살아갔느냐 하는 증언의 문학인데, 그런 점에서 우리 민족문학의 귀중한 초석으로 평가되고 있다.

한편, 단편「제3인간형」은 53년에 발표한 작품으로 6·25를 겪은 한 지식인의 고뇌를 절실하게 그려놓은 문제작이다. 한때 작가로서 작품 활동을 하다가 사변 후 상인이 된 조운과 그를 따르던 문학소녀 미이, 그리고 작가이면서 교원 생활을 하는 석 등 세 인물을 그리고 있는 이 소설은 6·25사변이 빚어낸 각기 다른 인물상을 형상화시키고 있다.

이 작품에는 전편을 통해 도시 소시민의 생활이 철저하게 부각돼 있으며 지식인의 고뇌와 생태가 절실하게 묘파돼 있다. 이 소설에 나오는 인물들이 6·25사변을 겪었듯이, 이 작품은 6·25사변을 통해 한국문학사에 우뚝 솟아난 귀중한 작품으로 평가되고 있다.

- 여담입니다만 「북간도」에 나오는 영국인 민산해(閔山海, 본명 S. 마틴) 박사 같은 인물은 실존했던 인물로 알고 있으며, 그 유족이 서울에 거주하고 있는데 혹시 만나 보신 일이 있으신지요?

"알고 있어요. 민산해 박사는 외국인 선교사로서 만주 지방에 살던 우리 민족을 많이 도와주었지요. 제창병원濟昌病院을 운영하면서 의료적인 혜택도 많이 주었지만, 그 지방 독립운동의 숨은 공로자예요. 우리 동포들이 독립운동을 하다가 일경日警에 발각되면 민 박사 집으로 피하곤 했어요. 민 박사는 외국인이기 때문에 그의 집은 치외법권治外法權이 있었거든요. 그리고 민 박사가 도와준 일은 참 많아요. 그때는 언론도 봉쇄돼 있었고, 일제의 감시가 극도로 심했는데 민 박사는 우리 민족이 얼마나 독립을 갈망하고 있는지 상세히 파악하고는 그 사실을 구미歐美 각국으로 알렸어요. 사진도 찍어서 보내고……. 우리는 우리의 역사를 잊어서는 안 되지만 그런 분들의 고마움도 잊어서는 안 되지요. 방금 민 박사의 유족을 만난 일이 있느냐고 물었는데 답변하지요. 「북간도」가 국립극단에 의해 각색 공연되었는데 그때 국립극장에서 민 박사의 따님을 만났어요. 그 분도 와서 그 연극을 관람했고, 그 자리에서 만나 만주 얘기를 주고받으니 감회가 새로웠어요. 「북간도」에 출연했던 연기자들도 모두 반가워했지요. 「북간도」가 연극으로 공연된 것이 68년의 일이니까 벌써 10년 가까이 지난 일이군요."

사족蛇足이지만, 참고로 밝히면 예의 민산해 박사 유족은 기독교 시청각교육국 성극위원회 위원장 마가레트 마틴 무어(한국명 모진주 毛眞珠) 여사로 지금도 서울에서 선교 활동을 하고 있으며, 다른 한편으로는 연극 활동에도 참여하고 있다.

농촌·소시민·역사

안수길 선생이 다루어 온 주제를 소재라는 측면에서 살펴본다면 대체로 세 가지 유형을 찾아낼 수 있을 것 같다. 「북간도」「통로通路」「성천강城川江」에서 「어떤 연애」에 이르기까지 체험을 바탕으로 한 대륙적인 것, 「여수旅愁」「제3인간형」 등 도시 소시민의 고뇌를 그린 것, 그리고 「황진이黃眞伊」「을지문덕乙支文德」 등 역사에서 소재를 구한 것 등이 그것이다.

- 선생님께서는 초기에 주로 농촌의 모습을 작품에 담으셨고, 6·25사변을 전후해서는 도시 지식인의 고뇌를 파헤쳤으며, 또 최근에는 역사소설까지 쓰고 계신데 그 전에도 역사소설을 쓰신 일이 있으신지요?

"역사적인 인물이나 사건을 소재로 택했다고 해서 반드시 역사소설이라고는 생각하지 않아요. 역사적인 인물을 다룬 첫 작품은「유성流星」으로, 62년부터 민국일보에 연재했었지요. 그런데 중도에 신문이 폐간되는 바람에 중단하고 말았어요. 그 작품은 이시애李施愛의 난亂을 다룬 것이었지요. 불행하게도「유성」은 끝을 맺지 못했는데 완결된 것으로 따지면 얼마 전『여원女苑』에 연재했던「황진이」가 첫 작품이 되겠지요.「황진이」는 어떤 사실의 기록이나 역사적 사실에 대한 새로운 해석을 하려는 것이 전혀 아니었고 다만 나름대로 동양적인, 한국적인 여성의 이미지로서 황진이를 그렸을 뿐입니다."

  -「을지문덕」은 어떻습니까?

"을지문덕이란 인물은 역사 문헌에 몇 줄의 기록으로 나타나 있을 뿐 그 이외에는 전혀 자료가 없어요. 그것이 소설을 쓰는 데는 오히려 좋았지요. 상상력을 많이 자극하고……. 특히 을지문덕은 수隋의 침입을 막아낸 국난 극복의 영웅이어서 한 번 그려보고 싶은 인물이었어요. 수의 양제煬帝가 2백만 대군을 거느리고 고구려를 침공했을 때, 을지문덕이 살수대첩薩水大捷에서 우문술宇文述 우중문宇仲文의 군대를 섬멸한 것은 너무 유명하지요. 그러나 그 이상의 문헌상 기록을 볼 수 없어요. 장편소설「을지문덕」은 상상력을 동원해서 국난 극복의 영웅이며 맹장인 을지문덕을 부각해본 것이지요."

「을지문덕」은 지난해 한국문화예술진흥원의 후원으로 쓴 1천 5백여 매의 전작 장편소설이다.

  - 지금 쓰고 계신「이화에 월백하고」는 어떻게 전개될지 궁금하군요. 아직 완성된 작품이 아니고 연재 중인 작품인데 말씀해주실 수 있는지요?

"「이화에 월백하고」는 기황후奇皇后의 얘기지요. 시대 배경은 고려이고……. 고려가 원元의 침입을 받아 임금이 강화에 몽진까지 했던 고려 말엽이자 원의 말엽입니다. 그때 고려에서는 원에 공녀貢女를 보내야 했는데 기황후도 처음엔 공녀로 갔던 거예요. 공녀로 갔던 여성이 어떻게 황후까지 되었는지 퍽 흥미로운 일이지요. 여자로 타고난 팔자가 그랬다고 간단히 넘겨버릴 수는 없지요. 좌우간 처음엔 공녀로 갔다가 순제順帝의 황후까지 되었다는 게 중요해요. 공녀로 갔던 여자가 궁녀가 되고 제2황후가 되었다가 나중엔 정황후까지 되는데 그 과정이 그리 단순하지만은 않았을 거란 말예요. 비록 공녀로 가기는 했지만 여자로서의 부덕婦德이라든지 인품이 훌륭했으니까 황후까지 되었다고 봐야지요. 또 황후가 되도록 뒤에서 공작도 했는데 그 사람들은 기황후의 오빠들이었지요. 잊지 말아야 할 것은 그 오빠들이 그렇게 해서 황후가 되도록 했으면 그것으로 끝나야 하는데 그렇지 않았어요. 기황후를 깨끗이 빛내주지 못하고 고국을 배신했어요. 기황후가 높은 지위임을 악용하여 고려를 괴롭힌 일이지요. 이 작품도 역시 「을지문덕」의 경우처럼 문헌상의 기록은 별로 없으나 상상력을 자극해 주는 소재예요. 그러니 자연 소설의 길이도 길어질 것이고……. 결국 고려도 망하고 원도 망하는데 개인이나 국가나 다 같이 흥망성쇠가 무상할 뿐입니다."

크게 기대되는 「동맥」

- 「동맥」은 어떻게 전개해 나갈 계획이신지요?

"「성천강」에서는 3·1운동이 일어나던 시기를 시대적 배경으로 잡았지요. 「동맥」은 그 다음 시대인 6·10만세사건이 일어났던 시기가 배경이 되고 있습니다. 그러니까 1926년 이후 약 5년간이 될 거예요. 주인공이 경수라는 중학 1학년생입니다. 나이가 어리지요. 지금으로 따지면 고등학교 학생쯤 되는 17세 소년입니다. 이렇게 어린 나이의 소년을 주인공으로 한 것은 일제강점기의 사회 물결, 특히 6·10만세사건 등 굵직굵직한 소용돌이 속에서 당시의 청소년이 어떻게 성장했나 하는 것을 천착하기 위한 것입니다. 그렇다고 그들이 직접 항일운동에 가담하거나 그런 소용돌이 속에 뛰어드는 것이 아니고, 다만 그러한 역사의 흐름이 그들 청소년들의 의식에 어떠한 영향을 미쳤는가 파헤쳐 보고 싶은 거예요. 다시 말하면 외부적 사회 상황이 청소년들의 내면적 성장에 어떤 영향을 주었는가, 그리고 그 영향이 어떻게 이어져 나왔는가 하는 문제가 되겠지요. 또 거기에서 그치는 것이 아니라 한 걸음 더 나아가 우리의 의식 구조를 점검해보려는 겁니다. 제목이 암시하듯이 겨울 보리는 날씨가 춥고 눈이 덮여도 파릇파릇하게 자라나거든요."

「북간도」가 1870년대 조선왕조 말엽의 어수선한 분위기 속에서 1910년 경술국치를 거쳐 3·1운동 직후까지를 시대적 배경으로 하고, 「성천강」은 1900년대 초기 국권 상실 직전에서 3·1운동을 중심으로 전개되는 데 비해 「동맥」은 그 이후를 시대적 배경으로 하고 있다. 그런 의미에서 볼 때 「동맥」은 「북간도」「성천강」에 이어 또 하나의 귀중한 대하소설이 될 것으로 기대된다.

  - 앞으로 어떤 소설을 쓰시려는지요? 혹시 구상하고 계신 작품이

있으시면 소개해 주셨으면 합니다.

"아직 다른 작품은 구상하고 있는 게 없어요. 두 작품을 쓰기에 바빠서……. 두 작품을 쓰는 사이에 다른 주제가 잡히겠지요. 우선 현재 쓰고 있는 작품을 마치고 또 써야지요."

- 작품을 쓰시는 데 현실적으로 어려움이나 불편한 점이 있다면 어떤 것입니까?

"우선 고료나 인세가 현실화되었으면 해요. 지금 형편으로서는 그게 가장 큰 어려움이라고 말할 수 있지요. 그리고 단편도 쉽게 책으로 낼 수 있었으면 하고……. 단편은 잡지에 발표하면 좀처럼 단행본으로 출판하기가 어려운데 몇 작품씩 묶어서 쉽게 단편집을 낼 수 있었으면 좋겠습니다."

진지한 문학정신

- 젊은 작가들이나 문학 지망생들에게 하시고 싶은 말씀은 무엇인지요?

"적어도 우리 시대에 문학을 하겠다고 나설 때에는 모럴 의식이 있었습니다. 여기서 말하는 모럴이란 반드시 도덕적이란 뜻은 아니에요. 내면적·정신적으로 문학의 본질에 대한 사명감까지를 포함하는 것이지요. 그러나 근자에는 그런 의식이 많이 약해진 것 같아요. 젊은 작가들의 작품을 보면 문학에 대한 정신적 자세가 약하고 작품에 알맹이가 박혀 있지 않아요. 그러니까 공감도가 낮고……. 그런 경향도 앞에서 말한 모럴 의식이 거의 없는 상태에서 문학의 본질에 접근해 가려는 노력 없이 피상적으로 머물고 말기 때문이에요. 그러니까 작품을 진지하게 쓰지 않고 큰 파탄 없이 끌고 가서 읽히기만 하면 된다는 생각이지요. 그러다 보니 얄팍한 테크닉만 늘고……. 문학이란 기술만 가지고 되는 게 아니란 말이에요. 극장 간판을 보면, 그 영화에 출연하는 배우와 아주 흡사하게 그려져 있지요. 그러나 그것을 가리켜 예술적 작품이라고는 말할 수 없어요. 소설도 마찬가집니다. 테크닉만 가지고 되는 게 아니지요. 젊은 작가들에게 하고 싶은 말은 바로 그 점이에요. 그리고 젊은 작가들이 그런 경향을 보일 때 안타깝기만 합니다. 재주 있고 장래가 촉망되는 작가일수록 더 아깝지요. 신춘문예에서 당선을 했다든지 문예지의 추천을 받았다든지 모두 상당한 습작기를 거친 작가들이 그런 방향으로 흘러간다면 참 곤란한 일이에요. 원고료 수입도 없어 배도 곯고 고생도 하면서 좀 진지하게 해볼 일인데……."

선생은 못내 안타까운 표정이었다. 그리고 일군一群의 젊은 작가들이 아깝기만 하다고 되풀이했다.

- 문학에 대해서 평소 가져오신 소신은 무엇인지요?

"문학이 인생의 전부는 아니라고 믿어왔어요. 다만 문학을 통해서 인생의 진실을 진지하게 탐구하려고 했던 것이지요. 비단 문학뿐만이 아니라 매사에 있어서 어떤 길을 가더라도 그렇게 살아야 한다고 생각합니다."

- 평생 문학을 위해 살아오신 지금 인생에 대한 감회는 어떠신지요?

"문학을 나의 길로 택한 것에 추호의 후회도 없습니다. 아까도 말했지만 좋아서 읽고 좋아서 써온 것이니까……. 그러나 오늘날까지 오직 외길로 소설만 써왔으나 마음에 드는 작품을 쓰지 못한 게 아쉽습니다. 벌써 70이 가까운 나이인데……. 이 나이 되도록 좋은 소설을 못 쓴 것이……."

그래서 아직도 붓을 멈추지 않는 것일까. 선생은 착 가라앉은 목소리로 그간의 감회를 술회했다. 붓대 하나에 인생을 걸고 살아온 세월. 근엄하기까지 한 그 음성의 어딘가에는 70년 가까이 살아오는 동안 뼈에 사무친 일들이 배어 있는 듯했다.

작가 생활 40여 년을 헤아리는 동안 중편과 장편을 합쳐 약 20여 편, 단편을 1백여 편이나 발표한 원로작가 안수길 선생. 55년에 창작집 『제3인간형』으로 아시아자유문학상을, 68년에 서울시문화상을 수상하고 지난해에는 정부로부터 금관문화훈장까지 받았으나 그것만이 보람의 전부는 아니다. 문인이므로 가난하다고 자위하기에는 너무나 어려운 현실이 뒤따르고 있기 때문이다. 고료나 인세가 현실화되어 생활을 걱정하지 않아도 될 날을 머릿속으로만 그리며 안수길 선생 댁을 나설 때 후두둑 빗방울이 떨어지고 있었다.

『월간문학月刊文學』 1976년 5월호

진정한 멋과 유연한 삶과 신선神仙의 세계

시인 서정주(徐廷柱, 1915~2000)

고희古稀를 넘긴 노시인

비가 주룩주룩 내리는 어느 날 오후. 서울 종로구 경운동 소재 고합高合빌딩 5층에 자리 잡은 한 사무실로 시인 미당未堂 서정주 선생을 방문하였다. 사무실 입구에는 '범세계한국예술인회의'라는, 종서로 쓴 아담한 간판이 걸려 있었다. 이 단체는 작년 가을에 발족되어 현재 미당 선생이 이사장직을 맡고 있다.

- 범세계한국예술인회의는 어떤 일을 하고 있습니까.

"작년 가을 이 단체가 발족될 당시에는 '국내외한국예술번영회'라⋯⋯. 이렇게 이름을 붙였었지요. 국내외에 흩어져 있는 우리 예술인들이 손을 잡고 일해 보자 해서 생긴 겁니다. 해외 예술인들과 교류도 하고⋯⋯. 그런데 이러한 일을 하고 있는 기성단체들이 있잖소? 알다시피 예총도 있고 펜클럽도 있고 문예진흥원도 있단 말입니다. 그래 남의 영역을 침범할 우려가 있고 해서 '범세계한국예술인회의’로 명칭을 바꿨습니다. 지난번 세계에 나가 있는 우리 예술인들을 초청하여 예술인대회를 벌인 일도 있는데 예산이 절반쯤 깎였었지……. 3층에 있을 때는 내 방도 널찍했었거든. 그런데 일루 옮기면서 사무실도 절반 가량으로 줄었습니다. 여기서 하는 일이 뭔고 하니, 해외 교포 예술가들의 친목과 단합을 도모하는 일이고, 또 하나는 그들을 원조하는 일이지. 자금은 문예진흥원에서 나오고……. 내가 이사장으로 있는데 김은국 임원식 이해랑 김춘수 피터현 같은 분들이 부이사장직을 맡고 있지요.”

- 선생님께서는 현재 이 일만 보고 계십니까.

“아니지. 여기 일은 일주일에 한두 번만 나와도 돼요. 또 여기서는 거마비가 조금 나오는데, 거마비는 살림에 보탬이 안 되거든. 나도 살아가려면 벌이를 해야잖소? 미국서 공부하는 막내 학비도 대야 하고 말이지. 동국대 대학원 명예교수로 거기서 수당이 조금 나오지. 총장을 지낸 분이라야 그런 대우를 해주는데, 어이튼 부처님 공덕이랄까, 종신 명예교수니까 괜찮단 말입니다. 지난 학기까지는 광주 호남대에 출강을 했었는데 가을 학기부터는 경기대 초빙교수로 나가게 됐어. 비행기 타고 광주까지 오르락내리락 하자면 힘도 들거니와 번거롭거든. 그래서 경기대에 나가기로 했어요. 수원과 충정로에 나가면 되니까 한결 수월하겠지.”

이상에서 나타난 바와 같이 미당 선생의 근황을 요약하자면, 동국대 대학원과 경기대 출강, 범세계한국예술인회의 집무 등으로 묶을 수 있다. 그리고 또 하나 빼놓을 수 없는 대목이 있다. 그것은 곧 글 쓰는 일이다. 미당 선생은 고희를 넘긴 이 마당에서도 지칠 줄 모르며 줄기차게 글을 써내는 것이다.

- 그러면 선생님의 유년 시절을 잠시 회고해 주실까요.

"내 어린 시절에 대해서는 알아서 작성하시오. 외국에서 귀한 손님이 오셨길래 점심 들면서 맥주 한 잔 했더니만……."

선생께서는 여유 있게 웃으며 잠시 밖엘 다녀왔다. 이 노시인은 대담 중에도 시종 여유 있는 웃음을 잃지 않았고 좀 난해한 대목에서는 일일이 예를 들어가며 설명해 주었다. 그러면서 연거푸 담배를 권했다.

질마재에서 줄포까지

잘 알려진 바와 같이 선생의 출생지는 전북 고창군 부안면 선운리. 이곳 선운리는 옛날부터 질마재로 널리 불린 곳이다. 호남선 정읍역에서 고창으로 나가는 신작로를 따라가면 옛 현청縣廳 소재지가 나오고, 거기서 다시 남으로 십 리를 가면 알뫼라는 쇠전마당이 나온다. 이 장터에서 먼 십 리 길 산골을 더듬어 서해 쪽으로 오르면 바로 질마재에 닿는다. 이 질마재 아래에 마을들이 있는데 미당은 웃뜸이라는 마을에서 출생했다.

그런데 이 자리에서 꼭 짚고 넘어가야 할 대목이 있다. 지금까지 선생의 출생년도는 1915년으로 알려져 왔으나, 호적상에는 그보다 한 해 앞인 1914년으로 되어 있다는 점이다. 이처럼 호적이 1914년생으로 되어 있는 까닭인즉, 그것을 기재한 호적리戶籍吏의 행정착오에서 비롯되었다.

본래 선생의 고조부는 정3품의 벼슬에 오르는 등 괜찮은 집안으로 떠올랐지만, 할아버지 대에 들어와 가세가 기울기 시작했다. 미당의 할아버지는 노름에 빠져 가산을 탕진하고 나이 마흔도 되기 전에 세상을 떠났다.

그러나 선생의 부친徐光漢은 재주가 비상해 열다섯 살 때 무장茂長 고을의 향시鄕試에 나가 장원을 하였다. 당시 중앙에서 실시하던 과거 제도는 이미 폐지되었고, 오늘날의 백일장에 해당되는 향시만 남아 있던 시절이었다. 하지만 선생의 부친은 할아버지가 남긴 빚 때문에 무장 현청에 끌려가 주리를 틀리는 고초를 겪었다. 그 통에 그는 한쪽 팔이 늘 부실했다고 한다.

이런 이력을 가진 부친은 원래 질마재 사람이 아니고 심원면 고전리라는 곳에서 살다가 처가를 따라 이곳 선운리로 이거移居하였다. 그는 선운리로 옮겨온 뒤 몽학훈장蒙學訓長으로 어렵게 살며 미당을 낳았던 것이다.

한편, 미당의 모친(김정현)은 어떤 어부의 딸이었다. 미당의 외할아버지는 칠산 앞바다로 고기잡이를 나갔다가 영영 돌아오지 않았다. 그리하여 미당의 외조모는 청상이 되어 두 딸과 막내인 아들 하나를 데리고 근근이 살았다. 미당의 모친은 바로 그 청상의 둘째딸이었던 것이다.

미당은 그런 부모님을 모시고 앞서 소개한 질마재에서 장남으로 출생하였다. 한데 부친이 서당 선생으로 살아가는 형편이니 살림인들 유족할 까닭이 없었다. 일찍이 부친께서 향시에 장원을 해 삼현육각三絃六角 울리는 속에 마상배馬上盃를 받긴 했으나, 이른바 을사조약

乙巳條約이 체결되면서 그 자격도 무산된 마당이었다.

그런데 미당이 대여섯 살 되었을 때, 귀빠진 산골의 몽학훈장은 서울로 올라가 측량학교에 다녔다. 그러고는 6개월 후에는 측량기수技手가 되어 고창군청에 취직을 하게 되었다.

이로부터 미당의 부친은 호남의 대지주 인촌仁村 김성수金性洙 선생 문중과 연고를 갖게 되었다. 미당의 부친은 고창군청 측량기수로서 자연히 인촌의 양아버지, 동복현감同福縣監을 지낸 김기중金祺中 선생의 땅을 재게 되었다. 그것이 계기가 되어 미당의 부친은 김기중 선생 댁의 서생 노릇을 하며 편지 대필 같은 것을 해주다가 나중에는 농감農監이 되었다.

그러는 동안 미당의 부친은 푼푼이 금전을 모으고 다독거려 쌓아서 전답 마지기도 장만해 더러 돈놀이도 하는 가운데 질마재에서는 제법 괜찮은 살림을 영위할 수 있었다. 그 후, 미당의 부친은 1924년 가족들과 함께 부안군 줄포로 이사를 갔다. 아예 서울로 이사한 인촌 김성수 선생 댁으로 살림을 옮긴 것이었다.

그 집은 대지주의 저택답게 엄청난 규모를 자랑하고 있었다. 비록 초가집이긴 했으나, 골조는 어느 기와집 못지않게 굵고 웅장했다. 겹겹이 병풍 치듯 지어진 집이 모두 여덟 채나 되었다. 그 집들 사이를 잠그고 여는 대문과 중문이 여덟 개나 되는 어마어마한 집이었다. 질마재 가난한 마을에서 자란 미당에게는 이 집이 대궐처럼 느껴질 뿐이었다.

서당 아이들의 장난질

줄포로 이사하기 전, 질마재에 있을 때 미당은 서당에 다닌 적이
있었다. 그의 나이 일곱 살 때였다.

- 선생님의 자전自傳을 읽으니 서당 이야기와 함께 남색男色 이야기
가 나오던데요…….

"서당은 재미가 없었어요. 처음에 천자 배우던 서당은 재미가 없
더구면. 선생이 찡찡보인 데다가 쿨룩이었단 말입니다. 매질을 할 때
는 더 이상합니다. 정작 매를 안 들어야 할 때에 매질을 하더란 말이
지. 아시겠소? 그래 쬐금 댕기다가 송현에 가서 다시 통감을 배웠는
데 그때 선생은 괜찮더라고. 뿔관도 쓰고 점잖은 선생이었는데 나이
많은 놈들이 남색을 강요하더란 말이지. 지금도 변방에 가면 이런 유
풍이 남아 있는지 모르겠으나 우리 전라도에서는 톳쟁이라고 했어
요. 나는 공부를 잘 하는 편이어서 한 턱 내는 것도 적잖이 했지. 거,
왜 공부 잘 하면 한 턱 내는 거 있잖소? 한데 한번은 손윗놈들한테 남
색당하는 현장을 아버지한테 들켰거든. 아버지가 서당을 그만두라고
해서 작파했습니다. 나도 남색당하는 걸 좋아했겠소만 열 살쯤이나
위엣놈들이 강요하는 일이라 어쩔 수 없었다 그겁니다."

- 그러나 서당에서 얻은 영향도 적지는 않을 텐데요…….

"그렇지……. 서당꾼들이 당음唐音을 떼 지어 읊던 일은 괜찮았어
요. 하지만 톳쟁이는 질색이었거든. 내 생각 같아서는 아마 고려시대
나 근조近朝의 낡은 시대에 남자와 여자가 잘 만나지 못하게 한 데서
생긴 것으로 보는데, 어이튼 총각 처녀들의 사교가 빈틈없이 이루어

지도록 장려도 하고 한편으로 정서 교육을 철저히 하면 그런 일은 없었겠지. 극히 적은 변태자를 빼놓고는……. 내 생각으로는 내가 질마재에 있을 때 서당에서 당음이나 배우고 차라리 외갓집 할머니한테서 공부했더라면 나았을 텐데 하는 생각이오. 우리 외할머니는 한문은 몰랐으나 국문으로 된 소설류는 안 읽은 게 없었단 말이지."

- 보통학교에 들어간 것은 언제였습니까.

"내가 보통학교에 입학하기 위해 시험을 치른 것은 우리가 줄포를 이사하던 해, 그러니까 내 나이 열 살 나던 해 3월이었지……. 어머니가 만들어 주신 껌정 두루마기를 입고 머리는 아직 맨대가리로 성찬씨 아들 인덕이를 따라갔었지. 성찬씨는 우리가 줄포로 이사하기 전 이미 사랑채에 들어와 살던 인촌 선생 작은댁 사환이었는데 인덕이는 6학년이었거든."

그렇게 해서 미당은 줄포보통학교에 입학하였다. 그 무렵 미당은 이웃에 살던 곽참봉의 딸 곽남숙郭南淑과도 알게 된다. 곽남숙은 허옥선許玉善과 함께 줄포보통학교에서 제일 예쁘고 재주 좋은 처녀였다. 당시 곽남숙은 열예닐곱의 5학년 학생이었다.

미당이 남숙을 처음 대면했을 때, 그녀는 남색 끝동을 단 비단 저고리에 남색의 갑사 치마를 입고, 굵게 땋아 늘인 머리채를 앞으로 해서 툇마루에 걸터앉은 무릎 위에까지 드리우고 있었다. 미당이 마당에 들어서는 것을 보자 그녀는 '반은 어루듯 반은 아양 떨듯' 미당의 눈을 바라보며 미소 짓고 있었다. 미당은 후일 그녀에 대한 인상을 이렇게 적었다.

몸매는 인제 생각하니 경주 석굴암 관음보살 부조상浮彫像이 나이 좀 더 어렸을 때는 그랬을 듯 좀 앳된 대로 유하게도 그뜩했고, 얼굴은 그 보살의 것보다 더 둥근 것이 음사월 찔레나무들 울지은 속에 한가한 바람에 주름 짓는 맑은 못물 같은 길고도 굽은 눈꺼풀 안의 갠 눈과, 사람 좋게 좀 넓은 편인 흰 이빨들을 슬그머니 슬그머니 보이면서, 무엇보다 드물게 볼 만큼 한가해 있었다. 두 손의 손가락과 손톱들도 이것은 내가 항시 미인의 조건으로 중요시하는 거지만, 석굴암 관음의 그 모자라지 않은 살을 가진 아름다움에 거의 방불하였던 것 같다. 서양 조각의 손들에 비하면 좀 게으른 듯한 그것까지가……

어쨌든 미당은 남숙이를 무척 좋아했다. 철모르는 나이였지만, 미당은 남숙이만 옆에 있으면 먼 하늘나라에 가더라도 무섭고 아쉬운 것이 없을 듯한 기쁨을 느꼈다. 그리고 미당은 학교에서 공부를 마치고 돌아와서는, 한가로운 오후 다시 학교 운동장으로 가서 남숙이와 그네를 타기도 하였다. 그때의 일을 떠올리며 쓴 시가 「추천사鞦韆詞」임은 누구나 쉽게 짐작할 수 있는 일이다.

향단香丹아 그넷줄을 밀어라
머언 바다로
배를 내어밀듯이
향단아.

이 다소곳이 흔들리는 수양버들 나무와
베갯모에 놓이듯한 풀꽃더미로부터
자잘한 나비 새끼 꾀꼬리들로부터
아주 내어밀듯이 향단아.

산호珊瑚도 섬도 없는 저 하늘로
나를 밀어 올려다오.

채색彩色한 구름같이 나를 밀어 올려다오.
이 울렁이는 가슴을 밀어 올려다오.

서西으로 가는 달같이는
나는 아무래도 갈 수가 없다.

바람이 파도波濤를 밀어 올리듯이
그렇게 나를 밀어 올려다오
향단아.

내 영원은 물빛 라일락

이와 함께 미당의 어린 시절, 그에게 가장 많은 영향을 끼친 여인은 요시무라 아야꼬(吉村綾子)라는 일본인 여선생이었던 것 같다. 선생은 아직까지도 이 일본인 여선생을 잊지 못하고 있는 것이다.

- 요시무라 선생은 어떤 인물이었습니까.

"내 소학교 3학년 때 담임이었지요. 나는 그 선생을 지금까지 못 잊어 하고 있습니다. 내 과거에 있어 우리 선생들 가운데 그이만큼 나를 사랑해준 분이 없었다고……. 요시무라 그 선생이 편애를 넘어선 교육자였다고는 생각지 않아요. 그 분은 나를 애들 중에서 유난히 사랑했으니까……. 그 선생은 처음 부임한 뒤 얼마 동안을 두고 그 맑은 눈과 민첩한 귀로 아이들 중에서 누구를 찾고 있었지. 내 말 아시겠소? 그래서 내가 뽑혔단 말이지. 아이와 소학교 선생 사이에 눈을 맞추는 일은 있거든. 요시무라 선생은 그때까지 내가 보아온 손과 손가락과 손톱들 중에서 가장 깨끗하고 모양이 좋은 것을 가지고 있었습니다. 특히 시간이 파한 뒷면 알코올로 늘 닦아 반달이 역력한 타원형의 손톱을……. 엘토의 좀 느리고 부드러운 음성……. 느린 축에 드는 걸음걸이……. 키는 중키 이상이었지. 보이는 데는 모두 희고 메마르지 않았던 몸뚱이……. 활동하기 위해서가 아니라 생각하기 위해서 열려 있는 듯 하던, 재빠르게는 구르지 않던 맑고 굵은 눈……. 햇빛이 그 타원형의 얼굴에 비치면 콧구멍 속의 엷은 복사꽃이 유체스레 선명하던 좀 오똑한 코……. 역시 햇빛에 그 분홍빛이 비추이던 두 귀…… 욕심이 적어 보이던 비교적 적은 입……. 그런 용모에 내 마음이 기울었던 것입니다."

미당은 한동안 그녀를 '닮노라고' 늘 세수를 '정히' 하고 손톱 발톱을 잘 다스려 깎았다. 어디 그뿐인가. 어머니 몰래 얼굴에 크림을 바르기도 하였다. 몸을 맑히기에 마음을 썼고 사는 일에 대하여 꿈과 매력을 느꼈다. 그는 작문시간마다 꿈같이 아득한 글을 연달아 써냈다.

그런데 웬걸 이 여선생은 미당이 3학년을 마쳤을 때 눈물을 흘리며 일본으로 떠나갔다. 그 후 요시무라 선생의 영상은 미당의 가슴 속에 영원토록 남아 「내 영원永遠은」이란 걸작을 낳게 했다. 그 전문을 옮기면 다음과 같다.

> 내 영원永遠은
> 물빛
> 라일락의
> 빛과 향香의 길이로라.
>
> 가다 가단
> 후미진 굴헝이 있어

소학교小學校 때 내 여선생女先生의
키만큼한 굴헝이 있어
이쁜 여선생의 키만큼한 굴헝이 있어,

내려가선 혼자 호젓이 앉아
이마에 솟은 땀도 들이는
물빛 라일락의
빛과 향의 길이로라
내 영원은.

요시무라 선생과의 헤어짐은 미당에게 큰 충격을 안겨 주었다. 그는 어머니 방에서 자던 습관을 폐지하고, 밤에도 공부방에서 혼자 지내게 되었다. 미당은 매일 요시무라 선생을 떠올리며 괴로워했다. 그러면서 날마다 몇 장씩 편지를 썼고, 그것을 무더기로 부치고는 답장이 오기를 애타게 기다렸던 것이다.

중앙고보에서 고창으로

보통학교를 마치고 미당은 서울로 올라와 인촌 선생이 경영하던 중앙고보에 입학했다. 1929년, 그의 나이 열다섯 살 나던 해였다. 그의 학교생활은 순탄치 못했다. 그 해 광주학생운동을 시작으로 전국에서 학생 시위가 격렬해지자 그는 여기에 주동자로 참여하였다. 1930년 조선총독부가 주동자 57명을 퇴학시킬 때 당연히 그도 여기에 끼여 있었다. 그는 쇠고랑을 차고 서대문 감옥에 들어가 한동안 옥살이를 하였다.

- 그때의 심경은 어떠했습니까.

"말이 아니었지. 내가 중앙에서 퇴학 맞고 잠시 빤한 틈을 이용하여 줄포 집에 들렀더니 아버지가 식구들이랑 저녁밥을 자시고 있습디다. 방학이 되려면 아직 날짜가 남아 있건만은 생각보다 훨씬 이르게 나타난 나를 보시자 어찌 왔느냐고 묻질 않겠소? 그래 학교에서 쫓겨난 사실을 말씀드렸더니 아버지 손에 쥐어져 있던 숟가락이 쟁그랑, 하고 방바닥에 떨어집디다. 손에 쥔 숟가락을 그냥 가질 힘조차 풀어졌단 말이지. 아버지는 나로 하여금 경성제국대학 법과쯤 마치게 하여 무슨 고등관쯤 해주길 바랬던 것인데 그 지경이었으니 그럴 수밖에……. 그런 희망이 한꺼번에 무너지면서 밥숟가락까지 떨어뜨린 것이지. 그렇게 잠깐 집에 들른 직후 서대문감옥으로 끌려간 것이오."

서대문 감옥에서 나온 뒤, 미당은 부친에게 인촌 선생 댁의 농감을 그만두라고 사정했다. 그러자 미당의 부친은 인촌 선생 댁의 일 보던 것을 일절 그만두고 고창읍내로 이사를 해버렸다. 미당의 부친이 읍내에 새로 구한 집은, 본채 이외에도 좁지 않은 대밭 속에 정결한 초당까지 지어져 있었다.

미당은 부친의 주선으로 고창고보에 편입하였다. 하지만 미당은 그때 엉뚱한 꿈을 꾸고 있었다. 부친은 '딴 생각' 말고 공부나 착실히 하라는 것이었지만, 미당은 집에서 돈을 훔쳐 어디론가 달아날 궁리만 하였다.

그는 떳떳치 못한 행동인 줄 알면서도 시험답안지를 백지로 내는, 이른바 '백지동맹'의 책임을 지기로 하고 자진퇴학 권고를 받았다.

'백지동맹'을 지휘하면 자칫 무능한 학생으로 오인될까 봐 그는 겉으로 드러나지는 않았으며 명목상 책임을 지고 고창고보에서도 물러난 것이다.

미당은 학교에서 자퇴하던 그 해(1931년) 아버지의 서랍 속에서 3백 원을 훔쳐내 집을 나섰다. 그 당시의 꿈은 육혈포六穴砲도 한 자루 가슴에 품고 망명혁명가가 되어 상하이上海나 만주 벌판을 누비는 것이었지만, 서울에 와서 몇 사람의 친구를 만나 도서관에 처박히는 신세가 되었다.

- 그때 도서관 생활을 한 것이 문학을 택한 동기가 되었나요? 그 당시 어떤 책들을 읽었다고 기억하십니까.

"중앙고보 다닐 때의 친구 한 사람을 길거리에서 만났지요. 그 친구는 학생운동 때문에 퇴학을 당한 것이 아니라 신문 배달로 배를 채우던 학생이었는데 학비 마련이 어려워 학교를 그만두었습니다. 그 친구의 하숙에서 같이 있기로 한 것이, 말하자면 내가 문학의 길로 들어선 계기가 되었단 말이오. 그 친구와 그의 형과 주인집 청년 배상기裵想基가 소설 이야기를 하는데 그들 이야기에 팔려 도서관을 찾게 되었지. 내가 도서관에 가 처음 읽은 것은 투르게네프의 「그 전날 밤」이라는 장편소설이었습니다. 그런데 나는 그때까지도 사회주의의 때를 못 벗어 다른 소설들은 잠시 접어두고 내가 전에 들은 바 있는 막심 고리키의 전집을 읽어 내려갔지. 한데 투르게네프의 소설을 읽고 나니까 따분하고 맛없는 고리키는 매력을 잃게 됩디다. 그 뒤로 나는 벌써 사회주의 소년은 영 아니고 그냥 문학소년이 되지 않았겠소? 나는 투르게네프의 장편들을 읽기 시작해 「루딘」 「아버지와 아들」「처녀지」 같은 것을 읽었고 그의 산문시도 읽었어요. 그리고 내게 생애를 좌우할 만큼 큰 힘이 되어준 작품은 톨스토이 백작의 소설 「부활」이었습니다. 거 참 대단한 작품이거든.”

여기에서도 알 수 있듯이 미당은 톨스토이의 「부활」을 통해 아예 삶의 행방을 바꾸어버렸다. 일개 문학청년 시절 그가 소설을 썼던 것도 어쩌면 그러한 영향 때문이었는지도 모른다. 소설의 대가 김동리金東里 선생이 초기에 시를 쓰고, 미당이 소설을 썼었다는 사실은 퍽 흥미로운 일이다.

방랑은 끝나지 않았다

그럼에도 불구하고 미당의 방랑은 계속되었다. 1933년 열아홉 살의 미당은 엉뚱하게도 넝마주이가 되어 있었다. 그것은 톨스토이주의를 펴고 있던 일본인 하마다(濱田龍雄)라는 사람 때문이었다. 이 하마다는 마포 도화동의 왕초였다. 을축년 대수재大水災로 빈민들이 마포 도화동으로 모여들자 하마다는 그들에게 넝마주이를 시켰다. 넝마주이를 하면 하루 30전씩 주었으므로 빈민들은 그런대로 입에 풀칠을 할 수 있었다. 백반 한 상에 10전, 호떡 한 개에 5전씩 하던 시절이었다.

그런데 미당은 이 일을 이틀만에 때려치우고, 친구 배상기의 소개로 동대문 밖 개운사開運寺 대원암大圓庵의 소년거사가 되었다. 당시 대원암에는 이 나라 불교의 종정이던 박한영朴漢永 스님이 몸담고 있었는데, 그 분은 유불선儒佛仙에 두루 통달한 대학자였을 뿐만 아니라 중앙불교전문학교(中央佛教專門學校, 약칭 佛專, 동국대학교 전신)의 교장 직을 겸하고 있었다. 육당六堂 최남선崔南善과 춘원春園 이광수李光洙가 그 분의 문하에서 공부했고, 특히 춘원은 박한영 스님 아래에서 삭발을 했던 것이다.

그러나 미당은 여기에서도 안주하지 못했다. 거창하게도 학인거사學人居士가 되긴 했지만 스님 몰래 술도 마시고, 기생집에도 출입하고, 또 한번은 뒷방 마루에서 담배를 피우다가 스님에게 발각되어 혼쭐이 나기도 했다.

1934년 5월, 그는 금강산에 참선이나 하러 갈 요량으로 종정 스님에게 소개장을 부탁했다. 그러자 스님은 미당의 소원을 들어주었고, 미당은 소개장 하나를 받아 쥐고 금강산 장안사長安寺로 송만공宋滿空 대선사大禪師를 찾아가게 되었다. 미당은 닷새 동안 걷고 또 걸어 해가 뉘엿이 지는 금강산 단발령斷髮嶺을 넘을 때 춘원의 「마의태자麻衣太子」를 생각했다. 나라가 망하자 삼베옷 걸쳐 입고 단발령을 넘어 금강산으로 중노릇하러 갔다는 비운의 그 왕자를.

눈물 아롱아롱
피리 불고 가신 님의 밟으신 길은
진달래 꽃 비 오는 서역西域 삼만 리.
흰 옷깃 여며 여며 가옵신 님의
다시 오진 못하는 파촉巴蜀 삼만 리.

신이나 삼아 줄 걸, 슬픈 사연의
올올이 아로새긴 육날 메투리.
은장도 푸른 날로 이냥 베어서

부질없는 이 머리털 엮어 드릴 걸.

초롱에 불빛 지친 밤하늘
굽이굽이 은핫물 목이 젖은 새
차마 아니 솟는 가락 눈이 감겨서
제 피에 취한 새가 귀촉도 운다.
그대 하늘 끝 호올로 가신 님아.

이 시는 절창絶唱으로 평가되는 「귀촉도歸蜀途」의 전문이지만, 이 작품이 그의 내면에서 잉태된 것도 우연한 일은 아니었다. 미당은 금강산에서 하룻밤을 묵고 다시 서울로 돌아왔다.

1935년 4월, 미당은 박한영 종정의 권고로 중앙불교전문학교에 들어갔다. 그때부터 미당은 동아일보의 독자 투고란에 열심히 시를 투고하였다. 1935년 가을, 그는 「벽壁」이란 시를 써서 동아일보에 기고했던 것인데, 그것이 신춘문예 응모작품들과 섞이었던 것인지 1936년 '뜻하지 않게' 당선작으로 뽑혔다. 미당은 그보다 앞서 「배군裵君의 이야기」라는 소설을 쓴 적이 있었고, 동아일보 독자문예란에 「어머니의 부탁」이라는 시를 발표한 바 있었다.

그는 신춘문예에 당선하던 그 해 불전에서 사귄 함형수咸亨洙와 같이 통의동의 한 여관에 기거하면서 김동리, 오장환吳章煥, 김달진金達鎭과 더불어 『시인부락詩人部落』이라는 동인지를 내기도 하였다. 이는 미당이 합천 해인사海印寺에 다녀온 뒤의 일이었으며 그의 방랑은 좀처럼 멈추지 않았다. 그는 학교도 흐지부지해 버리고 다시 제주도로 떠나 그곳에서 약 석 달 가량 머물다가 1937년 6월 흐느적흐느적 지친 몸을 이끌고 고향인 고창으로 돌아갔다. 이러한 방랑벽 때문에 그의 부친은 실의에 젖어 있었고, 그런 아들을 '처매놓기' 위해 궁여지책으로 혼인을 서둘렀다. 어른들 생각으로 자식이 결혼을 해야만 어느 한 자리에 안주할 수 있으리라 믿었던 것이다.

화투 패 떼어 보고 결혼

어머니가 미당에게 혼인 의사를 물어오기 전, 미당은 화투 패를 떼어 봤다. 그랬더니 '님'이라는 공산空山은 안 떨어지고 '중매장이'로 통하는 홍싸리 넉 장이 고스란히 떨어져 그는 혼인할 뜻을 굳혔다.

1938년 3월 미당은 「정읍사井邑詞」의 고향 정읍으로 장가를 들었다. 신부는 열아홉 살의 방옥숙方玉淑 규수. 미당은 당나귀를 타고 신부 집으로 가서 혼례를 치렀다.

그는 재행再行 갔던 날 저녁상 머리에서 장인 장모하고 술잔을 기울이다가, 장모님 이쁘시다는 말을 하여, '찰유생儒生'인 장인으로부터 호된 야단을 맞고 쩔쩔 맸다. 이 이야기는 문단에서도 유명한 이야깃거리로 남아 인구에 회자되고 있다.

- 결혼을 하신 다음에는 부모님 뜻대로 한 곳에 안주할 수 있었나요?

"천만에. 우리 큰아이 승해升海가 태어난 것은 내 나이 스물다섯 살 되던 1940년이었지. 하지만 그 아이 돌보는 것을 부모님과 아내에게 맡겨두고는 바람처럼 돌아다녔습니다. 그 해 가을, 나는 만주로 떠났단 말이지. 거 왜 서커스 있잖소? 그것도 구경을 하면서 국자가局子街 거리를 떠돌고 있었지요. 그리고 떠억 취직을 했거든. 만주양

곡주식회사満洲糧穀株式會社라는 아주 큰 회사에 취직을 해서 경리과에 한 자리를 차지하고 있다가 나중에는 그 회사 용정龍井 출장소로 옮겨 앉았습니다. 직원은 모조리 다섯 사람이었는데 그 중 내가 3석三席으로 있었소."

그러다가 1941년 2월 만주 생활을 청산하고 고향으로 향했다. 하지만 그는 내처 고향에 다다르지 못하고 서울에 들렀다. 처자를 거느린 가장家長으로 아버지에게 생활을 의존할 수만은 없었으므로 그 어디 밥벌이라도 할 만한 일자리를 구해 보자는 속셈 때문이었다.

그는 친구들의 주선으로 동대문여학교에 훈장으로 취직을 하였다. 그러고는 부인과 아들을 서울로 오게 해 행촌동에서 셋방살이를 시작했다. 그렇지만 미당은 그 학교에서도 오래 머물지 못하고 6개월 남짓 있다가 용두동의 동광학교로 자리를 옮겼다. 이 학교에서도 그는 오래 붙어 있지 않았다. 소학교 훈장 노릇도 오래 할 짓은 못 된다 싶어 1942년 봄 그걸 집어치우고 연희동 궁골이라는 빈촌에 셋방을 얻어 살림을 옮겼다. 이 궁핍한 마을에 살면서 그는 「옥루몽玉樓夢」같은 소설을 번역해 겨우 연명했다. 그러한 어려움 속에서 부친이 세상을 떠났다. 장례를 모시고 올라오는 길에 그는 선운사 동구 주막에 들러 안주인과 술을 마셨다. 미당은 그날 안주인의 육자배기에 젖어 담뿍 취하도록 마셨다.

> 선운사禪雲寺 고랑으로
> 선운사 동백꽃을 보러 갔더니
> 동백꽃은 아직 일러 피지 않았고
> 막걸릿집 여자의 육자배기 가락에

작년 것만 시방도 남았습니다.
그것도 목이 쉬어 남았습니다.

이 시는 「선운사禪雲寺 동구洞口」의 전문이다. 여기에 등장하는 막걸릿집 여자는 당연히 주막의 안주인이다. 이 작품은 미당이 훨씬 나중에 쓴 것이지만, 그럼에도 불구하고 안주인과 육자배기의 인상은 오래도록 미당의 가슴을 적셔 주었던 것이다.

갑자기 대학교수로 발탁돼

그러한 방랑 속에서도 미당은 이미 이 나라 문단에 확고한 위치를 굳혀 놓고 있었다. 1941년 그의 처녀시집 『화사집花蛇集』이 나왔을 때, 그것은 실로 많은 사람들에게 충격을 안겨주었다. 미당은 선험적先驗的이라고 할 수 있는 예지를 통하여 인생을, 그리고 문학을 통찰해버렸던 것이다. 그것은 시집 『화사집』에 실린 「자화상自畵像」이라는 시가 잘 말해주고 있다. 「자화상」의 전문은 다음과 같다.

애비는 종이었다. 밤이 깊어도 오지 않았다.
파뿌리같이 늙은 할머니와 대추꽃이 한 주 서 있을 뿐이었다.
어매는 달을 두고 풋살구가 꼭 하나만 먹고싶다 하였으나…… 흙으로 바람벽 한 호롱불 밑에
손톱이 까만 에미의 아들.
갑오년甲午年이라든가 바다에 나가서는 돌아오지 않는다 하는 외할아버지의 숱많은 머리털과
그 커다란 눈이 나를 닮았다 한다.
스물 세 해 동안 나를 키운 건 팔할八割이 바람이다.

세상은 가도 가도 부끄럽기만 하더라.
어떤 이는 내 눈에서 죄인罪人 읽고 가고
어떤 이는 내 입에서 천치天痴를 읽고 가나
나는 아무것도 뉘우치진 않으련다.

찬란히 틔어 오는 어느 아침에도
이마 위에 얹힌 시詩의 이슬에는
몇 방울의 피가 언제나 섞여 있어
볕이거나 그늘이거나 혓바닥 늘어뜨린
병든 수캐마냥 헐떡거리며 나는 왔다.

이 시는 미당 선생의 나이 스물세 살 되던 1937년 가을에 쓴 작품
이다. 일찍이 문학평론가 조연현趙演鉉 선생은 이 작품에 대하여 다음
과 같이 언급한 바 있다.

나는 이 시를 서정주를 이야기하는 데 있어서 가장 중요한 작품의 하나라
고 본다. 그것은 이 작품이 자기를 직접적으로 노래한 자화상이라든가, 이 작
품이 씨의 전작품에 있어 특별히 우수하다든가 혹은 씨의 23세라는 연소한 연
륜에 비해서 놀라운 능력을 발휘했다든가 하는 그러한 의미에 있어서가 아니
라, 23세라는 연소한 나이 때에 불려진 이 작품 속에 씨의 숙명적인 어떤 운명
의 행로가 이미 예언되어 있어 보이기 때문이다.

미당은 확실히 첫 시집 『화사집』을 통해 커다란 파문을 던졌다.
1946년에 간행한 두 번째 시집 『귀촉도』는 더욱 놀라운 반응을 불러
일으켰고 미당은 이 나라 시단에서 확고한 위치를 굳혔다. 그는 이어
서 『서정주시선』 『신라초新羅抄』 『동천冬天』을 차례로 진행하는 한
편 1972년에는 『서정주문학전집』을 내었다. 그는 또 여기에 만족하

지 않고 『질마재신화神話』『떠돌이의 시詩』『안 끝나는 노래』 등을 연달아 간행, 노익장의 건필을 과시하고 있다. 미당의 작품 세계에 대해서 시인 박재삼朴在森 선생은 이렇게 언급한 바 있다.

> 미당 서정주 씨는 한국이 낳은 최고·최대의 시인이다. 이러한 최고·최대 라는 관형사는 외교사령적外交辭令的인 규정이 아니라 가장 구체적이고도 실 질적인 언명이라고 나는 자신한다. 씨는 누구보다도 선험적인 시인이고, 또 그 누구보다도 후천적으로 표현도表現道에 공을 들인 시인이다. 이것은 씨의 초기 의 작품에서도 그렇고 또한 최근의 작품에서도 여전하기 때문이다.

한마디로 미당 선생은 천성적인 시인일 뿐만 아니라, 후천적으로 도 시업詩業을 갈고 닦은 위대한 시인이라고 말할 수 있다. 그는 지금 까지 약 1천 편을 헤아리는 시를 써왔고, 앞으로도 더욱 심오하고 통 달한 경지의 작품을 계속 우리에게 내보일 것이다.

연애감정에 속을 썩고

선생은 1979년 8월 동국대학교에서 정년퇴임했다. 하지만 대학원 에서 강의를 계속하기 때문에 강단에서 완전히 은퇴한 것이 아니며, 그런 점으로 본다면 아직도 현역이라고 말할 수 있다. 앞에서 언급된 바 있는 장남 승해씨의 경우 국내에 있을 때는 한동안 소설을 썼는 데, 미국에 건너가 노드캐롤라이나 대학원 박사과정을 마치고 모교 의 출판부 책임자로 있으며, 무려 18년 연하의 막내 윤潤씨는 서울대 에서 물리학 공부를 마치고 현재 그의 형님이 재직하고 있는 노드캐

롤라이나 대학에서 학업을 더욱 연마하는 중이다.

- 선생님께서는 짝사랑이라는 것을 해보셨습니까?

"거 좋은 질문이군. 나는 시 쓰는 물건이라 특별나게 그런지, 아니면 사람 모두가 사실은 다 그런 것인지 그건 잘 모르겠지마는⋯⋯. 내가 일생 동안 가장 몸을 닳고 애를 먹은 것이 연애감정이란 말이지. 아시겠소? 이것 때문에 마음을 어떻게 썩였던지 골치머리 아팠습니다. 가령 어떤 한 여자를 영 비밀스럽게 사랑하면서 썩는 속이란 말도 못하거든⋯⋯. 그것도 거의는 짝사랑을 하면서 그런 눈으로 사람을 보고 자연을 보며 시를 써온 셈인데, 그것도 나이 50이 넘으면서부터는 횟수라고 할까 정도가 다소 늦추어집디다. 말하자면 그 방면에 있어서 졸업반이나 졸업생같이 되더란 말이지. 꼭 연정이라기보다는 동행하는 친구의 정으로 환치換置되질 않겠소. 그렇게 되니 마음도 한결 편안해집디다. 내가 연정 때문에 마음을 썩이고 있으면, 아내는 이런 나를 송아지 못물 보듯 물끄러미 들여다보고는 걱정도 많이 했습니다. 그러고는 확실한 증거도 없이 나무라기도 하더니 나이 먹은 다음부터는 안심을 합디다. 짝사랑이라는 거⋯⋯. 남들은 어떤지 잘은 모르겠소만 마음 썩는 일이지."

선생은 껄껄 웃었다. 큰아들 하나를 두고 17년이나 쉬었다가 둘째이자 막내를 낳았을 때 일가친척들은 복덩이를 낳았다고 입을 모았다. 막내가 생기기 전에는 술이 심했던 데다가 내외간의 싸움도 상당했던 편인데 막내를 낳은 다음부터는 안정도 하고 아들들과 며느리를 돌보려는 '푼수'도 좀 늘었기 때문이었다.

- 선생님께서는 미인의 기준을 어디에 두고 계십니까.

"기준이랄 것도 없이 일단 삼국유사에 나오는 수로부인水路夫人 이 야기를 해볼까……. 강원도 강릉군수의 아내 수로부인은 참 많이 예 쁜 여인이었던 모양인데, 남편이 강릉 땅으로 군수 노릇 가는데 따라 가다가 동해 바닷가의 어떤 경치 좋은 낭떠러지 밑에 잠시 쉬고 있으 면서, 마침 낭떠러지 위에 곱게 핀 진달래 꽃밭을 우러러 보고 '그것 좀 가져 봤으면 좋겠다'고 한마디를 했겠다……. 그런데 뜻밖에 '내 가 가겠다'고 자청하고 나서 오는 이가 있어 보니, 그건 젊은이가 아 니라 늙은 할아버지였더란 말이지. 그 늙은이는 암소 한 마리를 끌고 오다가 수로부인이 너무나 예뻐서 그만 자기 손에 쥐었던 소고삐마 저 그 어디 바위 언저리에 놓아두고 올라가겠다고 했습니다. 그래서 는 다람쥐 새끼마냥 서슴지 않고 뽀르르 기어 올라가서 그걸 꺾어다 가 부인한테 노래까지 한 수 지어 부르며 꽤 멋있게 전했다는 이야긴 데, 이건 수로부인이 그만큼 예뻤다는 뜻 아니겠소? 땅 위에 사는 사 람들 아무도 못 올라가게 험한 그 낭떠러지를 다람쥐 새끼같이 뽀르 르 그렇게도 잘 기어오르고 내린 그 영감은 불가불 신선일 수밖에 없 는데, 수로부인이 얼마나 예뻤으면 하늘나라 신선이 늙은 염치를 무 릅쓰고 강릉까지 왔겠는가……? 옛날 중국에선 미인이 너무 예쁘면 경국지색傾國之色이라 했지 않소? 이건 말하자면 하늘이 기우뚱할 만 한 미인이라는 느낌을 표현한 것이겠지. 어이튼 요새 우리 주부들이 나 젊은 여성들이 눈에 드는 것만 노려 화장을 해서 얼굴을 바르고 손톱을 바르고 하는 태도에 비긴다면 아주 딴판의 태도라 할 수 있을 겁니다. 미안스럽지만 솔직히 말해서 요새 우리나라에서는 너무들 하거든. 높은 관리나 대학교수나 심지어 종교가의 부인들까지 손톱에 선지핏빛 매니큐어도 곧잘 하시고, 또 눈두덩이에 푸른 물감 칠도 곧잘 하시고, 또 가짜의 긴 속눈썹이나, 심하면 거짓으로 쌍꺼풀을 만들다가 눈을 영 망쳐버리는 경우도 보이는데 '하늘의 눈에 들기'를 소원했던 수로부인에 비긴다면 상대도 안 되는 일이잖소?"

선생은 서양 사람의 아름다움과 동양 사람의 아름다움은 각자 타고난 대로 다르다는 것을 역설했다. 타고난 아름다움대로 사는 것이 하늘의 부탁이고 땅의 부탁일진대 '쓰잘데없는 부자연'을 연출할 필요가 없다는 것이다.

멋은 풍류정신과 통해

본래 타고난 고장의 사람들에게 서양 사람의 흉내를 낸다 한들 얼마나 근사하게 보일 것이며, 또 서양 사람들한테 그들의 인형 노릇을 한다면 몇 푼어치나 할 수 있을 것인가. 그 쌍꺼풀 되지 않은 대로 예쁘기만 한 우리 눈두덩을 쌍꺼풀 내려다 잘못되어 병신 눈을 만들어 가지고 다니는 이 땅의 여성들, 우리 고장 사람들은 잠시 인형의 아름다움으로 밖에는 아무도 보아주지 않는데도 예쁜 모양이라고 착각한 나머지 검은 머리를 금빛이나 밤빛으로 물들이고 다니는 여성들을 미당 선생은 결코 미인이라고 말하지 않는다. 그런 이들의 짓은 하늘과 땅의 뜻에 맞지 않을 뿐 아니라, 자기 자신을 위해서도, 허영과 불만에 헤매기 위한 때에만 겨우 맞는 행위라고 생각하는 것이다.

- 그러면 멋의 본질은 무엇이며, 어떻게 해야만 진정한 멋이 우러나올 수 있다고 보십니까?

"거 참 멋진 질문이오. 우선 '멋이 있다' '멋쟁이다' 하고 말할 때에는 옷치장이나 그 형태를 생각지 않을 수 없습니다. 우리가 일정 때 '그 사람 멋쟁이다' 하고 말을 많이 했는데 옷차림에 있어서 남들이 못해 입는 색채나 형태를 발견하고는 그렇게 말했었지. 다시 말해서, 초라하지 않은 차림새를 말하지 않을 수 없는데 거기에는 정신이 중요하단 말입니다. 첫째 천하지 않고, 둘째 우아하고, 셋째 여유 있는 옷차림을 했을 때 그 사람 멋지구나, 이렇게 생각하는 것이오. 천박하지 않으면 서도 싼거리가 아닌 것을 말하지마는 교양에 따라 그 질이 다를 수밖에 없겠지. 그 다음 멋을 이야기하자면 풍류정신을 생각하지 않을 수 없습니다. 풍류를 알아야 멋을 알거든. 거, 왜 풍각쟁이라는 말 있지 않소? 음악 좋아하고 무용 좋아하고 기생 좋아하고 어느 정도 광대기질까지 갖춘 사람을 풍각쟁이라고 말합니다. 가야금이나 거문고 잘 켜고 리드미컬한 풍류를 좋아하는 사람……. 그런 사람을 일컬어 풍각쟁이라고 말하잖소? 가야금에는 산조散調와 풍류風流라는 것이 있는데, 풍류는 점잖은 것이거든. 그렇기 때문에 멋이라는 것도 풍류정신과 맥락이 통한단 말입니다. 그러면 이러한 풍류의 원류는 어디에 있는가. 『삼국사기』에 보면 풍월도風月道에 관한 기사가 나오지요. 난랑鸞郎이라는 화랑이 죽었을 때 비석을 세웠는데 고운孤雲 최치원崔致遠이 그 서문에서 이르기를, '우리나라에는 현묘한 도道가 있어 이를 풍류라 한다…… 그 설교說敎의 근원은 『선사仙史』에 나와 있다…….' 이렇게 되어 있단 말이오. 석학 최치원이 살아 있던 시대에는 『선사』라는 책이 있었던 모양인데 거기에 이미 풍류의 정신적 요소가 명시돼 있었단 말입니다."

그렇다면『선사』에 나와 있는 풍류의 정신적 요소는 어떤 것인가. 풍류의 근원은 삼교三敎를 포함한 것으로 모든 생령生靈을 접화接化한 도道였다. 집에 들어와 부모에 효도하고 밖에 나가 나라에 충성하는 것은 공자의 유교와 통하고, 무위無爲의 일에 처하매 불언不言의 가르침을 행하는 것은 노자의 도교와 통하며, 모든 악을 저지르지 않고 모든 선을 봉행하는 것은 석가의 교화敎化와 통한다고 되어 있다. 최치원의 이 같은 해석으로 미루어 신라의 풍류야말로 유교, 불교, 도교의 세 종교적 요소가 두루 포함되어 있음을 엿볼 수 있다.

우리 시대의 미당 선생은 진정한 멋의 근원을 신라의 풍류에서 찾아야 한다고 말했다. 즉 선사에 나타난 사상, 그것이 곧 멋의 원류源流라는 것이다.

신선도와 즐거운 주말

여기에 덧붙여 미당 선생은 신선도神仙道에 나타난 멋을 풀이했다. 짧은 시간을 영원한 것으로 느낄 때 여유가 저절로 우러나온다는 것이다.

- 그렇다면 현대인도 신선이 될 수 있다는 말씀입니까.

"그런 셈이지. 멋을 모르는 사람은 어쩔 수 없고……. 가시적인 현실에만 급급한 사람, 옹졸하고 답답한 치들은 그 멋이라는 것을 알 까닭이 없습니다. 역사의식을 가지고 살아야만 답답하지 않고, 헌칠하고, 남들이 감동할 만한 매력이 우러나고 생사生死에도 각박하지 않게 됩니다. 처음부터 안 될 일을 가지고 밤잠 안 자고 '우라징'

을 앓아 봐야 소용없거든. 당대에 이루지 못하면 후대에 이룰 수 있다는 역사의식이 있어야 합니다. 이걸 나이 먹고 늙어서야 부득이 깨달았소만 그런 유연한 여유를 가질 때 자연과 우주를 상대하면서 살 수 있단 말이오. 아시겠소? 선仙이란 무엇인가……. 사람[人]과 산山이 합하여 된 것입니다. 내가 세계 일주 여행을 하면서 느낀 일이지만 우리나라처럼 산이 많은 나라도 없다 이겁니다. 현대인들이 밀폐된 공간에서 생활하다가 주말만 되면 자연을 찾아 나서는데 좋은 현상입니다. 신라의 화랑들이 산수山水를 즐겨 찾았듯이 도시인들이 자연을 찾는 것도 당연한 현상일 거요. 밀폐된 정서를 탁 트인 자연과 함께 호흡하면 획일적인 것으로부터 벗어날 수 있잖소? 이게 바로 여유 있고 답답하지 않게 사는 비결이지 않을까……. 전인교육, 전인사상, 전인정신이 고루 갖추어져야 원만한 인간의 자격을 갖게 된다 그런 말이오. 그러자면 현실 사회인으로서의 자격을 가져야 하고, 미래를 인식할 줄 아는 역사의식을 가져야 합니다. 그러면 멋도 자연 따라오지 않겠소?"

선생은 신라인의 인격을 예로 들었다. 신라인들이야말로 인격을 고루 갖춘 인간의 전형으로 보인다는 것이고, 사실 선생이 신라정신에 심취해 온 내력도 그 때문이었던 것이다.

긴 시간의 대담을 마치고 범세계한국예술인회의 사무실을 나섰다. 선생께서는 엘리베이터 앞까지 따라 나오며 배웅해 주었다. 창밖에는 여전히 빗줄기가 이어지고 있었다.

『멋』 1985년 10월호

소설 같은 인생, 인생 같은 소설

소설가 최정희(崔貞熙, 1906~1990)

왼쪽 눈이 웃으면 불길한 일이

7월 15일 오후 4시. 마포아파트로 소설가 최정희 선생 댁을 찾았다. 마침 소설가 박경수朴敬洙 선생과 김문수金文洙 선생이 술상을 사이에 두고 마주앉아 있었다. 최정희 선생은 그 옆에서 할랑할랑 부채를 부치며 함께 말씀을 나누는 중이었다. 어딘지 침울한 분위기가 감돌고 있었다. 화제가 어제 작고하신 소설가 만우晩牛 박영준朴榮濬 선생에 대한 내용이었으니 그럴 수밖에 없는 일이었다. 박경수 선생과 김문수 선생은 세브란스병원에 마련된 박영준 선생 빈소를 다녀오는 길에 최정희 선생 댁을 들른 것이었다. 최정희 선생은 말하자면 두 분으로부터 빈소에서의 일과 장례절차 등에 관하여 보고(?)를 받는 셈이었다.

- 어제 하오 박영준 선생님께서 돌아가셨습니다. 지금 심정이 어떠십니까?

"오늘은 박영준 선생 생각만 가득해요. 참 가까이 지내던 분인데! 지금도 박 선생의 이모저모에 관해 얘기를 나누던 중이었어요."

- 박 선생님께서 돌아가신 것을 어떻게 아셨는지요?

"어제 저녁 때 현대문학사現代文學社에서 전화가 걸려왔어요. 박 선생님이 돌아가셨다고. 그 얘기를 듣자 손이 떨려 수화기가 귀에 닿지 않았어요. 돌아가셨다는 얘기만 들었을 뿐, 말을 더 들을 수가 없었지요. 말소리가 도무지 들리질 않았어. 얼마 전 미국에서 돌아온 우리 딸아이가 박 선생을 모시고 병원에도 다녔었는데 돌아가셨다는 얘기를 들으니 그만……. 평소에는 저혈압인데 혈압이 부쩍 올랐어요. 난 그런 일엔 혈압이 잘 올라. 그래 빈소에도 못 가 보고 지금 다녀간 두 사람한테 얘기만 전해 들었지. 근데 나한테는 이상한 일이 있어요. 왼쪽 눈이 웃으면 꼭 나쁜 일이 생기거든. 오른쪽 눈이 웃으면 좋은 일이 생기고……. 우리 아이가 내 곁을 떠날 때에도 왼쪽 눈이 웃었어요. 그런데 어제 아침에 일어나니 왼쪽 눈이 자꾸만 웃어. 그래 또 무슨 일이 생기지 않을까 염려했는데 그 비보를 들으려고 그랬던가 봐.

- 박 선생님과는 언제부터 아셨는지요?

"내가 파인(巴人, 金東煥 시인. 최정희 선생의 부군. 6·25 때 납북)과 덕소에 내려가 있을 때였지. 그때, 박 선생은 잠시 어느 신문사든가 출판사에 관계하고 있었는데 우리 집으로 원고를 받으러 왔었어. 저만큼에서 누가 오는데 '아, 저 사람이 바로 박영준이구나' 하고 짐작했지. 지금도 그때의 기억이 생생해요. 인사를 나눈 일도 없고 본 적도 없는데 퍼뜩 '아 저 사람이 박영준' 하고 떠오르더란 말이야.

그 후로 아주 친해졌어요. 얼마 전엔 박 선생이 내 제자인 박시정(작가)에게 편지를 했는데 그 내용 중에 '최정희는 참 좋은 친구'라고 썼더래. 그것을 제자가 내게 알려왔더군. 아무튼 박 선생과는 매우 가깝게 지내왔어요."

박영준 선생에 대한 얘기를 하면서 최정희 선생은 몇 번씩이나 목이 메는 듯했다. 같은 시대를 살아온 한 친구가, 같은 길을 걸어온 한 작가가 유명幽明을 달리했다는 사실이 선생에게는 분명 큰 슬픔으로 받아들여졌을 것이다. 더구나 남달리 우여곡절이 많은 삶을 살아온 최정희 선생이고 보면 그 비보가 안겨준 충격은 실로 컸을 것이다.

숨소리가 들릴 만큼 조용해야

- 대담을 위해 뵙자고 말씀드렸을 때 처음엔 거절하셨는데, 그럴 만한 이유라도 있었나요?

"뭐 특별한 이유보다도……. 난 조용히 있는 게 제일 좋아요. 지나간 얘기를 자꾸만 들춰내는 것도 뭣하고, 인터뷰를 오면 사진을 찍는다고 수선을 피우게 돼요. 그런 것이 좀 귀찮달까, 그래서 가급적 피하려고 하는 거지."

- 이렇게 혼자 지내시면서 외롭지는 않으세요?

"외로움은 누구나가 느끼는 거지. 살아가는 데 여러 가지 어려움이 있지만 누구나가 그걸 극복하려고 애쓰는 것 아니겠어요. 그리고 난 본래 조용한 것을 좋아하는 편이라서 적적한 줄 모르고 지내요. 내 숨소리가 또렷이 들릴 만큼 조용한 것을 좋아하지."

- 일과는 대체로 어떻게 보내시는지요?

"조용한 시간엔 책을 읽지."

- 주로 어떤 책을 읽으시나요?

"문학서적이지. 시집이라든가 창작집을 읽어요. 증정본이 꽤 많이 들어오는데 빼놓지 않고 꼭 읽어요. 책을 읽다가 피곤할 때는 창밖을 내려다보고 지내지요."

- 최근 선생님의 소설집도 나왔는데 판매 실적이 어떤지 궁금하군요.

"55년 『바람 속에서』를 낸 후 오랜만에 소설집을 냈지. 최근에 발표한 『탑塔돌이』와 『산山』을 비롯해 『205호 병실病室』 『바다』 『귀뚜라미』 『찬란한 대낮』 『탄금彈琴의 서書』 등을 묶어서 냈어요. 3백 페이지가 조금 넘는 책이지요. 좀 팔리는지, 어쩌는지……. 더운 계절이라 아무래도……."

- 선생님께서는 김환기金煥基 화백과도 가까이 지내신 걸로 알고 있습니다. 미술과 문학이 어떤 연관성을 가지고 있다고 생각하시는지 선생님대로의 고견을 듣고 싶습니다.

"네. 김 화백과는 20대부터 알고 지냈어요. 일제 때지요. 같이 어울려서 술 마시러 다니기도 하고……. 문학과 미술은 다같이 예술로서 추구하는 바도 궁극적으로는 같다고 봐요."

- 선생님께서 소장하고 계신 김 화백의 작품은 몇 점이나 되는지요?

"3점입니다."

- 그 중 「아침 별Morning star」은 요번에 나온 『찬란한 대낮』의 표지

로 쓰셨던데요.「아침 별」에 대해서…….

"「아침 별」은 김 화백이 66년도에 뉴욕에서 그린 작품이지. 향안 鄉岸, 金鄉岸에게 주려고 제작한 거야. 나한테는 다른 작품을 주겠다고 했는데 내가 「아침 별」을 탐내자 할 수 없이 주더군."

- 선생님께서는 미국에서도 상당 기간 지내셨는데 정확히 얼마동안 계셨는지요? 그리고 그곳에서의 생활을 소개해 주셨으면 합니다.

"꼭 9개월 동안 있었어요. 미국에서의 생활이란 한마디로 답답했어. 놀러 다닐 수도 없고……. 당시 유네스코에 근무하던 아들이 뇌일혈로 쓰러져 난 정신도 가누기 어려울 만큼 괴로운 심경이었지. 그때 미국에 있는 딸이 날 위안해 주려고 해서……. 친구들도 많은 뒷바라지를 해줬지. 74년에 갔다가 뉴욕에 있는 큰딸네 집에서 지냈지. 이웃이래야 모두 낯선 사람들뿐이고, 길도 설고. 젊은 사람들은 일을 하느라 바쁘게 지내니까 혹 모르지만 우리 같은 사람은 복잡하고 답답해서 살기 어려운 곳이야. 난 조용하고 정든 내 집이 제일이라고 느꼈어."

- 월탄月灘 박종화朴鍾和 선생님의 글씨는 언제 받으셨어요? '담인淡人'이라고 쓰여 있는데요…….

"한 4, 5년 될까. 월탄 박종화 선생께서 '최 선생은 호가 없어 부르기가 거북하다'면서 '담인'이라 지어 주시고는 그것을 써주신 거야. 정성스럽게 쓰시고 표구까지 해서 보내주셨는데 아직 호는 못 쓰겠어. 훌륭한 어른들이나 이름 앞에 호를 쓰지, 나 같은 사람이 어떻게 호를 쓰겠어?"

여기자女記者에서 작가가 되기까지

- 선생님께서 쓰신 「문학수업기文學修業記」 가운데 기자 노릇을 하지 않았더라면 문학을 하지 않고 무용이나 음악을 했을지 모르고 또 하마터면 여배우도 될 뻔했다는 구절이 있습니다. 선생님께서 문학수업을 하실 때의 전후 사정을 좀 더 자세히 알고 싶습니다.

"정말이지 내가 문학을 하게 되리라곤 생각지 못했어. 문학이야말로 훌륭한 분들이나 하는 것으로 알고 있었거든. 지금도 그 생각엔 변함이 없어요. 그러니 내 작품은 항상 부끄럽기만 해요. 인생도 그렇고 문학도 그렇고 그저 서툴 뿐이지."

선생은 시종 겸손일변도였다. 여기서 잠깐 예의 「문학수업기」를 살피기로 한다.

> …(전략)… 나는 참 감히 어찌 그런 훌륭한 일을 받아 감당할 수 있으랴 싶은 마음이면서, 그러나 한편으로는 어디 한 번 해보리라는 마음도 없지 않으면서 교장선생이 내밀어 주는 삼천리사三千里社 주간 김동환金東煥으로 된 명함을 들고 관철동에 있는 그 사社를 찾기로 했다. …(중략)… 세월이 가는 사이에 나는 원고지 무서워하던 버릇도 없어지고 또 기자로서의 솜씨도 익숙해져서 방문기訪問記거나 무슨 기사거나 쉽사리 만들어낼 수가 있었고 신문잡지에서 청하는 수필(?) 소설(?)을 수월히 써서 줄 수도 있었다.

이상은 최정희 선생이 삼천리사三千里社에 입사하던 일과 작가로서 발돋움하던 과정을 적은 글이다. 그러므로 잡지사에의 입사는 선생이 작가로 출발하는 데 중요한 계기가 되었던 것으로 보인다.

그 후, 맹원盟員도 아니면서 조선프롤레타리아예술가동맹(1934년)

에 연루돼 8개월간의 옥고를 치렀다. 세칭 '카프사건'이라고도 하고 '신건설사건新建設事件'이라고도 불리는 이 사건으로 전북 전주형무소에서 선생은 애매하게 옥살이를 했다. 이 기간이 선생에게는 중요한 의미를 갖는다. 이때에 선생의 문학이 잉태되었기 때문이다.

> ···(전략)··· 누구나 형무소라면 세상의 지옥으로 알 것이로되, 그때의 내게
> 는 형무소가 나의 안식처였다. 나는 책을 읽을 수 있고 혼자 조용히 생각할 수
> 있는 것이 즐거웠다. 발톱이 얼어서 빠지는 일이 대수롭지 않았다.
> 　비로소 나는 '문학文學'을 깨달았다. 문학은 나를 위해서 생긴 것이고 나는
> 문학을 하지 않으면 구원救援의 길이 없을 것 같았다. ···(후략)···

그리하여 그 이듬해 출옥과 함께 조선일보 출판부에 입사하였고, 1937년 단편 「흉가凶家」를 『조광朝光』에 발표, 공식적으로 문단에 데뷔하였다.

어수룩하면서도 기품 높은 파인

- 「흉가」 이후 「지맥地脈」과 「인맥人脈」을 발표하고 곧 덕소(德沼, 경기도 양주군 와부면)에 내려가셨는데 그곳에서의 생활은 어땠는지요?

"그때의 생활은 「탄금의 서」에 모두 쓰여 있어. 파인은 어수룩하면서도 기품이 있는 분이었어요. 농사를 지으면서 웃지 못할 일도 많았으나 파인을 존경하면서 지냈어요. 파인은 아주 우스운 분이면서도 격이 높은 분이었거든. 나는 그 분이 지닌 격에 끌려 고생인 줄 모

르고 살았어."

그러나 이 동안 최정희 선생은 일제의 감시와 억압에 많은 시달림을 받은 것으로 보인다. 게다가 직장생활마저 버리고 타관에서 무려 7년 동안이나 양계를 하고 농사를 지으며 지냈던 것이다. 파인이나 최정희 선생이 농사에 익숙할 까닭이 없다. 파인의 농사솜씨(?)는 「탄금의 서」에도 잘 나타나고 있다.

고추씨를 뿌리면 너무 깊게 뿌려서 나지 않았고 마늘은 또 얕게 심어서 마늘쪽이 땅 위에 히뜩히뜩 자빠졌다. 고추씨가 깊어서 나지 않았다고 하여 마늘을 얕게 심어 놓는 그였던 것이다.

하루는 내가 아이를 끼고 누웠다가 잠이 든 사이에 그가 감자북을 돋아주었노라고 했다.

나는 못미더워서 감자밭으로 내달렸다.

봐라. 청정 푸르러 꽃을 피웠던 감자 숲들이 내리쪼이는 햇빛에 새들새들하지 않은가.

파인은 농사뿐만 아니라 매사에 있어서 이처럼 어수룩했던 것으로 보인다. 여기서 말하는 어수룩함이란 꾸밈이 없고 거짓이 없는 순수함이다.

- 선생님께서는 삼천리사에 입사하고 나서 문필 생활을 하셨는데 그 이전에도 작가가 되겠다는 결심을 하셨다거나 그런 꿈을 꾸신 일이 있으신지요?

"생각지도 못한 일이에요. 학생시절에 문학서적을 많이 읽긴 했지만 작가가 되겠다는 생각은 못했어. 참 책은 열심히도 읽었지. 다른 일은 하지 않고 책만 읽으니까 어머니께서 책을 꺼내다 불을 지르기도 했었어요.”

- 그때는 주로 어떤 작품을 읽으셨습니까?

“도스토예프스키의 작품들, 그리고 체호프나 다자이 오사무太宰 治
등의 작품을 많이 읽었지.”

- 선생님의 작품을 흔히 사소설私小說이라고 합니다만 체험과 창작
에 관해서 구체적인 설명을 해주셨으면 합니다.

“네. 내 작품은 대부분이 나의 신변 얘기지요. 물론 그렇지 않은
것도 있지만……. 내가 경험한 것을 소설화하는 이유는 특별한 게 아
니고 내 체질이라고 할 수 있어. 남의 체험이라도 자신의 체험같이
정확하게 알아야 작품을 쓸 수가 있거든.”

- 선생님의 작품엔 불행한 유부녀나 미망인이 많이 나오더군요.

“그래요. 운명적인 여자들이 많이 나오지요. 언제나 외롭고 슬프
고 약한 그런 여자들……. 그렇다고 세상에서 흔히 말하는 똑똑한 사
람들은 아니지. 그저 참정권 한 번 부르짖는 일도 없고 남녀동등을
내세우는 일도 없지. 그러나 세상의 어느 여자보다도 사랑이 무엇이
며 아름다운 것이 무엇인가를 잘 아는 총명한 여자들야. 타고난 팔자
를 운명으로 받아들이는……. 아무튼 내 자신이 운명적인 여자가 아
닌가 싶어요.”

- 해방 후 농촌을 배경으로 한 작품도 쓰셨지요?

“네. 농촌생활에서 얻은 소재를 가지고 몇 편 써봤어요. 내가 농촌
얘기를 쓰자 어떤 분은 창작세계가 갑자기 달라졌다고 했어요. 그러
나 갑자기 달라진 것은 아니었지. 일제가 물러가고 해방이 되었어도
헐벗고 굶주리는 농촌의 참상을 방관할 수만은 없어 썼던 거야.”

운명運命에 순종하는 착한 여인들

선생의 문학 역정은 대체로 세 단계로 나눌 수 있을 것 같다. 즉, 8·15 이전의 작품세계와 8·15 이후의 작품세계, 그리고 6·25 이후의 작품 경향이 그것이다.

창작집 『천맥天脈』으로 대표되는 8·15 이전의 작품은 주로 여성의 불행한 운명을 탄식하는 경향이었다. 이 시대에 다루고 있는 여성의 불행한 운명은 유부녀나 미망인의 애정 문제, 사생아를 가진 여성의 고민 등이었다. 가령 「인맥」 「천맥」 「지맥」 등 일련의 작품들에 나타나고 있는 주인공들의 고뇌는 작품 경향을 뚜렷이 볼 수 있는 요소가 된다. 「천맥」은 버림받은 여성의 모성애와 이성에의 애정을, 「지맥」은 사생아에 대한 어머니의 고민과 미망인의 애정 문제를, 「인맥」은 남편 아닌 외간 남성과의 애정 문제를 각각 다루고 있는 것이다.

단편집 『천맥』 이후 창작집 『풍류風流 잡히는 마을』에 와서는 작품세계가 많이 변모되었다. 단순한 여성의 고민만을 탄식하는 데 그치지 않고 사회정의까지도 추구하고 있음을 볼 수 있다. 「점례占禮」에서는 소작인을 착취하는 지주와 착취당하는 소작인의 관계를 통해 사회 문제를 다루었고, 「풍류 잡히는 마을」도 지주와 소작인의 관계를 다루고 있다.

이러한 작품경향은 6·25 이후에 다시 크게 변모, 지금까지 주로 체험을 소재로 소설을 써왔다. 예컨대 「탄금의 서」나 최근에 발표한 「산」 등은 그 대표적인 작품이라 할 수 있을 것이다. 그러므로 선생의 인생은 곧 선생이 발표한 작품을 통해 자세히 알 수가 있다.

- 지금 구상중인 작품을 소개해 주셨으면 합니다.

"우선 전에 『현대문학現代文學』에 연재했던 「강물은 또 몇 천리千里」
를 끝내려고 해."

- 그럼 또 연재를 하게 되는 건가요?

"그게 아니고, 책을 낼 예정인데 뒷부분에 이어서 조금만 쓰면
돼."

- 에필로그 정도가 되겠군요.

"그렇죠. 마무리를 짓는 거야. 근데 인물들의 이름이라든지 사건
의 전개가 아리송하니 잘 기억되지 않는 부분도 있어서 다시 읽어보
았어요. 매듭을 지어놓고 다른 작품을 써야지. 써야 될 작품은 많고,
써야지, 써야지 하면서도⋯⋯."

- 선생님 연보年譜를 살피니까 연극에 출연했던 기록도 보이더군
요.

"연극도 참 좋아해요. 문인극에 몇 번 출연했었지. 사변 중엔 대구
에서 공연한 문인극에 출연했었는데 부산에서도 재공연을 했어."

- 어떤 작품이었는지요?

"제목이 아마 「고향 사람들」이었던가 그래. 김영수金永壽 선생이
쓴 작품인데 연출도 김 선생이 맡았었지."

- 그렇게 연극에 관심이 많으신데 혹시 희곡을 쓰실 계획은 없으신
가요?

"소설도 제대로 못 쓰는데 어떻게 희곡까지 쓰겠어? 죽으나 사나
소설에만 매달리는 거지요."

- 신인들 작품은 얼마나 읽으세요?

"문예지가 보내져 오기 때문에 가급적 빼놓지 않고 읽으려고 해요. 신인들 중엔 잘 쓰는 사람도 많아. 그런데 작가 이름과 작품 제목을 오래 기억하지 못하겠어. 기억력이 부족해서……."

창으로 내다보면 가난한 이웃이

- 그간에 발표해 온 작품들 중에서 대표작을 꼽으신다면 어떤 작품을 드시겠습니까?

"에이그, 무슨 대표작……. 내가 뭐 작품다운 작품을 썼어야지. 난 작가라든가 소설가라는 말을 듣는 것도 부끄러운 걸."

- 외출도 거의 않으시는 걸로 알고 있는데 교우관계는 어떠신지요?

"우리 나이의 문인들과는 자주 만나는 편이에요. 안 만나면 보고 싶고…… 그리고 이따금 젊은 문인들, 특히 제자들이 와서 떠들다 가곤 하지."

- 그 이외의 시간엔 책이나 읽으시겠군요.

"네. 아까도 말했듯이 책을 읽어요. 그러다가 창밖을 내다본다고 했는데 어떤 때는 슬그머니 화가 날 때도 있어요. 이 6층에서 창문을 열고 아래를 내려다보면 여러 가지 정경이 보여. 뛰어노는 아이들이라든지 지나가는 행인들이라든지……. 그 중에서도 노점상들을 볼 땐 안타까운 마음뿐이지. 과일이나 채소를 펴놓고 파는 노점상들……. 어떤 때는 경찰관의 단속으로 쫓기는 모습도 보이는데 어찌

나 안타까운지 몰라. 아기를 업은 여자라든지 할머니들이 과일이나 나무새를 펴놓고 파는데 저걸 다 팔아야 얼마나 될까 생각하면 괴로워. 그래 어떤 때는 내가 왜 창밖을 내다보고 그런 데까지 신경을 쓰고 있는지 화가 나기도 해요.

- 미국 따님들한테서는 자주 소식이 있나요?

"큰딸이 뉴욕에 있지. 작은딸도 거기서 미술학교에 다니고……. 편지도 자주 보내주고 전화도 자주 걸어줘요. 작은딸은 방학해서 서울에 와 있고……. 소설 쓰겠다고 지금 수녀원에 가 있어."

- 두 따님도 다 소설을 쓰는데 선생님께서 권유해서 쓰게 됐나요?

"아니야. 그 힘든 일을 뭐 하러 하느냐고 만류했는데 큰딸은 추천을 마쳤고 작은딸은 첫 추천을 받았어. 지금 두 번째 추천 작품을 쓰겠다고 나가 있는 거야. 큰딸은 김지이金知伊, 金知原, 작은딸은 김채원金采原……."

- 그간 살아오신 감회는 어떻습니까?

"나같이 몹쓸 운명을 타고난 여자도 또 있을까. 뭐 할 말이 있는 것 같기도 하고 없는 것 같기도 하군."

꼭 당신의 소설같이 살아온 최정희 선생. 45년에 간행한 『천맥』을 시작으로 47년에 『풍류 잡히는 마을』, 51년에 수필집 『사랑의 이력履歷』, 54년에 제3동화집 『장다리꽃 필 때』, 장편 『녹색綠色의 문門』, 55년에 『바람 속에서』 등을 냈다. 58년에는 장편 「인생찬가人生讚歌」로 서울시문화상을 수상했고 장편 『끝없는 낭만浪漫』을 간행했다. 62년에는 장편 『별을 헤는 소녀들』과 수필집 『젊은 날의 증언證言』을 냈으며 대하소설 규격으로 쓴 장편 『인간사人間史』를 63년에 간행,

이 작품으로 제1회 여류문학상을 받았다.

　이제 원숙기를 넘어선, 무르익을 대로 무르익은 노년기의 선생이 또 어떤 작품을 보여주게 될 것인지 크게 주목된다.

『월간문학月刊文學』 1976년 9월호

인생은 사랑하는 자와 평화자의 것

소설가 임옥인(林玉仁, 1915~1995)

사랑은 가장 소중한 것

소서小暑가 지난 7월의 한낮, 훅훅 쏟아지는 불볕을 헤치며 강동구 둔촌동의 임옥인 선생 댁을 방문하였다. 그곳은 실로 엄청나게 변모해 있었다. 10여 년 전, 무슨 일로 선생 댁을 방문했을 때는 그 일대가 온통 논과 밭이었다.

그러나 이제는 집을 찾기가 어려울 만큼 그 일대가 신흥도시로 변해 있었다. 가까운 곳에 거대한 몸집의 보훈병원이 들어섰으며, 이웃에는 아파트와 학교는 물론 신흥주택들이 줄줄이 몸을 맞대고 서 있었다.

- 동네가 많이 변했군요.

"많이 변했지요. 그 전에는 허허벌판이나 다름없었는데……. 이 앞에는 숲이 있었고, 뒤에는 논이 있었지요."

- 이종환李鍾桓 선생님께서 사시던 곳은 어디쯤 됩니까.

"저쪽······. 지금은 도로가 났지요."

지금은 고인이 되었지만 소설가 이종환 선생은 바로 이웃에 살고 있었다. 이웃사촌이란 말도 있지만 임옥인 선생 내외와 이종환 선생은 서로 이웃에 살면서 각별히 지내왔다. 한데 이종환 선생이 세상을 떠난 지도 어언 여러 해가 지나갔다. 선생이 살던 곳은 흔적조차 없고, 그곳으로는 넓은 도로가 관통하고 있었다.

선생과 의례적인 대화를 나눈 뒤 대담 장소를 초가집으로 옮겼다. 이 집은 본채 곁에 나란히 지은 별채로서 입구 안쪽에 '悟道幕'(오도막)이라는 조그만 현판이 붙어 있었다. 실내는 시원했다.

- 선생님께서 이 동네에 정착한 지는 얼마나 됩니까.

"꽤 오래 되었군요. 전에는 왕십리에 살았는데 61년도에 이곳으로 이사 왔어요. 이 일대는 아까 말한 것처럼 허허벌판이나 다름없었어요. 이 앞에 보이는 풀 한 포기, 나무 한 그루도 모두 우리 손으로 가꾸었지요. 왕십리에 살 때에는 집이 협소했습니다. 열세 평 반이었으니까요. 그때도 나는 나무 가꾸기를 좋아해서 문간에 은행나무를 심곤 했는데, 회초리만큼 자라면 동네 아이들이 뽑아버리잖아요. 그렇다고 아이들에게 야단칠 일도 아니었고······. 아마 내가 심었던 나무들이 손 타지 않고 잘 자랐더라면, 나무에 대한 애정 때문에 왕십리를 못 떠났을지도 모릅니다."

어쨌든 선생은 왕십리를 떠나 황무지와 별로 다름없는 둔촌동에 새로운 터전을 마련했다. 그 당시만 해도 둔촌동은 변두리 중에도 아주 변두리였기 때문에 드넓은 대지를 장만할 수 있었다. 오늘날 투기꾼들이 들으면 귀가 번쩍 뜨일 일이지만 20여 년이 지난 지금 둔촌동은 번화가가 되었고, 임옥인 선생은 어디 내놓아도 손색없는 번듯한 저택과 널찍한 정원을 소유하게 되었다. 그러나 오늘 이 같은 정원이 조성되기까지에는 선생 내외의 정성스러운 손길이 필요했다. 선생께서 말한 것처럼 나무 한 그루, 풀 한 포기에 이르기까지 사랑의 손길이 골고루 깃든 것이다.

- 건강은 어떠십니까.

"75년도에 뇌졸중으로 쓰러졌어요. 그 뒤 회복을 못할 줄 알았는데 신기할 정도로 오래 버팁디다. 이 모두가 하나님의 뜻이라 생각합니다. 또 욕심을 내지 않고 사랑하며 아름답게 살기 때문이라고 하겠지요."

- 공직에서 은퇴하신 지 꽤 오래 된 것으로 알고 있습니다만…….

"뇌졸중으로 쓰러진 이후 줄곧 투병을 해왔는데 78,9년 무렵에 모두 손을 떼었지요."

선생이 맡고 있던 직책은 건국대학교 가정대학장, YWCA 회장 이외에도 몇 가지가 더 있었다. 말하자면 사회 활동의 폭이 넓었던 셈이다. 하지만 뇌졸중으로 쓰러진 이후 더 이상 중책을 맡을 수가 없었던 것이다.

- 건강을 돌보시는 동안 다른 일은 전혀 안 하셨나요?

"할 수가 없었어요. 몸이 자유롭지 못하니까 외출을 할 수도 없고…….교회 관계로 가끔 밖에 나가긴 합니다만 주로 집에 있었어요. 그래도 집에 찾아오는 사람들이 많아 바쁘게 살았다고 할까요. 내게는 고통을 당하고 있는 사람들이 많이 찾아옵니다. 이를테면 도움을 청해 오는 거지요. 물질적으로는 그들은 도울 만한 능력이 없지만 나는 그들의 고통을 덜어주기 위해 나름대로 기도도 하고 좋은 말도 많이 들려줬어요. 나 자신 10여 년 투병을 하면서도 이렇게 지탱할 수 있는 것은 무리하지 않는 탓이라고 봐요. 무리하지 않고 모든 일상에 감사하며 즐겁고 기쁘게 살자는 것이 내 사상입니다. 나는 다른 사람들에게도 늘 이런 말을 들려주고 있습니다."

- 사랑에 대한 한 말씀 해주시겠습니까.

"인생을 살아가는 데 있어서 사랑만큼 소중한 것이 없지요. 사랑이 없이는 아무 일도 할 수 없습니다. 이건 변함없는 소신이기도 합니다. 사랑은 역시 가장 값진 가치입니다. 나는 이런 말을 즐겨 쓰고 있습니다. 인생은 사랑하는 자의 것이며 또한 평화자의 것이라고……."

단신으로 월남하다

선생은 호적상 1915년생으로 되어 있다. 하지만 실지로는 이보다 훨씬 앞선 1911년에 출생하였다. 이 점에 대해서는 선생 자신도 인정하고 있거니와 한때는 호적을 정정할 생각까지 했었다고 한다. 그러나 법적으로 절차를 밟는 일이 '번거롭고 귀찮아서' 그만두었다. 또 이제 와서 나이를 정정한다는 일이 무슨 의미가 있느냐는 것이다.

- 유년 시절 이야기를 들려주셨으면 합니다.

"내가 태어난 곳은 함경북도 길주군 장백면 도화동이라는 마을입니다. 전형적인 농촌이었지요. 유년 시절을 그런 농촌에서 보냈기 때문에 풀과 나무에 깊은 애정을 가지고 있는지도 모릅니다. 보통학교 다닐 때에는 10리 길을 걸어서 통학했습니다. 길가에 다소곳이 나 있는 돌이나 나무들을 보면서 나는 티 없이 맑게 자랄 수 있었습니다. 또 하나 빼놓을 수 없는 것은 조모님의 영향입니다. 나는 부모님보다도 할머니한테서 사랑을 많이 받은 편이지요. 그렇다고 할머니가 대단한 인물이었느냐 하면 반드시 그런 것은 아니었어요. 쉽게 말해 평범하지만 변변치 못한 분이었지요. 그 분은 나를 극진히 사랑했습니다. 어렸을 때의 내 이름은 은옥이었습니다. 할머니가 나를 부를 때에는 언제나 '내 은옥이' 또는 '내 은옥아'라고 했어요. 이름 앞에 소유격을 붙였던 것이지요. 그만큼 할머니의 사랑을 받았기 때문에 내 동심은 아름다울 수밖에 없었습니다. 나중에 사회생활을 하게 된 뒤에도 할머니에게서 받은 이런 사랑이야말로 큰 도움을 주었어요. 이를테면 어떤 어려움 앞에서도 지구력이라고나 할까 구심점이 되었던 것입니다. 다시 말해 나는 할머니의 크나큰 사랑으로 자라난 셈입니다."

그러면 도화동이란 어떤 곳일까. 지금은 국토의 분단으로 갈 수 없는 땅이 되고 말았지만, 선생께서 직접 쓰신 글을 통해 도화동의 풍경을 잠깐 엿보기로 한다.

역전 넓은 길을 사뭇 걸어 나가면 남대천南大川이 있다. 남대천까지는 늘찬 오릿길이요, 그것을 건너 철둑을 넘어서 남쪽으로 또 오릿길을 가면 나의 생가生家가 있는 마을이 있는 도화동인 것이다. 일제 전성기에 그 침략의 여파는 농촌에 더욱 심해서 몇 백 년 단란하게 부락을 이루고 살던 이 동네, 우리 친척들은, 내가 철이 들면서부터 한 집 두 집 줄어들기 시작했던 것이다. 그야말로 남부여대하고 남북 만주로 흩어져 간 것이었다. 마치 남한 경상, 전라 등지의 소작인들이나 기타 가난한 사람들이 현해탄을 넘어간 것과 마찬가지였다.

이 글에는 일제의 침략으로 쇠락해 가는 도화동의 모습이 담박하게 그려져 있다. 선생은 그런 마을에서 자랐던 것이다.

- 선생님께서는 기독교 공동체에 깊이 참여하셨고, 또 신앙심이 돈독하신 걸로 알고 있습니다만 본래 그런 가문에서 성장했습니까.

"아닙니다. 우리 집안은 유교적이었습니다. 나는 국민학교 때, 당시는 보통학교라고 했습니다만, 그때에 비로소 기독교를 알게 되었습니다. 그리고 소년기를 맞이하는 과정에서 빼놓을 수 없는 사항이 있습니다. 공부가 바로 그것입니다. 내가 성장할 때만 해도 주변 환경이랄까 여건이 매우 어려웠습니다. 그런데도 나는 공부에 심취해 있었습니다. 운명적이라고 할까요, 하여간 공부를 하지 않고서는 견딜 수가 없었습니다. 내가 자라나던 시절과 오늘날을 비교하면 분명히 격세지감이 있습니다. 지금은 공부할 수 있는 여건이 얼마나 좋아요. 그러나 우리가 공부할 때에는 그렇지 못했거든요. 지금도 나는 젊은이들을 만날 때마다 어떻게 해서든 공부를 하라고 당부합니다. 혹시 가정환경이 여의치 못한 경우라도 공부는 반드시 해야 합니다."

선생은 힘주어 말했다. 그는 일제치하의 어려운 환경에서 공부를 했을 뿐만 아니라, 최고학부를 나온 다음에는 교직에 몸담아 후진들의 교육에 남다른 열정을 불태웠다. 1942년 이후에는 원산 루씨여고보에서 학생들을 가르쳤다.

그러다가 1945년 해방과 함께 혜산진 대오천大吾川에 가정여학교를 설립, 부녀자와 아동들을 가르치는 한편, 각 부락에 야학을 열고 농촌 계몽운동을 벌이기도 하였다. 당시의 상황을 시사해 주는 「월남전후越南前後」의 한 대목을 살펴보면 이렇게 적혀 있다.

> 건국부인회는 얼마 아니하여 여성동맹으로 개칭하게 되었다. 내가 위원장
> 을 떠맡을 뻔했지마는 나의 신념은 한 가지 일, 다시 말하면 문맹퇴치, 계몽운
> 동에 있었던 때문에 교양부장이라는 감투를 쓰고 거기에 따르는 일로서 가정
> 여학교를 창설했던 것이다. 건물은 이 읍내 북쪽 산기슭에 서 있는 향교 집을
> 이용하기로 하고 오르간은 민가에서 기부 받고 기타 비용은 치안대에 산적해
> 있는 적산을 팔아서 이용하자는 것이었다.

그리하여 선생은 이 학교를 개교하기에 이르렀다. 그러나 적당한
교원이 확보되지 않아 선생은 혼자 모든 일을 도맡아야 했다. 가갸
거겨……를 가르치는 것은 물론이고 동요를 암송시키거나 민요곡을
가르치는 일까지 도맡아야 했다.

그런데 이 무렵을 전후해 선생에게는 뼈저린 아픔이 있었다. 한 남
자와 결혼을 했다가 사별한 것이었다. 그것은 선생에게 있어서 지울
수 없는 '사건'이요 '상처'임에 분명했다. 비극은 그것으로 끝나지 않
았다. 해방 직후 소련의 '혁명투쟁'이 극렬해지고 공산당의 만행이
극심해지자 그는 급기야 월남을 결행했다. 정든 산천과 가족들을 뒤
에 둔 채 단신으로 38선을 넘었다. 1946년이었다.

왕십리에 정착

선생은 북녘에 있을 때부터 행동하는 지성인이었다. 비록 여성의
몸이긴 하지만 각종 불리한 여건을 헤치며 꾸준히 공부에 전념했고,
또 이웃을 위해 성실히 봉사했다. 그런 가운데 그는 1939년 당시 최

고의 권위를 자랑하던 『문장文章』지에 단편소설 「봉선화」를 투고하여 추천을 받았고, 그 이듬해에는 「고영孤影」「후처기後妻記」를 발표하면서 문단에 데뷔하였다.

  - 단신으로 월남하셨다니 대단한 모험이었군요. 가족들 모르게 떠나오신 겁니까.

"어머니한테는 잠깐 나갔다가 1주일 후에 돌아오겠다고 했지요. 당시 공산당의 준동이 극심해서 가족들과 의논할 만한 여유가 없었습니다. 한탄강을 건너고 나니까 이제는 살았다는 생각이 들었습니다. 로스케가 쫓아온다는 말을 듣고 강물에 첨벙 뛰어들었지요. 음력 3월 초순이어서 물속은 어름같이 차가웠습니다. 한탄강을 건너 10리 길을 어떻게 걸었는지 모릅니다. 산 속을 헤매고 밭두렁과 오솔길을 헤매며 사투를 벌였습니다. 동두천에 다다랐을 때에는 물에 젖었던 옷이 체온으로 절반쯤 말라가고 있었지요. 후유……. 돌에 베어진 다리와 발뒤꿈치에서는 선혈이 흘렀습니다. 이것이 자유의 하늘인가. 관념이 아니었습니다. 정말 조롱 안에 갇혀 있던 새가 창공을 후루루 나는 기분이었지요. 심호흡을 했습니다. 대기大氣 그 자체가 나를 통째로 삼켜 주었으면 하고 내 전신을 떠맡기는 심정이었습니다. 몸에는 패물 하나 없었어요. 몸뻬도 일부러 헌것을 입은 상태였고……. 주머니를 더듬어 돈 3백 환을 찾아냈습니다. 그것이 재산의 전부였다고나 할까요."

그렇게 해서 선생은 사선死線을 넘어 서울에 첫 발을 디뎠다. 하지만 서울이라고 해서 반겨줄 사람이 기다리고 있는 것도 아니었다. 이러한 사정은 그의 대표작이랄 수 있는 「월남전후」에 잘 나타나 있다.

소설이 수기나 논픽션과는 확연히 구분되고 상당한 부분이 픽션으로 구성되게 마련이지만, 「월남전후」는 작가 자신의 이야기를 담아낸 사소설이라 해도 과언이 아닐 것이다.

- 선생님의 「월남전후」에는 월남하게 된 동기랄까 배경은 물론이고 해방 직후의 정치적 혼란상, 더 나아가 월남할 때의 과정이 자세히 나타나 있더군요. 혹시 선생님 자신의 이야기는 아닙니까. 또 선생님의 대표작을 자선自選하신다면 무슨 작품을 꼽으시겠습니까.

"대표작이라고 한다면 「월남전후」 「일상의 모험」 「소의 집」을 들 수 있을 거예요. 단편 가운데 「전처기前妻記」나 「후처기」도 아끼는 작품이고요. 「월남전후」는 1인칭으로 썼는데 사실상 내 자신의 이야기가 줄거리를 이루고 있어요. 실제 체험을 소설로 옮기는 데 있어서 1인칭으로 쓰니까 좀 수월했다고나 할까요. 어쨌든 내가 대표작이라고 말한 소설들에는 체험이 많이 포함돼 있습니다. 「소의 집」 같은 작품은 고향의 농촌을 무대로 전개한 작품이지요."

그의 체험이 짙게 깔려 있는 「월남전후」는 장편이라고 하지만 구성과 전개에 있어서 중편으로 보는 편이 타당할 만큼 간결하고 산뜻하다.

주인공 '나'(김영인)는 남편을 잃은 젊은 지식여성이다. '나'에게는 어머니와 오빠, 그리고 올케를 부양해야 할 책임이 있다. 오빠가 다리를 절단해 생활력을 잃었고, 올케는 만삭이 되어 있기 때문이다. 그런 암담한 생활 속에 일본이 패망하고 해방이 온다. 그러나 마치 해방의 기쁨을 맛볼 겨를도 없이 소련군의 폭탄이 집에 날아가 버린다. 그때 유 선생이 서울로 가자고 제의해 오지만, 다른 한편으로는 고모의 아들인 을민이가 도와 달라고 한다. '나'는 가족들은 절간에 대피시키고 을민이의 일을 돕기로 한다. 그런데 알고 보니 을민이는 공산주의의 핵심 분자였다. 그는 일제 앞잡이들을 처단한다며 분별없는 살인을 서슴지 않는다.

그런 와중에 '나'는 여성동맹의 교양부장이 되었으나 이른바 공산주의 혁명에는 흥미가 없다. 다만 무지한 주민들에게 글을 가르치고 싶을 뿐이다. 여기에서 '나'는 극심한 갈등을 느끼게 된다. 글을 알게 된 부녀자들이 기뻐할 때는 큰 보람을 느끼지만 을민이를 비롯한 공산주의자들의 만행을 보면 울분을 느끼지 않을 수 없다. 그럼에도 불구하고 월남을 실행하기에는 현실적 장막이 가로놓여 있다. '나'가 월남할 경우 가족들의 생계가 막연해지기 때문이다.

그러나 공산주의자들의 경우 극심한 난동을 보면서 더 이상 참을 수가 없었다. 더구나 을민이의 행동은 난폭하기만 하였다. 마침내 '나'는 월남을 결행하기에 이르고 서울에 도착해 유 선생을 만나는 대목에서 끝을 맺는다.

임옥인 선생의 회고와 「월남전후」는 많은 부분이 일치하고 있다. 어쩌면 작가 자신이 짙게 배어 있어 작품이 거침없이 술술 잘 읽히는지도 모른다.

- 서울에 와서 살던 동네는 어디였습니까.

"왕십리였어요. 생활이 우스웠어요. 아주 쬐끄만 집에서 겨우 목숨을 이어 나갔지요. 그때 만주에 계시던 아버지의 말씀이 생각났습니다. 재산은 물려줄 수 없지만 교육은 정성껏 시켜준다던 말씀. 그 어려웠던 시절 미소공동위원회에 조그만 기대를 걸었지요. 일이 잘 풀리면 가족들을 서울로 데려오려고…….”

그러나 대세는 뜻대로 되지 않았다. 그는 창덕여고에 근무하면서 통일의 그 날만을 애타게 기다렸다. 그러다가 부인신보의 편집차장으로 직장을 옮겼다. 고향에 두고 온 가족들과는 영영 소식이 끊긴 채 1950년 6·25전쟁이 터지고 말았다.

방기환 선생과의 만남

- 부군 방기환 선생과 만난 것은 언제였습니까.

“6·25사변의 와중에서 만났습니다. 전쟁이 터지고 서울이 공산 치하에 들어가자 방 선생의 신변에 위험이 생겼어요. 공산당의 잔인성은 말하지 않아도 알잖아요. 방 선생은 더구나 젊었기 때문에 아주 위험한 상황이었어요. 그래서 우리 집에 은신해 있었어요. 그 분은 내 집에 숨어서 목숨을 건진 셈이지요. 그리고는 9·28수복 후에 1·4후퇴가 있었잖아요. 연합군이 후퇴하면서 나는 서울에 남아 있을 생각이었지요. 그런데 그 분이 서울에 혼자 있으면 위험하다면서 피난을 종용했어요. 우리는 몸을 피해 대구로 떠났습니다. 만일 그 분의 말을 듣지 않고 나 혼자 서울에 남아 있었더라면 어떻게 되었을까……. 틀림없이 공산군에게 잡혀 죽었을 겁니다. 한때는 내가 방 선생을 구해 주었지만, 대구에서는 그 분이 나를 살려 주었습니다. 그러니까 우리는 서로 생명을 살려 준 사람들입니다. 삶과 죽음 사이를 넘나들던 전쟁의 와중에서 우리는 부부가 되었습니다. 나는 월남하기 전에 북에서 남편과 사별했고, 방 선생은 이미 결혼했던 유부남이었어요. 게다가 방 선생은 나보다 나이가 12년이나 적잖아요? 그런데도 우리는 40년 가까이 해로를 하고 있습니다. 나는 몇 해 전에 칠순을 넘겼지만 그 분이 육순을 맞이했을 때 감개가 무량했어요. 그분 말씀이 장수할 자신이 없었는데 오래 살았다고 하면서……. 방 선생도 신앙심이 대단해요. 오래 전부터 당뇨병이 있어서 걱정입니다만, 요즘에는 외출도 삼가고 사람도 잘 안 만나는 편이지요."

이상의 진술에서 보듯 방기환·임옥인 내외는 서로가 서로를 지켜준 생명의 은인이었다. 사실 이 부부는 정이 두텁기로 정평이 나 있다. 그 점에 대해서는 고 조연현趙演鉉 선생의 글에 여실히 나타나 있다.

문교부 중고등학교 국어교과서 심의회에 나갔다가 임옥인 여사와 자리를 같이했다. 교과서에 실리는 문장이라 어귀語句 하나하나를 신중히 재검토하는 이 모임에는 국문학자, 교육자, 문인 등 교육 및 어문語文의 전문가들이 심의위원으로 구성되어 있는데, 경우에 따라서는 서로의 견해가 아주 상반된다. 어학자들은 주로 문법적으로 따지는 데 대해서 문인들은 주로 언어감각을 중시한다. 동석한 박두진 씨나 임 여사의 견해가 늘 비슷하게 나타나는 데 비해서 어학자들 사이에서 늘 다른 견해가 나오는 것은 역시 그 직능의 차이에서 오는 것일까. 임 여사가 여류작가라는 체질에도 불구하고 문장 분석이 논리적인 데 약간 놀라기도 하였다. 이것은 2개월 전 현대문학사에서 주최한 문예창작 실기강좌에서도 느낀 일이지만 임 여사의 경력에서 나오는 것일까.

심의회가 끝나고 돌아오는 길에 임 여사와 택시에 동승했다. 임 여사는 도중에서 내려야 하는데 이왕 같이 차를 탄 김에 우리 집까지 같이 가자고 내가 권해서 우리 집까지 같이 왔다. 차를 마시며 환담하는 동안 집으로 가야겠다는 표정을 자꾸 지었다. 아마 집에서 기다리고 있을 부군(방기환 형)의 저녁 걱정이 아닌가 생각되었다.

"방 형도 이리로 오시라고 해서 저녁이나 같이 들까요. 모처럼 오셨으니까……."

내가 이렇게 제의하자 임 여사는 기다렸다는 듯이 반가워했다. 나는 방 형에게 전화를 걸어 부인께서 여기 와 계시는데 이리로 오시오, 했더니 30분도 안 되어 달려왔다. '임 여사''할아버지' 해가며 두 부부가 서로 아끼는 정경은 옆에서 보는 사람의 마음까지 흐뭇하게 해주었다.

- 방 선생님을 부를 때 '할아버지'라고 하시는 데는 특별한 사연이라도 있습니까.

"사실은 '할배'라고 부르지요. 대구에 피난 갔을 때 그 고장 사투리를 배운 거지요."

- 환도 후에는 어떻게 살아오셨습니까.

"휴전이 되고 서울로 돌아왔지요. 왕십리에서 참 어렵게 살았습니다. 다시 한 번 말하지만 대구에서의 피난생활은 순전히 '할배'의 힘으로 살 수 있었습니다. 내 생명이 이렇게 살아남은 것까지도 전부 '할배'의 덕이었습니다."

그래서 임옥인 선생은 방기환 선생과의 만남을 운명으로 받아들이는 것 같다.

갈등도 많았지만

여기서 잠깐 방기환 선생에 관해 살펴볼까 한다. 12년이나 연상인 임옥인 선생과 더불어 살아온 방기환 선생은 과연 어떤 인물인가.

그는 1923년 서울에서 출생, 계성보통학교를 거쳐 조선총독부 철도공무원양성소에서 수학했다. 그 후 교원 시험을 거쳐 경기 상품국교, 서울 덕수국교 등에서 교사 생활을 했다. 그런가 하면 약관의 나이로 동양극장 희곡 현상공모에 당선하는 재능을 발휘했으며, 서울대학교 사범대학 부설 중등교원양성소를 졸업했다.

해방 직후에는 전국청년문학가협회의 결성에 참여했고, 아동잡지 『소년』이 창간될 때 주간을 맡았다. 그의 집념은 실로 대단했다. 그는 아동극집 『손목 잡고』와 장편소설 『꽃필 때까지』를 발간하기도 했다.

그런데 6·25전란을 겪은 이후 그의 작품세계는 상당한 변화를 가져왔다. 동심에 바탕을 두었던 일련의 문학적 관심에서 벗어나 전쟁이 파괴한 인간의 심층심리를 추구하는 데 주력하였다. 「파괴」「뚜껑 없는 화물열차」 등이 이 시기의 작품이다.

그러다가 1957년 이후 역사소설로 선회하였고, 『문화세계』『사조』 등의 편집장 또는 주간으로 활약하였다. 특히 한때는 대한일보 문화부장을 역임하는 등 언론과 출판계에서 명성을 떨쳐왔다. 이와 함께 그는 「단종역란端宗逆亂」「낭자검娘子劍」「후궁後宮의 일월日月」「소설 용비어천가」「탐라궁耽羅宮」 등을 신문이나 잡지에 연재하면서 세인의 주목을 받았으며 최근에는 동아일보에 연재했던 장편소설 「어우동於于同」을 간행했다.

- 그렇게나 연세 차이가 많은데 갈등은 없었습니까.

"왜 없었겠어요? 사람이 사는 곳에는 항상 갈등, 시련, 배신, 비극…… 그런 것들이 있게 마련이지요. 그런 것은 하나님이 가까이 계시기 때문에 뛰어넘을 수가 있었어요. 더욱이 나는 상처를 많이 받은 사람입니다. 그렇기 때문에 하찮은 말 한마디에도 노여움을 탈 때가 있습니다. 하지만 사람이 있는 곳에서는 아무것도 두렵지 않습니다. 인생에 있어서 호되게 통곡하고, 호되게 시련을 받고, 호되게 가난해 보는 것도 좋은 일입니다. 문학도 마찬가지라고 생각해요. 시련 위에서 얻어진 진실이라야 값진 것이 아닐까요. 사람에게는 누구한테나 약한 부분이 있습니다. 그 약한 부분을 서로 감싸고 어루만지며 살아야 합니다. 우리 내외는 40년 가까이 살아오면서 재산도 모으지 못했고 자식도 없지만 모두 괜찮아요. 요즘 젊은 여성들 사이에서 아이를 낳지 않으려는 풍조도 있고, 속된 말로 무자식 상팔자라는 말도 있잖아요. 자식이 없기 때문에 오히려 즐거울 때도 있습니다. 세상의 젊은이들을 대할 때 모두 내 아들, 내 딸, 내 며느리 같이 느껴져요. 인생에 있어서 딱한 일이 있다면 애정의 굶주림이라고 할 수 있을 겁니다. 그렇지만 우리는 재미있게 살아왔어요. 오늘 아침에는 미용사를 불러 머리를 손질했지요. 머리를 땋고 댕기까지 매었는데 '할배'가 댕기는 풀으라고 했어요. 사진에 박히면 이상하다면서……. '할배'는 그만큼 자상하고 정이 깊습니다."

- 산다는 일이 마냥 즐겁게 느껴지겠군요?

"그래요. 아까도 말했듯이 즐겁고 기쁜 마음으로 삽니다. 이렇게 늙는다는 것까지도 행복으로 알고 있습니다. 고희를 넘긴 이 마당에서는 숨길 일도 없어요. 처음 인터뷰를 요청해 왔을 때 망설임이 없었던 것도 아니지만 무슨 일이든 감사하는 마음으로 받아들입니다. 진실로 고백하자면 나는 죽음마저도 평화로 맞이할 마음의 준비가 돼 있습니다."

그런 마음가짐 때문일까, 임옥인 선생은 시종 입가에 미소를 잃지 않았다. 스스로의 말마따나 '상처'를 많이 받았음에도 불구하고 그의 웃음을 유리처럼 투명하기만 했다.

부엌은 여성의 놀이터

선생은 환도 후인 1955년부터 이화여대, 덕성여대에 출강하였고, 59년 이래 건국대학교에서 후진들을 가르쳤다. 66년에는 건국대의 부교수가 되었으며, 68년에는 가정대학장의 자리에 올랐다. 70년 이후부터는 학내의 가정대학장 이외에도 크리스천문학가협회 회장, 한국여류문학인회 회장 등 굵직굵직한 요직을 맡아 동분서주하였다.

- 여성에게는 아름다움이 있어야 한다고 합니다. 선생님께서는 어떤 아름다움을 진정한 아름다움이라고 생각하시는지요?

"참된 아름다움, 진실한 아름다움, 청결한 아름다움을 말하고 싶군요. 외모뿐 아니라 마음까지도……. 이것은 내가 기도할 때 즐겨 쓰는 말이기도 해요. 그리고 생활을 사랑해야 아름답게 됩니다. 무거운 것도 가볍게, 억지가 아니라 자연스럽게……. 무거운 짐을 가볍게 질 수 있는 용기야말로 무엇보다 소중한 거라 생각해요. 돈만을 갈망하는 사람을 많이 보게 되는데 내가 보기에는 일을 좋아하고 사랑하여 무거운 것도 가볍게 질 수 있는 마음이 소중하다고 생각합니다. 그렇게 생각하면 마음도 아름다워집니다."

- 결국 인생을 즐겁게 사는 비결이 되겠군요?

"그렇지요. 사람들은 누구나 하찮고 작은 일보다는 크고 굉장한 일을 꿈꾸게 마련입니다. 크고 굉장한 일에 보다 보람과 자랑을 느끼고, 그런 일이 아니면 일 같지도 않게 여기는 것이 통례처럼 되어 있습니다. 부모가 자녀를 키울 때 그러한 큰 인물이 되기 위한 구체적이며 절실한 방법이나 내용에 대하여 대단히 소홀한 것 같습니다. 우리나라 가정과 학교가 그렇고 사회의 단체와 인물에 대한 평가가 그런 것 같습니다. 그러나 바늘 한 개, 성냥개비 하나의 중요성에서부터 출발하는 조심성과 주의력이 아니고서는 아무것도 이룰 수 없습니다. 뼈저린 인생관 내지 생활관을 정립 실천하지 못하고서는 개인이나 국가나 아무것도 이룰 수 없다고 봅니다. 나는 평생의 생각과 체험을 통하여 이것을 실감하고 있습니다. 그래서 기회가 있을 때마다 항상 이 점을 역설하지요."

- 젊은 여성들에게 꼭 하고 싶은 말씀이 있으시다면 무엇입니까.

"가사를 즐겁게 여기라고 당부하고 싶습니다. 이것도 무거움을 가볍게 하라는 뜻과 통하는 말입니다. 부엌을 놀이터라고 생각한다면 생활이 얼마나 즐겁겠습니까. 나는 지금까지 그런 마음가짐으로 살아왔습니다. 인생에 있어서 '재미'는 남이 만들어 주는 것이 아니라 자신이 만들어야 합니다. 가령 같은 점심을 먹더라도 도시락을 만들어 뜰에 나가 가족들과 함께 먹는다면 얼마나 즐겁겠습니까. 살림은 소꿉놀이하듯 그렇게 해야 재미가 납니다. 나는 천성적으로 가볍고 조그만 생활을 좋아합니다."

- 가볍고 조그만 생활이란 구체적으로 어떤 것입니까.

"나무를 심더라도 조그만 묘목을 심습니다. 정원을 가꾸는 데 큰 나무를 한꺼번에 심을 수도 있습니다만 조그만 나무를 심어 자라나는 모습을 보는 것도 즐거운 일입니다. 이렇게 무엇이든 조그만 것을 좋아하죠. 예를 들면 아이들 장난감까지도……. 동네 아이들이 조그맣고 앙증스런 장난감을 가지고 놀면 나도 갖고 싶어요. 나는 동네 어린 아이들과 놀기를 좋아하는데, 이웃에서 나를 가리켜 '얘기할머니'라고 할 정도니까요. 또 나 자신 아이들하고 놀면 감정이 잘 통해요. 아이들도 잘 따르고요."

- 어리석은 질문이 될지 모르겠습니다만 여성들은 누구나 행복해지길 원하고 있지 않을까요. 남성들보다는 여성들의 입에서 '행복'이란 어휘가 더 자주 쓰인다고 생각합니다만…….

"누구나 행복해야 하지요. 그런데 행복이란 늘 가까이에 있습니다. 지성이면 감천이란 말도 있듯이 작고 적은 일을 통해서도 행복은 이루어질 수 있습니다. 이런 정신을 투철하게 가진 사람이라면 가난, 질병, 그밖의 모든 재난까지도 저주가 아니라 훈련이며 단련이며 그것을 거쳐서 놀라운 긍정의 세계가 전개된다는 것을 알게 됩니다. 매사에 참되고 정직한 감사의 일념으로 인생을 해석하고 살아갈 때 거기에는 놀라운 긍정의 세계가 전개된다는 사실을 알게 됩니다. 깨닫고 보면 하늘과 땅과 그 사이에 있는 만물이 다 주어진 자원이며 축복이라고 할 수 있습니다. 해도, 달도, 물도, 나무도, 동물도, 어패류도, 인류와 겨레가 다 이웃이며 사랑과 행복의 대상이 됩니다. 가지지 못한 것을 불평할 틈이 없습니다. 가지고 있는 것을 찾고 다듬고 간수하고 키우고 불리는 가운데 행복이 찾아옵니다. 어디 그뿐인가요. 쓸모없는 것을 쓸모 있는 것으로 만들 때에도 행복은 옵니다. 비록 작은 자의 눈물이나 사랑의 작업들이 햇빛처럼 확산된다는 것을 알면 행복을 쉽게 찾을 수 있으리라 봅니다."

슬픈 사람을 위하여

선생의 초기 작품으로 「후처기」와 「전처기」가 있다. 이들 두 단편은 앞에서 소개한 「월남전후」와 더불어 성공작으로 꼽히는 소설이다. 이 작품들에는 공통적으로 인텔리 여성이 주인공으로 나온다.

먼저 「후처기」를 보면, 한 남자와 후처가 되어야 하는 '나'의 번민이 짙게 배어 나온다. '나'는 남의 후처가 됨으로써 오히려 기쁘기만 하다. 그러나 그 기쁨 때문에 거꾸로는 행복할 수가 없다. 이러한 역설적인 모티브 아래 '나'는 일말의 투쟁심으로 드디어 즐거운 나날을 맞이했다. '나'는 고집스럽게도 밖에서 들려오는 소문과 잡음을 묵살하고 집안일을 척척 처리해 나간다. 하지만 그런 일들은 죽은 전처의 흔적을 말끔히 지우기 위해서가 아니라 사실은 '나'의 고고한 인간성 때문이다. 이런 인간성은 남을 용서하지 못하지만 그럼에도 불구하고 다른 사람과의 일치점을 찾아보려는 일종의 몸부림이다. 따라서 '나'는 자신을 돌아볼 때 항상 고독해질 수밖에 없는 것이다.

「전처기」는 아이들 낳지 못하는 인텔리 여성의 고뇌를 그린 작품이다. 남편에게 보내는 편지 형식으로 전개되는 이 소설에서 '저'는 슬픔과 그리움 사이에서 끊임없이 괴로워한다. 남편이 다른 여자의 몸에서 아이를 낳아 기뻐하는 모습을 연상할 때 '저'는 마냥 괴롭기만 한 것이다.

당신! 현규 아버지. 당신은 그 애의 아버지라는 의식 속에서 그 애의 어머니에게 대한 새롭고 뜨거운 사랑을 발견하실 수 있으리라 믿습니다. 그런 사실을 위해서는 저란 존재는 악마는 될 수 있어도 결코 천사는 못 될 것입니다. 다만 애달픕니다. 당신도 저도 다 높은 교육을 받고 어려서부터 사랑해 왔다는 사실이……. 그리고 자식을 낳지 않는 것이 좋다시던 첫날 밤 언약이 헌신짝같이 되어버린 오늘이……. 당신! 지향 없는 슬픔을 되풀이함을 용서하시기 바랍니다.

이 작품에 나오는 '저'와 「후처기」에 나오는 '나'의 번민과 고뇌, 그리고 슬픔은 어쩌면 작자 자신의 경우와 일치할지도 모른다.

- 선생님 작품 중에는 전처가 되고 후처가 된 입장에서 인텔리 여성이 겪는 갈등을 그린 것이 있는데 혹시 선생님 자신을 나타낸 것은 아닙니까.

"교육을 받은 여성이 결혼해 출산을 못했을 때 의식 있는 여성이라면 어떻게 했을까……. 옛날에는 본처가 애를 출산하지 못하면 다른 여자에게서 아기를 얻는 것이 공식적으로 인정됐었거든요. 그러나 의식 있는 여성의 입장에서 보았을 때, 또 사랑을 전제로 했을 때 고민이 생기게 마련 아니겠어요? 그런 내용을 담은 것이 「전처기」라는 단편이고, 그보다 먼저 「후처기」라는 단편을 썼는데, 둘 다 애정이 가는 작품입니다. 아무튼 소설 속에 담긴 평생토록 따라다니는 아니겠어요? 나 자신 생산을 못했기 때문에 내 의식 속에서는 늘 이웃들의 육체적 불구와 아픔을 같이하고 있어요. 기도할 때에도 그런 분들이 아픔을 헤치고 나아갈 수 있도록 간구합니다. 그러나 따지고 보면, 문제없는 사람은 별로 없습니다. 성경에도 이르기를, 예수께서 죄인을 위해 이 세상에 온 것이지 의인을 위해 온 것이 아니라고 했습니다. 나는 출산을 못했으면서도 '어머니'들을 매우 존경합니다.

아이를 낳아 기르는 여성들을 볼 때마다 눈물겹도록 존경심이 솟아납니다. 나는 그들을 위해서도 기도하고 있지요."

소설 「전처기」는 '저'가 남편과 결별을 선언하는 것으로 끝을 맺는다. '저'는 남편이 찾아오는 것마저도 냉정히 거절해 버리는 것이다.

> 제가 당신과 헤어지면 으레 따르는 문제가 있을 것입니다. 위자료! 당신 편에서 이 말이 나오기 전에 미리 막기 위해서 쓰는 것입니다. 또 설령 저는 빌어먹는 한이 있더라도, 당신의 호의가 암만 깊더라도 단연 싫사오니 미리 알아두시기 바랍니다. 위자료! 제발 이 몸값을 치르듯 당신의 입으로나 글로나 제게 들리지 않게 해주소서. 당신의 마음을 생활로 말미암아서까지 귀찮게 하고 싶지는 않습니다. 저는 당신 직업이 있으면 족합니다. 모든 것 안심하시기 바랍니다……

그러면서 '저'는 아이를 낳지 못하는 까닭에 '당신'을 잃게 된다는 일보다도 '관습의 희생자'로서 더 괴로워하는 것이다.

- 근래에는 작품 발표가 뜸하신데 건강 때문에 그렇겠지요?

"머리는 활동을 많이 하나 글을 쓸 만한 형편이 못 돼요. 눈이 어두워서 책을 읽지 못할 정도입니다. 바느질을 좋아하지만 바늘귀를 꿸 수도 없고요. 이젠 반쯤 맹인이 되었다고 할까요, 형태나 색채도 식별이 잘 안 돼요. 그저 윤곽만 어렴풋이 보일 정도인데 기도문이나 짤막한 수상을 쓰곤 해요. 그것도 굵직한 사인펜으로 쓰지요. 많은 말보다 짧은 말을 적으려고 노력하는데, 시력이 좋지 않아 소설 집필은 실현이 안 되는군요. 쓰긴 써야 할 텐데……"

선생의 외모를 보면 백발이 성성하다. 하지만 내면으로는 아직도 젊고, 연륜이 말해주듯 이해의 폭도 그만큼 넓어졌다고 한다. 하지만 눈이 어두워 사실상 신작 집필은 어려운 실정이다.

삼박자 인생의 뜻

선생과 신앙생활은 불가분의 관계에 있다. 그는 문인이요 교육자이기 이전에 독실한 신앙인이었다. 그는 교회활동에도 깊이 참여해 왕십리교회 권사로, YWCA 이사 및 회장으로, 또 면류관교회의 집사로서 폭넓게 신앙생활을 해왔다.

빛을 안으면
이다지 평화로운 것을
자유스런 것을
사랑의 물결 차고 넘치니
이렇게도 행복한 것을
밝은 것을……
찬송하리라
찬송하리라
궂은 날 궂은 일이
따로 없구나
걷혀가는 구름바람
햇빛 보아라
내 가슴에 그 햇빛
기뻐하며 기도하며
감사의 노래
할렐루야 할렐루야
찬양을 받으소서

선생이 최근에 지은 작품 「성시聖詩」의 전문全文이다. 그는 스스로 시를 짓고 전도지를 만들어 구역을 심방할 만큼 열성적인 크리스천으로 알려져 있다.

- 요즘에도 교회 일을 보고 계신지요?

"물론입니다. 나는 삼박자 인생이란 말을 즐겨 씁니다. 신앙인으로, 문인으로, 교육자로 열심히 사는 것을 의미하지요. 나는 신앙에 있어서, 또 문학과 교육에 있어서 어느 한쪽에도 치우칠 수가 없습니다. 또 이 세 가지 일은 서로를 돕고 키우면서 나를 존재케 했어요. 역시 내 인생의 삼박자는 신앙, 문학, 교육입니다."

- 교우들과 자주 만납니까.

"우리 집에는 많은 사람들이 찾아옵니다. 무엇인가를 호소하거나 도움을 청하려고 오는 분들이 대부분입니다. 그들의 사연을 들어보면 딱한 부분도 많습니다. 인생에 대해 괴로워하는 분들도 많고요. 그들에게 물질적인 도움은 주지 못할지라도 사랑으로 아픈 곳을 어루만져 줍니다. 그리고 그들을 위해 기도하는 것이 내 생활의 전부라고 해도 과언이 아닙니다."

- 고희를 훌쩍 넘기신 지금 인생에 대한 감회를 말씀해 주시기 바랍니다.

"몸은 늙었고 머리는 희었지만 내면에 있어서는 그렇지도 않습니다. 세월이 흐르는 동안 그만큼 마음도 젊어졌다고나 할까요. 이제는 어떤 이야기라도 진실로 말할 수 있고, 있는 그대로를 다 주고 싶은 심정입니다. 반드시 이웃에 대해서만 그런 것이 아니고 만물만상 모두에게 나의 전부를 바치고 싶습니다."

그러한 자세로 살아온 때문일까, 선생의 모든 작품에는 훈훈한 인간애가 흐른다. 어느 작품을 막론하고 모든 등장인물이 인간애에 넘치기 때문에 문학적으로 그만큼 단순한 것도 사실이다. 그의 소설에 등장하는 인물들은 모두가 섬세하고 나약하게 그려져 있는 것이다. 이는 어쩌면 작가 자신이 세상의 사물들을 사랑과 연민이라는 렌즈를 통해 바라보기 때문인지도 모른다.

　- 이 시대의 어머니들에게 하실 말씀이 있으시다면…….

　"여성에게 있어서의 모정母情은 곧 자원이라고 생각합니다. 인간은 남녀노소를 막론하고 모정을 그리워합니다. 그렇기 때문에 모정은 위대한 힘을 발휘할 수 있습니다. 이 모정을 확대할 때 얼마든지 큰일을 이룰 수 있으리라 확신합니다. 나는 모정을 가진 여성으로 태어난 것을 다행으로 여기고 있습니다. 이건 출산하고 관계없이 내 마음 속에 있는 순수한 감정입니다. 여성들이 가지고 있는 그 모정이 심화 확대될 때 가정은 물론이요 사회, 국가가 발전할 수 있습니다. 또 모정이란 자원이 더욱 심화되면 평화롭게 됩니다. 나는 여성들을 만나 이런 이야기를 자주 합니다. 인류의 평화도 모정의 심화를 통해 이룩해 보자고 말입니다."

　선생은 대담을 나누는 과정에서 사랑, 진실, 평화, 고마움…… 같은 어휘를 자꾸 이야기했다. 그런 어휘들이 어쩌면 자칫 관념으로 들릴 수도 있겠으나, 그는 진실로 사랑을 실천하며 살아왔다. 이 과정에서 아시아자유문학상(57년), 건국대 학술공로상(67년), 한국여류문학상(69년) 등을 수상한 선생은 현재 대한민국예술원 회원이기도 하다. 또한 선생은 그동안 수차 해외 문화계를 시찰하는 등 국내외적으로 폭 넓은 활동을 벌여왔다.

『멋』1985년 8월호

소설가 김 송(金松, 1909~1988)

송宋씨에 대한 호기심에서

어린 시절엔 나를 신동神童이라고 했다. 집에서도 마을에서도 학교에서도 그렇게 일컬었다. 모든 사람들의 귀염둥이였던 나는 차츰 자라나면서 내 자신이 못난이요, 쓸모없는 인간人間임을 느끼게 되었다.

하루는 강변 모래사장에서 혼자 놀고 있는데 검정 바지저고리를 입고 상투를 튼 머리를 깊숙이 숙이고 황철나무 아래에 쭈그리고 앉은 사람을 나는 유심히 보았다. 얼마 후에 그 사람은 강변을 떠나서 마을로 들어갔다. 나는 어떤 호기심을 품고 그 사람의 뒤를 따라갔다. 그 사람은 자기 집으로 들어가더니 방안에서 문을 닫아 걸고 아무런 기척도 없었다. 그런 뒤에는 그 사람은 나타나지도 않고, 다시 만나볼 수 없었다. 강변에서도 밭에서도 보지 못하였다.

마을 사람들도 그 사람의 이야기를 들려주지 않았다. 검은 바지저고리에 큰 상투를 튼 그 사람은 마을에서 무시당하고, 고독하게 살았던 모양인데 그 후 어느 날 그 사람의 집은 불이 나서 그의 초가 오막살이가 훨훨 타버리는 것이었다. 누가 방화했는지도 모른다. 고독한 그 사람은 화재를 피해서 어디로 갔을까. 이것이 60년 동안 오늘까지의 숙제로 남아 있다. 김金씨들만 살던 마을에 홀로 송宋씨 성姓을 가졌던 그 사람의 정체는 무엇일까.

이상은 소설가 김송 선생이 직접 어린 시절을 술회한 글이다. 어디 활자화되어 발표된 글이 아니라, 인터뷰 요청이 있은 뒤에 보충자료로 보내온 글에서 그 일부를 발췌한 것이다.

여기에서 강하게 부딪쳐 오는 인상은 호기심과 고독이다. 강변에서 우연히 만난 송씨에 대한 호기심과, 그의 고독을 오래 간직하고 있는 것이다. 그리고 그에 대한 연민어린 정감과, 그가 자취를 감춘 뒤에 느끼는 쓸쓸한 분위기가 이 글을 이루고 있다. 어쩌면 김송 선생의 문학을 대변하는 글인지도 모른다. 혼자만이 느낀 일들, 혼자만이 체험한 일들을 깊이 간직하고 늘 잔잔한 목소리로 소설을 들려준다. 그러므로 선생의 소설엔 아귀다툼이나 끝없는 절망 따위를 찾아볼 수가 없다. 항상 따스하고 부드러움 속에서 선생의 소설이 전개된다.

선생의 소설은 언제 읽어도 거의 비슷한 인물들이 등장하고, 문체나 구성 또한 큰 변화가 없는 것 같다. 그것은 소설뿐만이 아니라 희곡에서도 엿볼 수 있다. 선생의 발표한 일련의 희곡을 대할 때, 강력한 갈등이나 기복을 찾아내기는 비교적 힘들다.

다만, 거짓 없는 인물들을 등장시켜 솔직한 진술을 이어가고 있다. 따라서 힘찬 외침이나 부르짖음보다는 진실하게 살아가는 사람들의 모습을 보여주는 것이다.

빈농貧農에서 장손으로 태어나

- 어렸을 때의 일을 잊지 않으시는데 그 당시의 기억들, 아울러 집안의 환경까지를 소개해 주시기 바랍니다.

"나는 함경남도 함주군咸州郡의 작촌리鵲村里에서 출생했어요. 장손으로 출생하였기 때문에 집안 어른들의 귀여움을 많이 받았지요. 그 당시 우리는 대가족이었어요. 가족 수는 20여 명이나 되었거든. 집안의 살림은 조부님이 맡아서 하셨고……. 조부님은 농사를 지으셨는데 처음엔 아주 가난한 소작농이었어. 그러다가 차츰 농사채를 장만하여 자작 농사를 지었지. 나는 조부님한테 『명심보감明心寶鑑』이나 사서삼경四書三經을 배웠고, 한의학도 배웠지. 조부님은 독학을 하신 분인데 웬만한 약은 거의 다 지을 만큼 한의학에 밝으셨어요. 나는 조부님 슬하에서 소학교를 다녔지. 그 후 조부님이 돌아가시자 군청에 서기로 근무하던 아버님을 따라 함흥으로 이사했지요. 그러니까 조부모님 밑에서 자란 내가 이번엔 아버님 아래에서 자라게 됐지요. 그런데 아버님은 매우 엄격한 분이었어. 나는 그때 함남고보咸南高普에 다니고 있었는데 아버님한테 매도 많이 맞았어요. 지금도 그렇지만 나는 어렸을 때부터 자유로운 것을 좋아했어요. 아버님이 그렇게 엄격하신 분이었기 때문에 마음속 깊이 반발이 일어나더군."

여기에서 볼 수 있듯이 선생에게는 반항 기질도 있었던 것 같다. 일견, 조용하고 온후한 성품만 지닌 인상이면서도 성장 과정에서는 적지 않은 반항심을 가졌던 것으로 보인다.

- 일본에 가신 동기와 그곳에서의 활동하신 일은…….

"방금 말했듯이 아버님은 지나칠 만큼 엄격하셨기 때문에 반발도 많이 했지. 아버님은 아버님대로 군청을 그만두시고 한약종상을 하셨는데, 남의 빚보증을 섰다가 집안이 망하게 됐어. 아버님은 빚을 다 갚지 못해 강원도로 야반도주를 하고 말았지. 그래서 집안은 완전히 망한 겁니다. 나는 그 이전부터 반항심이 있었던 터라, 아버님의 기대를 저버리고 일본에 건너갔어. 낯선 동경에서 많은 고생을 했지. 아버님은 당초 내가 공부나 잘해주기를 바랐던 것인데 나는 아버님의 그러한 기대를 완전히 등지고 적수공권인 채 일본으로 떠나버린 겁니다. 나는 니혼대학日本大學에 적을 두고 고학을 했어. 신문 배달도 하고 우유 배달도 하면서 학교에 다녔지요. 그 고생이란 이루 다 말하지 않아도 충분히 상상할 수 있을 거야."

- 학교에서 전공했던 과목은 무엇입니까?

"연극이었어. 많은 희곡을 읽었고 극단에 따라 다니기도 했어요. 또 동경에서 공부하던 유학생들과 극단을 조직, 직접 공연을 갖기도 했지요."

- 선생님께서 관계하셨던 극단을 말씀해 주세요. 그리고 그때 공연한 작품으로 기억나시는 것이 있으시면 소개해 주시기 바랍니다.

"내가 따라다니던 극단은 검극단劍劇團이었어. 단원의 한 사람으로 일본의 여러 도시를 순회했어요. 극단의 스태프로 심부름 따위를 하거나 단역으로 출연, 무대에 서곤 했지. 연극을 공부하는 학생으로서 많은 자극을 받기도 하였고, 실제로 무대를 익힘으로써 그 방면에 많은 지식을 얻을 수 있었어요. 가령 연극이 가지는 특성이며, 희곡이 연극으로 제작 상연되기까지의 과정들을 비교적 소상히 알게 된 셈이지요. 내 신분이 학생이었던 관계로 극단에 전념하지는 못했고, 주로 방학 때를 이용해서 연극에 정열을 쏟고 다녔던 것입니다. 그렇게 극단에 따라다니면 일정한 보수는 없어도 숙식을 제공해 주고 어떤 때는 용돈도 주었기 때문에 당분간은 우유 배달이나 신문 배달 같은 고생을 하지 않아도 되었지요."

　- 동경 유학생들 중에서 연극 학도를 규합, 극단을 조직하고 공연도 가지셨다는데 그 당시의 멤버와 극단이 상연했던 레퍼토리를 소개해 주셨으면 합니다.

　"그 당시 뜻을 같이 하고 연극 활동을 했던 인물로서는 안막安漠 함재덕韓載德 김승일金承一 같은 사람이 있었고, 우리는 주로 서구의 번역극을 상연했어요. 그중에서도 아직까지 기억에 남는 레퍼토리로는 「일출日出」 같은 작품이지. 아주 훌륭한 희곡입니다."

호남지방에서의 방랑생활

　- 귀국 후의 활동에 대해서…….

　"일본에서 공부를 하다가 귀국했으나 나는 바로 고향에 가지 않고 방랑생활을 했어. 그때 내가 돌아다닌 곳은 호남 일대였지요. 별로 하는 일 없이 떠돌아다니면서 희곡과 소설을 꾸준히 공부했어요. 갖가지 고생을 하면서도 고향에 돌아가지 않았던 이유는 역시 아버님에 대한 반항심 때문이었어요. 아버님은 깊은 유교사상 때문에 중매 결혼을 주장하셨고 나는 그 반대로 자유연애를 내세웠거든. 그러니 자연 아버님과 나 사이에는 갈등이 많았던 것이고, 나는 아버님의 슬하를 떠나 방랑할 수밖에 없었던 것입니다."

　- 방랑생활에서 겪은 에피소드를 소개받고 싶습니다.

　"좋은 이야깃거리가 있습니다. 전남 목포에 있을 때, 나는 어떤 소녀를 사랑했어요. 열여덟의 아리따운 아가씨였지. 나는 그 아가씨가 하도 좋아서 목포를 뜨고 싶지 않을 정도였어. 사랑하는 사이에는 누구나가 그렇겠지만, 나는 내 마음의 전부를 그 소녀에게 주었어. 그런데 나는 어떤 사건에 연루돼 감옥에 갇혀야 하는 신세가 되고 말았지요. 재판을 받고 옥고를 치른 지 두 달 만에 출감했어요. 출감하던 그날 그 소녀를 찾았지만 그러나 그녀를 만날 길이 없었습니다. 나는 전에도 그녀의 집을 드나들었기 때문에 어디에 산다는 것을 확실히 알고 있었거든. 얼마 후에 알고 보니 그녀와 그녀의 일가는 이사를 한 것이었어. 나는 가슴 깊이 그녀의 모습을 간직한 채 허전한 마음을 달랬지. 사랑하던 사이로서 그녀를 잊는다는 것이 쉽지가 않았어요. 날이 가면 갈수록 그녀에 대한 기억은 더욱 새로워지는 것이었어. 그러나 만날 길이 없었지. 세월이 흘러 해방이 되었지요. 해방 직후에 나는 문인시찰단의 일원으로 흑산도에 갈 기회가 있었는데, 파시波市에서 우연히 그녀를 만났어요. 그때의 감정을 표현할 길이 없어요. 그녀는 장사를 하고 있었는데 매우 초라하더군. 소녀시절의 모습은 거의 찾아볼 수가 없을 정도였어. 나는 그녀와 막걸리를 마시고 헤어졌지. 나도 그녀에게 술을 따라 권하고 그녀도 내 잔에 술을 부어주곤 했어. 나는 그 이후로도 그녀를 잊을 수가 없었어요. 그래서 그녀와 아주 닮은 인물을 등장시켜 「파시波市의 여상女像」이란 단편을 발표했습니다."

- 오랜 기간 연극 활동을 하신 걸로 알고 있는데요.

"1930년에 극단 메가폰을 조직했습니다. 그때의 동지들은 안막(해방 후 월북), 이병일(李炳逸, 나중에 영화감독으로 전향), 김승일(나중에 獄死함) 등이었지요. 그때에 우리는 내 작품 「지옥地獄」과 현민玄民 유진오兪鎭午 작 「박첨지」를 함께 공연했어요. 「지옥」은 처녀작인데 1930년, 그러니까 내 나이 22세 때였어요. 그 후로 「산山의 승패勝敗」, 「눈먼 희망希望의 씨」 등을 썼지요. 「산의 승패」는 전3막이고, 「눈먼 희망의 씨」는 전5막으로 약 500여 매의 희곡입니다. 이들 작품은 모두 변두리의 인간들을 그린 것인데 반항적 기질을 나타내고 있지."

- 호남지방에서의 방랑생활은 언제 끝났습니까?

"그 지방에서 떠돌아다니다가 고향에 돌아갔더니 가족들은 동서남북으로 뿔뿔이 흩어져 찾을 길이 없었어요. 강원도로 야반도주했던 아버님도 돌아오질 않은 상태였지요. 나는 여러 가지 궁리 끝에 장사를 했어요. 상당한 돈을 벌어서 흩어진 가족을 모아 생활기틀을 마련했지요. 채무도 모두 청산하고 강원도에 내려가 아버님을 모셔 왔어요. 나는 그때 한설야韓雪野를 알게 되었는데, 그는 내게 소설을 쓰라고 권유하더군. 그와 사귄 이후 나는 소설을 쓰기 시작, 「진공시대眞空時代」, 「누각골의 뽀찌」, 「남사당男寺黨」 등의 단편을 썼지요. 그러는 동안 부모님의 생활을 정착시킨 뒤 일제 말엽에 서울로 이사했어."

민담民譚·민속民俗 그리고 민족民族

- 일제 말이라면, 일본 침략자들의 탄압이 극심했던 시기로 알고 있는데요. 또한 작품 활동에도 많은 압제가 따랐을 것인데 그 시대적 배경과 관련해서 말씀해 주셨으면 합니다.

"서울로 이사한 뒤 나는 조선 역사와 민담에 매력을 느끼고 관계 서적을 탐독했어요. 그때에 공부한 것들은 소설을 쓰는 작업에 많은 도움을 주었지. 민족과 민속을 거듭 연구한 끝에 민족적인 것과 민속적인 작품을 구상하게 됐어요. 나는 그 후로 「개운봉開雲峰」「화전민火田民」「세월歲月」, 그리고 「구경龜景님의 굿」「족보族譜」 같은 단편들과 「이성계李成桂」「김유신金庾信」「왕자호동王子好童」 등 장편 역사소설을 썼던 거지요. 민족과 민속에 관해 공부하는 동안 일제는 극심한 탄압을 가했기 때문에 징용을 피해 여기저기 돌아다니기도 했어. 경주, 통도사, 부여 등지를 두루 돌아다녔지요. 그리고 작품을 쓸 때에는 탄압이 심하면 심할수록 민속적으로 관심을 돌렸지."

- 한 여성을 사랑했던 이야기를 들려 주셨는데 문단 데뷔를 전후하여 그밖의 재미있는 일들은 없었는지요?

"그 무렵에는 대체로 허무주의자가 많았어. 같은 연배끼리 어울려 다니며 술이나 마시고, 그저 하릴없이 방랑하기가 일쑤였지. 나도 술을 많이 마셨어요. 26세 때에는 몸을 망쳐 삼방三房이라는 곳에서 약 두 달 간 정양을 하기도 했지. 삼방이라는 곳은 유명한 약수가 나오는 곳이고…… 어쨌든 데까당했던 거야."

1930년대의 문인들이 대체로 그러했듯 선생도 예외는 아니었던 것 같다. 정양을 할 정도로 건강을 잃으면서 데까당한 생활을 했던 것으로 보인다. 그러면 여기에서 잠깐 사전에 나와 있는 기록을 보기로 한다.

1940년 『인문평론人文評論』에 「농월弄月」을 발표, 문단에 등장했다. 해방 전에는 주로 희곡을 써서 「산山의 승패勝敗」 「호반湖畔의 비가悲歌」 등을 발표, 해방 후 『백민白民』을 발행하면서 소설가로 전향했다.

- 희곡을 쓰다가 소설로 전향하신 특별한 이유라도 있으신지요?

"좀 전에도 말했지만 나는 원래 연극 전공이고 희곡을 썼는데 한설야의 권유를 받아 소설을 쓰기 시작한 거야. 그렇다고 희곡을 전혀 안 쓴 것이 아니라 소설을 주로 쓰면서 희곡도 썼지요. 또 그밖에 아동문학도 했어요."

- 지금까지는 주로 해방 전후의 말씀을 해주셨는데 6·25 때의 이야기를 들려주셨으면 합니다.

"6·25 이후에는 전쟁을 소재로 하여 작품을 썼지요. 즉 「영원永遠히 사는 것」 「슬픈 여인상女人像」 「반항反抗하는 자세姿勢」 「방가放歌」 등의 장편과 중편들이 그것이지."

- 환도 이후의 작품에 대해서……

"환도 이후에는 「풍우風雨」 「중립선中立線」 「성문城門」 「종점終點」 「왕생기往生記」 같은 단편을 썼지요. 이 작품들은 모두 변두리 인간들을 그렸어요. 거듭 되풀이되는 말이지만 나는 변두리 인생을 많이 그렸지요. 변두리에서 취재도 많이 했고……. 권외로 밀려난 변두리의 인생들을 그리기 위해 나는 나름대로 부단히 노력해온 셈입니다."

인간의 존엄성을 찾아서

- 변두리 인생을 많이 다루었다고 하셨는데 선생님께서는 이사도 자주 하신 것으로 압니다.

"서울에서만 몇 차례 이사를 했지요. 내 작품들을 잘 관찰해보면 알겠지만 여러 곳으로 이사를 다니면서 그때그때 작품경향이 다소 다르다고 할 수 있을 거야. 해방 전후의 경향, 6·25를 전후해서 각각 차이가 있어. 그 후에도 조금씩 달라지고 있지. 가령 1968년 이후 북한산 기슭에서 살았을 적엔 「설악산雪嶽山」「산성입구山城入口」「북한산성北漢山城」「견족풍월犬族風月」과 같이 산을 배경으로 작품이 쓰여졌어. 그 후 화곡아파트로 이사한 뒤에는 「관棺속의 애인愛人」「서산西山 너머」「불타지 않은 복사꽃」 등 역시 변두리 인간들을 다루었지요.

- 선생님의 소설 중에는 농촌을 무대로 한 작품이 많더군요.

"네, 나는 원래 농촌 태생인 관계로 농촌을 무대로 잡아 수편의 작품을 썼습니다. 가령 「남사당」「상흔傷痕」「농민史農民史」 같은 작품이 거기에 해당되지. 나는 농촌에서 태어났기 때문에 농촌에 대해서도 무한한 관심과 애정을 가지고 있어요. 내 호를 작촌鵲村이라 쓰는 것도 내 자신이 농촌 출신이고 농촌에 대한 정을 버릴 수 없기 때문이라고나 할까……."

- 말씀하시는 가운데 변두리 인간과 농민에 대하여 거듭 강조하셨는데 그러면 소설에서 그들을 어떻게 그려야 할 것인가, 나아가서는

왜 쓰는가 하는 문제까지 대두되는데 선생님의 경우는 어떻습니까?

"나는 왜 문학을 했고, 또 하고 있는가……. 주위에 있는 사람들로부터 나는 가끔 그런 질문을 받곤 했어. 그때마다 선뜻 대답을 못한 적도 있었고, 어떤 때는 깊은 회의에 빠지기도 했어요. 그래서 한때는 문학을 포기하고 사회운동에 가담하려 했었고, 30대 초에는 돈을 벌기로 작정한 적도 있지."

그러면 선생께서 손수 쓰신 글을 보기로 한다. 다음에 소개하는 글은 선생께서 문학을 왜 하는가에 대해 극명한 대답을 해준다. 참고로 이 글 역시 인터뷰를 위한 보충자료에서 발췌한 것임을 밝혀둔다.

> 그러나 『백민白民』『신조新潮』『자유문학自由文學』 등의 주간을 하면서 문학文學의 길을 모색했었다. 문학에서도 목적目的이 있었다. 장이는 구두를 수선하는 것이 목적이고, 관리는 또한 그들의 직무에 충실함으로써 시민市民에 복무服務함이 목적이고, 건축업자도 그들이 목적하는 일이 있듯이 문학자文學者도 목적이 있는 것이다.
>
> 문학은 취미도 아니고 부업도 아니고 자연自然을 읊고 미美를 탐구하는 장식가도 아니다. 자연과 인생을 노래하는 소리꾼도 아니다. 문학은 어디까지나 민중民衆을 상대로 하는 예술이다. 민중의 벗이어야 할 것이다. 나는 한동안 개혁적改革的인 것이 문학이라고 생각했다. 또한 문학은 더럽혀진 땅과 오염된 하늘을 청소하는 작업作業이라고도 생각했다.
>
> 그러나 문학은 역시 민족을 위해서 뿌리를 박고 성장하지 않으면 안 된다고 생각했다. 민족의 이름을 해치는 부정不正과 부조리에 항거抗拒하는 작업을 문학이라고 생각했다. 따라서 민족-민중을 떠나서는 문학이 존립存立될 수 없으며 문학은 미를 탐구하고 선善을 찬양하는 사치품도 될 수 없는 것이다.

- 선생님의 인생관은…….

"나는 어렸을 적부터 자유로운 생활을 해왔어요. 얽매이지 않고 자유롭게 살아야지. 나는 그래서 일정한 틀에 매이는 것을 싫어합니다. 그간 살아오면서 직장을 가져 본 적도 없고……. 결국 문학도 마찬가지라고 봐요. 획일주의가 되어서는 절대로 안 되지. 가령 우상과 영웅을 숭배하는 민족 획일주의를 찬양해서는 안 되지요. 또 중흥이라는 미명 아래 정책에 추종해서도 안 돼. 문학은 어디까지나 민중을 위해서 자율정신을 바탕으로 다루어져야 할 줄 압니다. 문학은 굴종이나 예속의 도구가 될 수는 없으며 문학의 본령은 종교, 정치, 사회에 굴종 또는 예속됨이 아니고 혼탁하고 오염된 지구상에서 그래도 최후까지 몸부림치는 인간, 참다운 인간을 위해서 진리의 별처럼 반짝이는 것, 또는 차원이 높은 인간성을 회복하는 길이 아닐까 해요."

차원 높은 인간성의 회복

- 그간에 발표하신 작품 수는 얼마나 되는지요?

"장편이 13, 중편 10, 단편 142, 희곡 32, 그밖에 아동물이 28편……. 도합 238편이고, 수상록으로 약 12,000여 매가 있어요."

- 전집을 내신다는 소식을 들었습니다만…….

"지금까지 써온 작품을 10권 정도로 묶을 생각입니다. 현재 어느 출판사와 교섭 중이지."

- 지금까지 간행하신 작품집을 소개해 주셨으면 합니다.

"네. 단편집으로는 『무기武器 없는 민족民族』『남사당』『청개구리』『세월』 등이 있고 장편으로 『영원히 사는 것』『슬픈 여인상』『단장

斷腸의 시詩』 등이 있어요."

- 그중에서 대표작을 자선하신다면 어느 작품을 드시겠습니까?

"글쎄, 잘 모르겠는데……. 나로서는 중편 「개운봉」을 들고 싶군."

- 특별히 후학들에게 당부하고 싶은 말씀이 있으시면…….

"우선 새로운 것을 쓰라고 당부하고 싶어요. 아울러 소설을 쓸 때에는 항상 민족을 의식해 주었으면 해요. 또 현실을 외면하지 말아야 한다고 봅니다. 현실에 널려 있는 부조리에 꾸준히 항쟁해야지요. 요즘 작품을 읽노라면 현실을 외면한 내용이 많은데 비평할 것은 비평해야지……. 또한 인간 본연의 정신을 회복할 수 있는 내용이어야 한다고 봐요. 어떻게 해야 인간성을 회복할 수 있는가, 그 점에 대해서 나는 꾸준히 연구할 것입니다."

- 앞으로 어떤 작품을 구상하고 계신지요.

"좀 더 무게 있고 좋은 작품을 쓰려고 노력하고 있지. 나는 어린 시절, 강변에서 송씨를 보았다고 했는데 아직까지 그의 정체를 파악하지 못하고 있어. 문학을 꾸준히 하다 보면, 그리고 인생을 보다 더 깊이 생각하면 그의 정체가 밝혀질 것을 믿으면서……."

『월간문학月刊文學』 1977년 3월호

소설가 오영수(吳永壽, 1909~1979)

봄엔 건강도 좋아지겠지

인터뷰를 청해 응낙을 받아놓고도 무슨 질문을 어떻게 해야 좋을 지 몰라 몹시 망설여졌다. 그간 선생께서 발표해 온 작품들이 한결같 이 비단결처럼 곱고 정갈해서 자칫하다간 큰 실수를 저지르지 않을 까하는 두려움도 없지 않았으나 그보다도 손수 쓰신 「문학수업기文 學修業記」가운데에서 한 구절이 퍼뜩 떠올랐기 때문이었다.

> …(전략)… 문학文學에 대한 이론理論은 관심關心을 가지되 자기주장自己主 張은 되도록 않기로 한다. 작가는 작품이 그 문학관文學觀을 대변代辯하기 때문 이다. 또 작가作家가 너무 이론에 치우치면 자기 이론에 구속拘束 내지 제약制 約을 받는 경우도 있기 때문이다. …(후략)…
> -「나의 소설공부小說工夫」 중에서

이상의 글을 몇 번이고 음미하다가 용기를 내어 쌍문동 자택으로 선생을 찾아가 뵈었다. 선입견 때문에 지레 판단했던 것과는 달리 선생께서는 자상하게 많은 이야기들을 들려주었다.

― 우선 근황부터 알고 싶군요. 선생님께서는 오랜 세월을 병고病苦로 시달림을 받아오신 걸로 알고 있습니다.

"겨울이 가고 봄이 되면서 건강도 좀 좋아지겠지 하고 생각했는데……. 그저 그렇군."

― 작품은 주로 언제 쓰시는지요?

"쓰고 싶으면 쓰고, 쓰기 싫으면 안 써요."

― 쓰고 싶어서 쓰실 경우 하루에 쓰실 수 있는 원고 집필 양은 어느 정도나 되는지요?

"쓰고 싶으면 쓰고, 쓰기 싫으면 안 쓴다고 했듯이 나는 계획적으로 쓰는 게 아닙니다. 어떤 때는 한두 장 쓰기도 하고 너덧 장 쓸 때도 있지요. 많이 쓰는 날은 열 장도 쓰고……. 낮에는 찾아오는 사람들이 많아 거의 붓을 들지 못하고 아침이나 저녁때에 좀 씁니다."

― 주로 어떤 분들이 자주 오시나요?

"신문사나 잡지사에서 원고 청탁이라든지 인터뷰 때문에 오고, 학생들이나 문학청년, 또는 후배들도 자주 옵니다."

― 선생님의 추천을 받아 데뷔한 작가들이 많은 것으로 알고 있는데 정확히 몇 사람이나 됩니까?

"그저 여남은 명 됩니다. 그 중에는 실패한 사람들도 있어요."

― 선생님께서 추천한 작가가 실패했을 때 느끼시는 심정은 어떻습니까?

"아주 불쾌하지요. 다른 것이 불쾌한 게 아니라 사람의 역량을 제

대로 파악 못하고 작품을 잘못 본 자신의 불찰과 불명에 대해 마음이
아픕니다."

─ 항간에 알려진 바에 의하면 선생님의 추천을 받기가 아주 어렵다
고 하는데요…….

"어려운 것이 아닙니다. 나는 한 작가를 추천할 때 선배적 위치에
서 그리고 선자選者의 입장에서 작가의 역량이나 작품을 면밀히 검토
하지요. 그래서 꼼꼼하게 읽고 오류를 찾아내어 알려줘요. 어휘에 대
한 개념이 다를 때나 바탕이 잘 안 되어 있을 때 그냥 보아 넘기지 않
고 꼭 표를 해두었다가 일러주는데 받아들이는 쪽에서 오해를 해요.
물론 그런 지적을 순순히 받아들여서 자신의 미흡함을 깨닫고 개작
改作을 한다든지, 더욱 노력하는 사람도 있으나 구구하게 변명을 하
는 사람들이 있어요. 결점을 묻어둔 채 변명을 통해 자기합리화를
하려는 거지. 그래 좀 잔소리를 하면 까다롭다느니, 어렵다느니 하
고…….

10여 년의 공백기를 넘어

─ 선생님께서 문학수업을 하실 때와 데뷔 전후에 대해서 알고 싶군
요. 미술을 하려다가 못했고, 음악을 하려다가 어른들의 반대로 문학
을 하게 됐다는 글을 읽은 기억이 납니다만…….

"17,8세 때에는 동시를 썼어요. 당시 동아일보나 조선일보 문예란
에 투고하여 많은 작품들이 활자화되었어요. 그 중에는 작곡가 박태
진朴泰鎭씨가 작곡을 해서 노래로 불리는 것도 있지……. 발표된 작품

들을 스크랩해서 상당수를 모아 가지고 있었는데 독서사건으로 왜경에게 압수당해 지금은 찾을 길이 없어요. 그 후『문장文章』『인문평론人文評論』등 문예지가 나와 희망에 부풀어 있었으나 일제의 한글 말살정책으로 폐간되고 두 신문마저 폐간되어 좌절의 나날을 보냈어요. 그러니까 일제 말 10년 동안은 거의 공백 기간이나 다름없었어. 1945년 해방이 되자 드디어 우리말로 글을 쓸 수 있게 되었는데 그때의 감격이란 이루 말할 수가 없었어요. 난 울었을 정도니까……. 자유롭게 우리말로 글을 쓸 수 있다는 게 얼마나 감격스럽던지……. 처음에 서정시 두세 편을 써서『백민白民』에 발표하고 본격적으로 소설을 쓰기 시작했어요. 단편「남이와 엿장수」를 써서『신천지新天地』에 응모했는데, 그 작품이 추천 작품으로 발표되었습니다. 그 작품이 발표되었을 때 부산에서 동인지를 하던 친구가 어떻게 약을 올리던지 몰라. 그 작품이 추천해 준 사람과의 정실에 의해 추천된 것이지, 작품이 잘 돼서 추천된 것이 아니라고 약을 올리더란 말이야. 그래서 신춘문예에 응모하기로 마음먹고「머루」를 서울신문에 투고, 당선이 되었지요. 자신의 역량을 냉정히 테스트해 보기 위해서 익명으로 응모를 했는데 당선이 되었습니다. 시상식 때도 참석을 안했지……. 그런데 지금까지 풀리지 않는 수수께끼가 있어. 상금이 어디로 갔는지 알 수가 없어. 그러고는 6·25가 났지. 그때의 상금을 지금까지도 못 받고 있습니다. 그리고 음악과 미술에 관한 얘기를 했는데, 일제 때에는 인텔리를 가장 싫어했거든. 따라서 책 읽는 사람을 보면 처벌하는 정도였으니까……. 그래서 그림을 그렸는데 내가 그린 것은 대부분 장식화裝飾畵야. 그렇게 그림도 그리고 깡깽이도 가지고 다녔어요. 그러니까 내가 했던 미술과 음악이란 일제의 감시로부터 자신을 보호하기 위한 한 수단이었어. 해방 후 한때 경남여고慶南女高에 재직했던 시절이 있었어요. 그때, 미술 교사가 없어 약 1,2년간 미술지도를 맡기도 했었지."

이상에서 보듯 서울신문 신춘문예를 통해 공식적으로 등단한 선생께서는 그 뒤로 「두 피난민避難民」「상춘霜春」「이사移徙」「촌뜨기의 변辯」「설야雪夜」「화산댁이」「윤이와 소」「아찌야」「천가千哥와 백가白哥」「병상기病床記」「노파老婆와 소년少年과 다리」「두 노우老友」「코스모스와 소년少年」「가을」「용연삽화龍淵揷畵」「어떤 여인상女人像」「누나 별」등을 연달아 발표하고 한국의 전형적 단편작가로서의 위치를 굳히기 시작했다.

그뿐 아니라 1954년에는 서울에 올라와 『현대문학現代文學』지의 창간 멤버로 활약했다. 제1창작집인 『머루』를 간행한 것이 바로 그 해였다. 이듬해인 55년에 『현대문학』의 창간호를 내고 편집장을 맡아 줄곧 10여 년 간이나 일하다가 지병持病인 위궤양의 악화로 66년에 편집 실무에서 손을 떼었다.

- 선생님께서 문학수업을 하실 때 많이 읽으신 작가를 알고 싶군요. 그리고 그들 작가에게서 영향을 얼마나 받으셨는지요?

"주로 러시아 작가들의 작품을 많이 읽었습니다. 고골리, 톨스토이, 체호프, 고리키 등과 유럽의 모파상, 메리메, 입센 등의 작품도 많이 읽었지. 메리메의 작품에 심취했던 적도 있었고 한때는 모파상을 탐독했어요. 그런데 최근엔 체호프를 자주 읽고 있습니다. 체호프는 인생에 대해서 매우 깊이 생각한 사람으로 느껴져요. 글쎄, 그들에게서 어떤 영향을 받았는지 나로서는 알 수가 없군."

고귀하고도 순수한 인정

- 선생님께서 쓰신 작품들에는 한결같이 인정에 넘친 인물들이 등장하는 것으로 보아 선생님께서는 인정을 매우 중요시하는 것 같습니다. 그 점에 대해서 몇 말씀 듣고 싶습니다.

"인간의 감정 중에서 가장 고귀하고 순수하고 아름다운 것이 인정이라고 나는 믿습니다. 나는 소설에서 인정을 강조해 왔습니다. 벌거숭이 인간들에게서도 찾아낼 수 있는 인간들의 정……. 나부터가 정이 없다면 살아갈 수가 없다고 생각합니다. 정이란 설명으로 표현하기 어려운 감성과 감성의 교류거든. 나는 리리시즘을 배제한 예술은 생각지 않아요. 물론 그것이 정이라는 것과 약간 뉘앙스가 다르긴 하지만……. 「후조候鳥」 같은 작품이 그러한 인간의 정을 그린 작품인데 정 앞에서는 법도 권력도 무력하다고 나는 생각합니다."

여기서 잠깐 단편 「후조」의 줄거리를 살펴보기로 한다. 「후조」는 이렇게 시작하고 있다.

더우면 오고 추우면 돌아간다.
덜 추우면 오고 더우면 가기도 한다.
언제나 패를 짜서 먹이를 찾아 갔다가 떼를 지어서 돌아온다.
이것은 후조의 생리이다.
그러나 반드시 그렇지만도 않은 후조도 있다.
지난 가을- 포도 위에 가로수 잎이 깔릴 무렵이니까 아마 시월 중순경인가
보다.

민우民雨가 을지로 6가로 해서 동대문 밖 숙소로 돌아오니까 웬 구두닦이 아이놈이 불쑥 앞을 막아서면서 양복 소매를 잡아 흔든다.

그때 민우는 뭣 때문엔지 마음이 좀 우울한 데다, 갓 지어 입은 양복을 그 때문은 손에다 잡힌 것도 좀 불쾌해서

"안 닦는다, 임마……."

하고 빽 고함을 질렀다.

그러나 아이놈은 조금도 탓하지 않고 연신 거머잡은 소매를 흔들면서

"아니요, 선생님 지 몰라요?"

그러고 보니 어디서 많이 본 얼굴 같기도 하다. 그러나 얼른 생각이 나지 않는다.

"오오, 인젠 알겠다. 구칠이. 응, 그래 너 이놈 언제 서울 왔니?"

"봄에 왔어요!"

그렇게 하여 만난 그들은 정으로 맺어진다. 구두닦이 소년 구칠은 거의 매일 중학교 교사인 민우의 구두를 닦는다. 민우가 출근하는 길목에서 구두를 닦으라고 조르는 것이다. 민우가 닦지 않겠다고 해도 구두 위에 앉은 먼지를 털기 위해 손질이라도 해 준다. 그러던 어느 날 구칠은 민우의 낡은 구두를 보고 몹시 언짢아한다. 구칠은 마침내 어느 음식점에서 새 구두를 훔쳐내 민우에게 주려다가 구두의 주인으로부터 모진 매를 맞는다.

그 광경을 본 민우는 며칠 전 싼값으로 중고 구두를 사지 않겠느냐던 구칠이의 말이 생각나 괘씸하고 측은한 마음에 사로잡힌다.

그래서 이놈을 만나면 호되게 혼을 내주리라 마음먹으면서도, 그러나 이놈을 만나면 아무래도 울음부터 먼저 터지고 말지 않을까 생각하는 것이다. 「후조」는 이렇게 끝을 맺고 있다.

민우는 아침 저녁 출퇴근 때 구칠이가 신을 닦던 그 앞에 오면 버릇처럼 발이 멎는다.

열흘 가까이 해서 구칠이가 펴던 자리에는 딴 아이가 앉았다.

민우는 신발을 내맡기고

"전에 여기서 신을 닦던 구칠이란 아이 모르냐?"

"알아요, 일선 지구 양키 부대로 갔어요!"

"혼자?"

"아니요, 여럿이 패를 짜서 가는데 끼어서요."

해마다 여름이 되면 구두 닦는 아이들이 패를 짜서 양키 부대를 찾아 돈벌이를 간다고 한다.

언제 오냐니까 가을에 온다고 한다.

팔월도 지났다. 지루한 여름이었다.

구월도 저물었다. 더디 오늘 가을이었다.

포도 위에 가로수 잎이 깔리기 시작하는 어느 날 민우는 문득 하늘을 쳐다본다.

어디선가 기러기 한 떼가 〈꼴로 정연히 열을 지어 날아오고 있다.

이제는 구칠이도 오려나 하니 민우는 몹시도 가슴이 설레기 시작했다.

요컨대 단편 「후조」는 설명으로 표현하기 어려운 인간의 정을 그린 작품이다. 그러므로 구두닦이 소년 구칠이가 비록 구두를 훔쳤다고 하지만 우리는 그를 가리켜 절도범이라고 잘라서 말할 수 없는 것이다. 이 작품을 통해서 우리는 인간의 선의善意가 얼마나 아름답고 흐뭇한 것인가를 여실히 느낄 수 있다.

예술은 생명력을 지녀야

- 앞에서 여쭤 본 것과 다소 중복되는 측면이 있습니다만, 선생님

의 작품에 나오는 인물들은 모두 긍정적으로 그려져 있는데요…….

"네. 나는 부정보다는 긍정을, 추醜보다는 미美를 택합니다. 세칭 악한 사람들이라 하더라도 그들에게는 모두 인간성이 있지요. 그래서 갖은 범죄자들이 등장하는「명암明暗」같은 작품에서도 인간의 밝은 면을 추구하려고 애썼어요. 그러니까 내 작품에 악역惡役의 인물이 등장했다고 하더라도 인간의 밝은 면을 잡아내기 위한 한 방법으로 쓰이는 것이지요."

「명암」의 경우 범법자들이 수감돼 있는 영창6호실이 주무대主舞臺가 되고 있지만 거기에서 피고 지는 애환은 읽는 이로 하여금 부지중에 미소를 머금게 하고 아울러 흐뭇한 느낌을 갖게 한다. 두말할 필요도 없이 감방은 부정적인 현실의 대표적 장소가 될 수 있으나 선생은 거기에다가도 인간의 따뜻한 정을 심어놓고 있다. 한 감방 안에서 서로 티격태격하는 죄수들이건만 모두가 맑고 아름다운 정을 지닌 인간인들 까닭에 이 소설의 결말 부분을 읽으면서 우리는 숙연해지지 않을 수 없다.

아홉 시 정각, 간수가 와서 소지품을 가지고 나오라고 한다.
감방 안이 물을 뿌린 듯 조용해진다. 한동안 숨이 막힐 듯 긴장이 흐른다. 그러나 이내 또 술렁대기 시작한다.
신참이 간수를 따라 복도로 나서자 감방원들은 와르르 쇠창살로 몰려든다. 저쪽 복도 끝, 장방형으로 스크린처럼 볕살이 환하다. 눈이 부시다. 신참은 등 뒤에 열네 개의 시선을 아프도록 느끼고 돌아본다. 창살을 검잡은 무수한 손가락들 사이사이로 흐린 눈망울들이 보인다.
신참은 연신 걸음을 옮기면서 두어 번 손을 흔든다. 그와 함께 무수한 손가락들이 창살 밖으로 한꺼번에 빗발처럼 움직인다. 흐려진 눈망울들이 자꾸만 멀어져간다.

이 작품에서도 선생은 죄수들의 생태를 스케치하면서 우울보다는 미소를, 추함보다는 아름다움을, 절망보다는 희망을 찾아내려고 애쓰고 있다. 감방이라는 상황의 설정 자체가 자칫하면 추악한 인간상을 드러내기 십상이지만, 그럼에도 불구하고 이 감방의 죄수들 사이엔 시종 인정이 흐른다. 때로는 인간의 추악상을 드러내기도 하나, 그것을 추악상이라고 하기엔 어딘가 어색한 감이 없지 않다. 그러므로 그들이 빚는 추악상은 일종의 애교 있는 실책失策 쯤으로 보아 넘기는 쪽이 더 적절할 것으로 믿어진다.

- 선생님께서는 한때 현실을 외면한 환상적 작가라는 비난을 받은 것으로 알고 있는데요…….

"오해를 많이 받았지. 현실을 도피한다느니, 테마가 낡았다느니……. 여러 형태의 오해를 많이 받았는데 그때마다 일일이 답변을 할 수도 없고 해서 그저 웃어넘기고 말았어요. 현실도피라는 말이 나왔는데 내 상식으론 오늘의 현실이 반드시 내일의 현실은 아니라는 생각입니다. 모든 예술이 다 그렇지만 문학도 우선 작품으로 승화된 연후에 사상성이나 시대적 가치를 발견할 수 있는 것 아니겠습니까. 현실에만 지나치게 집착하다 보면 기실 현실은 제대로 파악하지도 못하고 현실에 떠밀려 다니는 결과가 되기 쉽지요. 나는 어디까지나 실증철학이니 참여만이 문학이라고는 생각지 않아요. 한 작품이 발표되고 나서 10년쯤 후에 공감되지 않으면 그것은 작품으로서 생명력이 없는 것입니다."

이 점에 대해 선생은 대표작을 자선자평自選自評하는 글에서 이렇게 쓴 적이 있다.

> 또 흔히 나를 두고 현실도피라고도 한다. 그렇게 보였다면 그것도 할 수 없는 일이다. 그러나 현실도피의 개념 자체가 나오는 거리가 멀기 때문에 그런 소리가 내게는 공허할 뿐이다. 단, 앞으로 뛰기 위해서 뒤로 한 발 물러서면 현실도피고, 죽지 못해 살 길을 찾아가는 것이 현실도피가 되는 것인지 어떤지는 몰라도…(중략)…작자로서는 여러 가지 면으로 의미가 있어 아끼고 싶은 몇몇 작품도 없지는 않다. 「내일來日의 삽화插畵」「피」「오도 영감」「환상幻想 석상石像」 등이 그것이다.

여기에서 지적된 일련의 작품들은 조국 분단의 비극을 해소할 수 있는 길은 오로지 피가 한 피라는 동족 의식에 호소하는 길밖에 없다는 일관된 집념을 보여주는 작품들이다. 이밖에도 「후일담後日譚」이나 「엿들은 대화對話」 등 역사와 현실의 배리背理를 비판한 작품이 있다. 「후일담」은 제주도 반란사건과 동란이 초래한 비정의 세계를 고발하고 있으며 「엿들은 대화」는 짐승들의 입을 통해 한국 사회상의 추악함을 폭로한 일종의 풍자소설이라 하겠다.

왜 단편만 쓰고 있나

- 지난번 『월간문학月刊文學』에서는 왜 쓰는가, 라는 주제로 좌담회를 가졌고 앙케트도 받아서 독자들에게 소개했던 적이 있습니다. 왜 쓰는가, 라고 말하면 질문을 받는 쪽에서는 꽤나 막연하고 어렵게 느껴질 것 같은데 선생님의 경우는 어떻습니까?

"네. 그 문제는 별로 어렵게 생각하지 않아요. 내가 글을 쓰는 것은 내 자신의 보람을 찾기 위한 작업입니다. 자기 합리화는 절대로 아닙니다. 내 개인을 위한 보람이, 즉 내가 하는 창조 또는 창작이라는 작업을 통해 제3자의 공감 내지 공명을 불러일으킬 때에는 제3자의 보람이 될 수 있다고 믿는 거지요. 더 나아가서 국경이나 인류를 초월한 보람으로 이어질 수 있다고 믿기 때문입니다. 그것이 바로 내가 문학을 하는 이유입니다."

─ 선생님께서는 그간 단편만을 써오셨는데 혹시 장편소설을 쓰실 계획이 있으신지요?

"쓰고 싶기도 하지만 건강이 안 좋아 스태미나 관계로 잘 안 돼요. 그보다도 나는 장편에 별로 매력을 느끼지 못하고 있습니다. 예술로 승화시키려면 단편이 더 나은 것 같아. 요컨대 길이야 어찌 됐건 어느 정도 예술로 승화시키느냐가 문제겠지요."

─ 그간 발표해 온 작품들 중에서 대표작을 꼽으신다면 어떤 작품을 드시겠습니까?

"글쎄, 그건 정말 말하기 곤란하군. 작품이란 작자의 손을 떠났을 때 그 작품은 객관적 비판의 대상이 되는데 작자 자신이 대표작을 내세운다고 해서 그것이 그대로 인정될 수도 없겠거니와 작자 자신의 평에 의해 그 작품의 가치나 우열에 영향을 미칠 수 없다고 봐요. 내경우 작자로서 특별히 아끼는 작품은 있으나 어느 것을 꼬집어서 대표작이라고는 말할 수 없어요. 평론가들도 내 작품을 놓고 대표작을 말할 때 각기 다르게 지적하고 있습니다. 가령 어떤 사람은 「갯마을」「메아리」를 들고 또 어떤 사람은 「은냇골 이야기」「명암」을 드는가 하면 어떤 사람은 「여우」 「종차終車」 「후조」 「박학도朴學道」를 들기도 해요. 이렇듯 보는 사람마다 각기 다른 것은 대표작이 많다는 말도 되고, 반대로 대표작이 없다는 의미도 돼요. 그리고 나를 두고 어떤 이는 서정작가라 하고 또 어떤 이는 서민적 휴머니즘 작가라고도 해요. 그런가 하면 농촌작가, 인정과 풍속작가라고도 합니다. 나를 보는 사람들이 그렇게 각기 다르게 보는 것은 좋게 말해서 작가의 다양성을 말하는 것도 되지만 이것도 저것도 아니란 말도 되지요. 글쎄, 어떤 것이 옳은지……."

 - 선생님의 작품 중엔 영화화된 것도 많지요?

"「갯마을」 「화산댁이」 「안나의 유서遺書」 「은냇골 이야기」 등이 영화화되었고 영화화하기로 영화사 측과 합의된 작품이 서너 편 되지요."

 - 젊은 작가들의 작품은 얼마나 읽으시는지요?

"눈이 피로해서 많이 읽지는 않습니다. 그러나 이따금 읽기도 하는데 별로 구미에 당기지 않아. 대개 신인들의 작품은 자극적이고 전투적이더군. 눈을 부릅뜨고, 피를 흘리고……. 어딘지 나하곤 안 맞아요. 연애를 주제로 한 애정물도 대부분이 동물적이고 충동적인데 작품으로서 얼마나 생명력을 가질 것인지."

 - 신인들이나 문학 지망생들에게 하시고 싶은 말씀은 무엇입니까?

"우선 자기 자신에게 성실하라고 당부하고 싶어요. 조그만 재치로 기교를 부려서 남을 기만하려는 그런 사탕발림을 지양하라는 뜻입니다. 그런 생각은 아예 버려야 해요. 내 입에 달면 상대방의 입에도 달고, 내 입에 쓰면 상대방의 입에도 쓴 거예요. 내 입에 쓴 줄 알면서 사탕발림을 해서 상대방에게 달다고 하지 말아야 하죠. 무엇보다도 자신을 속이지 말아야 한다는 것을 일러두고 싶습니다."

붓은 아직도 멈추지 않아

- 살아오면서 경험하신 재미있는 체험을 한 토막 소개해 주셨으면 합니다.

"네, 일본에 있을 때의 얘기를 하나 하지요. 아르바이트를 하면서 학교에 다닐 때의 일입니다. 하숙집을 정하는데 조선 사람이라고 하면 받아주지도 않는 판이라 가고시마(鹿兒島)에서 왔다고 속이고 어느 집에서 먹고 자고 학교에 다녔어요. 그런데 주인네가 자꾸만 양자로 들어오라는 거야. 그래 나는 아무 말도 못하고 지냈지. 그런데 어느 날 데릴사위를 삼겠다면서 '가고시마에 있는 우리 집에 가자'고 해요. 우리 부모님들을 만나 확답을 얻고 그렇게 결정을 하겠다는 거예요. 그래 당황한 나머지 나는 조선 청년이라고 실토하고 말았어. 그랬더니 그 집 주인이 내 손을 잡고 울더군. 입이 뜨고 착실하고 신통한 놈이라고……. 나는 그 뒤로도 연애 한 번 해보지 못하고 살아왔어요. 어찌된 일인지 상대가 될 만한 여성을 만나면 얼굴부터 붉어져서……."

선생은 그간 「남이와 엿장수」를 시작으로 수많은 주옥 같은 작품들을 발표해 왔다. 창작집만 해도 제1창작집 『머루』, 제2창작집 『갯마을』, 제3창작집 『명암』, 제4창작집 『메아리』, 제5창작집 『수련垂蓮』 등 다섯 권을 냈고, 68년에는 전5권의 『오영수전집吳永壽全集』을 낸

데 이어 74년에는 전7권의 『오영수대표작선집吳永壽代表作選集』을 간행했다. 그 후로도 끊일 새 없이 속속 작품을 발표했으며 최근엔 「산호珊瑚물부리」를 발표해 문제작으로 화제를 모으기도 했다.

- 가까이 지내시던 분들이 타계他界하실 때 느끼시는 감정은 어떠신지요?

"주위에 있는 친구들이 하나 둘 쓰러질 때마다 나는 허무감에 사로잡혀 아무 일도 손에 잡히질 않아요. 남의 일이 아니라 바로 내 일이구나 싶어 나도 이제는 신변 정리를 해야겠다는 생각이 들지요."

- 선생님의 아호雅號는 누가 지었습니까?

"친구가 지어줬어. 내 이름의 획이 안 맞아 건강이 안 좋다면서 지어준 거야. 처음엔 월주月洲라고 썼는데 난계蘭溪라고 지어줬어, 친구가……."

노작가老作家의 입가엔 어느덧 잔잔한 미소가 감돌았다. 위궤양으로 시달려 온 30여 년. 얼마나 지루한 투병이었으면 아호까지 갈았을까. 하루 속히 병고를 떨고 일어나 독자들이 더 훌륭한 작품을 읽게 되기를 기원하며 선생 댁을 나서는데 도봉산 쪽으로부터 불어오는 봄바람에 살근살근 얼굴이 간지러웠다.

『월간문학月刊文學』 1976년 7월호

시인 박재삼(朴在森, 1933~1997)

도쿄에서 삼천포까지

무더위가 한창 기승을 부리는 8월의 한낮, 종로2가의 한 맥주집에
서 시인 박재삼 선생을 만났다. 선생은 오래 전부터 중랑구 묵동에서
살아오고 있지만, 종로2가에서 뵙기로 한 것은 인근에 그의 연락사무
실이 있기 때문이었다. 연락사무실이란 도서출판 현현각玄玄閣을 말
한다. 이 현현각은 바둑계의 대부로 지칭되는 안영이安玲二 사장이 운
영하는 출판사인데 박재삼 선생은 주로 이 사무실에서 낮 시간을 보
낸다. 필자는 선생을 모시고 사무실이 들어 있는 경일빌딩 앞 조촐한
맥주집으로 자리를 옮겼다. 아직 한낮인지라 맥주집은 한산하고 조
용할 뿐만 아니라 선풍기 바람으로 제법 시원했다.

- 무더위가 대단하군요.

"그러게요. 이번 여름은 다른 해보다 훨씬 덥지 싶습니다."

- 자, 그러면 선생님의 어린 시절 이야기부터 들려주실까요.

131

"알다시피 나는 일본에서 태어났지요. 도쿄 변두리 다마가와(多摩川)가 출생지입니다. 아버지와 어머니가 일본으로 건너간 것은 요즘 말로 이민이 아니었고, 순전히 먹고살기 위해 갔던 것입니다. 아버지는 모래 채취 인부였고, 어머니는 노동판에서 밥장사를 했습니다. 1933년 4월 10일생인데 시인 고은高銀 씨와 생년월일이 똑같습니다. 같은 시인이면서, 생년월일까지 똑같은 경우는 드물 겁니다."

드디어 시원한 맥주가 나왔다. 하지만 선생과의 자리에서는 술이 액세서리에 지나지 않았다. 차츰 언급이 되겠지만, 선생은 고혈압과 위궤양으로 고통을 받고 있는지라 함부로 술을 권해 드릴 수가 없기 때문이다.

- 동기간은 어떻게 되십니까.

"위로 두 살 터울인 형님이 있고 내가 차남입니다. 원래는 5남 2녀였는데 남자 형제 셋이 어려서 질병으로 세상을 떠났습니다. 현재 내 밑으로 누이동생 둘이 있습니다. 물론 모두 가정을 이루고 사는데 한결같이 가난합니다. 동기간들 중에 시를 쓰는 내가 가장 나은 편이니 형님이나 누이동생의 생활은 오죽하겠습니까."

- 일본에서의 유년시절 중 생각나는 일이 있습니까.

"어머니 등에 업혀 팔자 한탄의 노래를 듣던 일이 희미하게 떠오릅니다. 내 시에 슬픔이 깃들어 있다면 원천적으로 여기에서 말미암은 것이라 봅니다."

- 귀국은 언제 하셨습니까. 귀국 후에도 그렇게 가난했는지요?

"네 살 때 삼천포시 서금동 72번지로 돌아왔습니다. 그곳은 어머니의 고향입니다. 가난은 여전했지요. 한번은 내 남동생이 병을 얻어 주사를 맞히려고 했는데, 돈이 없어 손을 못 썼다고 합니다. 어머니께서 이웃에 손을 벌려 돈을 빌리려 했으나 그것마저 안 돼 내 남동생은 목숨을 잃었습니다. 어머니께서 하신 말씀 가운데 '없으면 문둥이보다 더 더럽다'는 말이 있습니다. 어머니께서는 노상 이 말씀을 하셨지요. 지금도 내가 어머니를 모시고 있습니다. 아버지는 돌아가셨지요. 경남 사천군 용현면 용치리는 아버지의 고향이자 또 아버지께서 돌아가 묻히신 곳입니다. 일본에서 삼천포로 돌아왔을 때 아버지는 노동으로 생계를 이어 나갔습니다. 그리고 어머니는 장사를 했습니다. 어머니는 마른 해산물을 가지고 웃녘에 가서 파는, 이를테면 도봇장수였습니다. 그러다가 진주 어시장에 자리를 하나 마련해 생선을 팔았습니다. 그 뒤치다꺼리를 아버지께서 하셨지요. 우리 동기간은 그런 어머니의 덕에 살았습니다."

- 차제에 고향 자랑도 해주시죠.

"삼천포는 풍광명미한 한려수도의 한복판에 자리한 아담하고 조용한 항구도시입니다. 한려수도 한복판에 있다는 자연적인 혜택은 햇빛이 밝고 바다의 물빛이 맑은 것으로 나타나지요. 삼천포 앞바다에는 올망졸망한 섬들이 깔려 있습니다. 멀리는 남해도, 창선도가 있고 가까이에는 신수도, 늑도, 마도, 수도 같은 섬들이 바람막이 역할을 하고 있습니다. 그렇기 때문에 삼천포 앞바다는 물결치는 바다라기보다 잔잔한 호수와 같지요. 그리고 뒤에는 와룡산과 각산이 있어서 삼천포야말로 겨울에도 따뜻합니다. 또 인심도 좋지요. 몇 번인가 임해공업단지로 물망에 오르기도 했습니다. 공해 문제 등을 감안한다면 바닷물이나 공기가 오염되지 않은 상태로 남아 있는 것이 오히려 정신적으로나 위생적으로 좋은 것 같습니다. 삼천포와 충무의 생선은 예로부터 이름이 높습니다. 또 우리 고향 특유의 놀이로 '혜치'라는 것이 있습니다. '혜치'는 부녀자들이 좋은 봄날을 택하여 홍겹게 노는 것을 말합니다. 각자 얼마씩 추렴을 해서 합동으로 벌이는 일종의 잔치인데 술도 마시고 장구나 꽹과리에 맞추어 춤도 춥니다. 원래는 봄에 꽃놀이를 겸해 하던 놀이인데, 요즘에 들어와서는 여름에도 자주 열리곤 합니다."

선생의 삼천포 자랑은 거기에서 멈추지 않는다. 향촌동 남일대해수욕장은 서부 경남 제일의 피서지이며 늑도 근처 학섬에는 이른 봄부터 수백 마리의 왜가리가 날아와 장관을 이룬다. 또 임진왜란 당시 3천 군사를 주둔시킨 각산산성이 있으며, 왜구의 침입을 알리던 봉수대도 그대로 남아 있다.

그치지 않은 가난의 세월

선생의 유년시절은 가난 그 자체라고 말할 수 있었다. 가난이 박재삼 문학의 중요한 모티브로 따라다니는 것도 결코 우연이 아니다. 가난의 화두는 바로 어린 시절의 저 쓰라린 체험에서 우러나온 것이다.

- 유년기에 대해서 좀 더 듣고 싶습니다만…….

"우리 집을 일컬어 모리(森) 짱네 집이라고 불렀습니다. 형님(朴鳳森)의 애칭을 일본식으로 부른 것이지요. 나는 바닷가에서 미역귀를 얻어먹고 전쟁놀이를 하면서 놀았습니다. 그러나 내성적이었기 때문에 계집애들하고는 멀리 지낸 편입니다."

그러다가 박재삼 소년은 여덟 살 되던 해 히노데국민학교(日出國民學校)에 들어갔다. 이 히노데국민학교는 나중에 수남국민학교洙南國民學校로 개칭되었다가 현재 삼천포국민학교로 이름이 바뀌었다. 한창 감수성이 예민했던 국민학교 시절, 그는 가난에 대해 뼈저린 아픔을 느꼈다. 하도 가난한 살림이어서 그의 형은 학업을 포기한 채 일본인이 운영하던 화월花月여관에 종업원으로 들어갔다.

해방되던 그 이듬해 박재삼 소년은 수남국민학교를 졸업했으나 기부금 3천 원이 없어 중학교 진학을 포기했다. 그 대신 그는 삼천포여자중학교 사환으로 들어갔다. 당시 삼천포중학교와 삼천포여자중학교는 재단이 같았으므로 교직원들도 함께 근무하면서 두 학교의 학생들을 가르쳤다.

삼천포여중 사환으로 일하던 열네 살의 박재삼 소년은 중요한 계기를 만났다. 그것은 실로 인생의 향방을 결정짓는 중대한 전환점이었다. 그는 거기에서 시인 초정草汀, 艸丁 김상옥金相沃 선생을 만난 것이었다.

- 장차 시인이 되기로 결심한 것은 김상옥 선생의 영향이었습니까.

"그렇지요. 시골 중학교 선생님의 시가 교과서에 실린 것을 대단하게 생각했지요. 초정 김상옥 선생의 「봉선화」 같은 훌륭한 시를 쓰고 싶다……. 그것이 소망이었습니다. 이를테면 시를 하게 된 동기라고 할 수 있지요. 그러나 집이 가난해서 책 한 권을 사 볼 수가 없었습니다. 시조집 『초적草笛』을 살 수가 없어 그것을 공책에 베껴 애독했지요. 하여간 김상옥 선생의 영향이 컸습니다."

박재삼 소년은 그 이듬해 삼천포중학교 병설 야간중학교에 들어갔다. 어쩌면 국졸로 끝났을지도 모를 학력을 근근이 이어간 것이다.

- 그야말로 주경야독의 세월이었군요.

"순전히 자력으로 공부를 했습니다. 낮에는 사환, 밤에는 학생이었습니다. 중학교에 다닐 때 교지에 동요를 발표한 일이 있고 「해인사海印寺」란 시조를 발표했습니다. 당시 「삼중三中」이라는 교내 신문이 나왔는데 그 첫 호에 동요를 발표했어요. 제목이 「강아지」였던 것으로 기억합니다만, 그것이 활자화된 최초의 작품이었습니다. 그 무렵 서울에서는 해방 후 처음으로 『중학생中學生』이라는 잡지가 나왔습니다. 거기에 「원두막」이란 시를 보냈더니 이형기李炯基 송영택宋永擇의 작품과 나란히 실렸어요. 그 다음, 진주에서 영남예술제(개천예술제)가 열렸는데 그 첫 해인 1949년 한글 시 백일장에 나아가 차상次上을 했습니다. 나는 시조 「촉석루」를 썼고, 이형기가 「만추」를 써서 장원壯元을 했습니다. 그때부터 이형기와 친교를 맺었고 최계락崔啓洛과도 인사를 나누었습니다. 얼마 후 이형기가 중학생의 신분으로 『문예文藝』지의 추천을 받고 시단에 데뷔했는데 그는 우리들 사이에 선망의 대상이 되었습니다. 그리고 진주농림에 다니던 김재섭金載燮 김동일金棟日과도 알게 되어 동인지 『군상群像』을 내기도 했지요."

- 문학소년 시절, 특히 사춘기에 연애감정 같은 것은 없었습니까.

"나는 열 몇 살 때, 다시 말해서 사춘기 때 유달리 암띠고 수줍음이 많아 여학생들이 서 있는 앞을 쉬 지나지 못했습니다. 여학생들은 내게 하등 관심도 두지 않건만 나는 괜히 부끄러워했어요. 오죽하면 다리가 후들후들 떨릴 지경이었습니다. 그러나 지금은 그렇지 않습니다. 웬만큼 아름다운 여성이 있더라도 그 앞을 자유롭게 지나칩니다.

그런데 나는 걸음걸이에 나름대로 의미를 부여해 봅니다. 사춘기 때의 걸음걸이를 '가락이 있는 걸음걸이'라고 해석하는 반면 지금의 걸음걸이를 '가락이 없는 걸음걸이'라고 생각합니다. 순수하고 때 묻지 않은 사랑의 감정 유무는 그 걸음걸이의 가락이 있느냐 없느냐로 갈라진다고 믿으니까요."

선생은 이런 감정을 시로 노래한 적이 있다. 그의 시 「열 몇 살 때」를 직접 옮기기로 한다.

열 몇 살 때던가
제비 떼 재재거리는
여학교 교문 앞을
발이 떨리던 때는
그런대로 그 비틀걸음에는
가락이 실려 있었다

찬란한 은행잎을 담고
찬송가가 유독 출렁거리던
마음 뒤안에 깔린 노을을……

아직도 그 여학생들의
옷태가 머리태가 좋으면서
기쁘면서, 또한 그를 사랑하면서

이제는 너무 멀리
그 교문 앞을 지나와 버린
부끄럼도 가락도 없는
내 발걸음이 섭섭할 뿐이다

그는 어쩔 수 없이 수줍은 소년이었다. 지금도 그렇지만, 그는 어렸을 때부터 티 없이 맑고 깨끗한, 공해가 전혀 없는 태곳적 원시림처럼 순박한 마음을 지니고 있었다. 항용 가난에 찌든 소년들이 어딘지 모르게 억눌리고 비틀린 듯한, 뭔가 불만에 가득한 감정을 드러내는 경우를 볼 수 있지만 그는 그 서러운 가난 속에서도 천진무구한 소년기를 보냈던 것이다.

감정의 무늬가 있는 연애

그는 4년제 중학교를 졸업하고 삼천포고등학교 2학년에 편입했다. 그는 보기 드문 수재였으므로 중학교, 고등학교를 거치는 동안 줄곧 전교 수석으로 질주했다.

- 고등학교 때의 생활은 어떠했습니까.

"다른 학생들은 공부에만 전념할 수 있었지만 나는 그렇지 못했습니다. 때로는 산으로 나무를 하러 다니고, 어머니가 팔러 나갈 우렁쉥이(멍게)를 등짐으로 져 나르기도 했습니다. 생계에 큰 보탬이 안 되는 것이었지만 그런 일을 많이 했습니다."

- 그러면 청소년기의 연애감정에 대해 조금 더 말씀해 주실까요.

"요즘에는 미팅이라는 것도 있지만 내가 자라날 때에는 상상하기 어려운 일이었습니다. 내 시를 보면 젊은이들이, 무엇 때문에 그렇게 답답하고 속 터지는 연애를 하느냐고 대들지도 모릅니다. 우리 또래의 연애감정을 고루한 것으로 치부할 수도 있을 겁니다. 만나서 곧바로 사랑을 고백하여 싫으면 싫고 좋으면 좋다고 결론을 내릴 일이지 무엇 때문에 그토록 괴로워하는가……. 이렇게 공박할지도 모릅니다. 그럼에도 불구하고 답답하고 지루한 가운데의 그런 연애감정을 전근대적인 것으로 돌린다면 나는 선뜻 동의할 수 없습니다. 아기자기한 감정을, 걱정과 기대 같은 것이 얽혀 들지 않는 연애감정은 너무나 메마르고 기계적인 것만 같지요. 그래서 옳은 의미의 연애감정으로 해석할 수가 없어요. 즉 감정의 무늬가 없는 연애감정을 상상키 어렵지요. 연애를 하더라도 못 만나서 애간장을 녹이고, 그리워하고, 생각하게 되는 과정을 거치지 않고 어떻게 연애를 할 수 있을까……. 자기의 가슴 속에 사랑하는 사람을 앉혀 보는 상상의 세계가 필요하지 않을까요? 다시 말하면 마음으로부터 '기다림'의 때를 거치지 않고서는 제대로 된 애인을 가질 수 없다고 봐요. 그냥 불쑥 만나 서로 좋아하게 되고 그것을 고백하는 것은 서양적인 연애의 대본처럼 보이는데, 우리 한국적인 연애는 한 사람을 마음속에 깊이 간직하고 있다가 기다림의 세월이랄까 그리워하는 세월을 겪은 다음에 고백하는 것이라고 봅니다."

그는 1953년 삼천포고등학교를 제1회로 졸업했다. 그때까지 줄곧 장학생으로 학비 면제 혜택을 받았으나 대학에의 진학은 언감생심 꿈도 꾸기 어려웠다. 그래서 그는 이른바 '밥벌이'를 하기 위해 직장을 알아보았고, 급기야 고향 삼천포를 떠나 부산으로 향했다. 그가 머문 곳은 부산 동광동에 있는 정치인 정헌주鄭憲柱 선생 댁이었다. 그는 그 집에 몸을 의탁해 잔심부름을 하며 지냈다.

정헌주 선생은 박재삼 소년이 중학교에 다닐 때 바로 모교의 교장 선생님으로 계셨다. 그런 인연으로 청년 박재삼은 정 선생 댁에 식객으로 들어갈 수 있었다. 일찍이 부산에서 민의원을 지낸 정헌주 선생은 마침 국회의원 선거에 나아갈 준비를 하고 있었다.

청년 박재삼은 그런 정 선생을 도와 연설문을 작성하거나 편지를 대필代筆해 드리면서 열심히 시와 시조를 습작했다. 이 과정에서 시조「강물에서」가『문예』지 1953년 11월호에 추천되었다. 이 작품을 추천한 사람은 시인 모윤숙毛允淑이었다.

특히 박재삼 청년은 부산에서 지내는 동안 저 유명한 조연현趙演鉉 선생과도 알게 되었다. 조 선생은 가끔 정헌주 선생과 바둑을 두곤 하였다. 박재삼 청년은 이때 조판소 문선공文選工 출신인 민영閔暎 시인과도 사귀게 되었다.

- 서울에 온 것은 언제입니까.

"54년도입니다. 잠시 영도에 있는 압맥壓麥 회사에 근무를 하다가 정헌주 선생의 선거운동에 가담했지요. 그런데 그 분이 불행하게도 낙선을 했지 뭡니까. 정 선생이 선거에서 떨어진 뒤 서울로 가자고 하데요. 그래서 고무신 신고 빈털터리 신세로 서울에 왔지요. 종로구 가회동 1의 38 정 선생 댁에서 기거했습니다. 그러면서 고등고시 공부도 했어요. 가난한 가정에서 자라나 앞으로 살아갈 일을 생각하니 아득하기만 해요. 그래서 고시 공부를 했는데 김태현 선생과 김기홍 선배의 영향이 있었습니다. 김태현 선생은 중학교 때의 담임이었는데 법관이 되었고 김기홍 판사는 국민학교 2년 선배로 고등고시를 보아 합격했지요. 그 영향으로 나도 고시 공부를 했습니다. 한때 김태현 선생 댁에서 기식을 한 적도 있고……. 그런데 은사 김상옥 선생의 주선으로 현대문학사에 취직이 되어 고시 공부를 그만두었지요. 마악『현대문학現代文學』지를 창간하려고 준비하고 있을 때 취직을 한 것입니다. 그때 주간에 조연현, 편집장에 오영수吳永壽, 편집사원으로 임상순任相淳 김구용金丘庸 선생이 근무했습니다. 나는 취직부터 하고 나서 대학에 들어갔습니다. 이듬해 새 학기가 되자 고려대학교 국문과에 들어갔지요. 그리고 같은 해『현대문학』지에 시조와 시가 각각 추천되었습니다. 시조는「섭리攝理」라는 작품이었는데 청마青馬 유치환柳致環 선생께서 추천해 주셨습니다. 시 작품「정적靜寂」은 서정주徐廷柱 선생께서 추천해 주셨고요."

그렇게 해서 박재삼 청년은 마침내 문단에 나왔다. 취직에다 문단에 등단도 했지만 직장 생활을 하는 몸이어서 학교에는 제대로 나갈 수가 없었다. 그는 학교에 나가는 날보다 못 나가는 날이 더 많은 이상한 대학생이었다.

사랑에 눈 뜰 무렵

그는 대학에 들어간 직후 비로소 사랑이라는 병을 앓기 시작했다. 그는 여러 글에서 짝사랑에 관해 언급하고 있거니와 그 첫 번째 연정 또한 짝사랑으로 끝났다.

- 선생님의 산문 가운데 짝사랑 이야기를 읽은 기억이 있습니다만……

"앞에서도 말했지만 나는 타고난 성미가 내성적인 데다가 다시 후천적으로 고생을 하면서 공부를 해야 했기 때문에 세상에서 외떨어진 삶을 살았다고 할까요, 어쨌든 연애감정에 빠지지 못했습니다. 내 작품 중 연애가 아닌, 자연의 감정을 노래한 시가 많은 것도 그 때문이 아닌가 해요. 나의 사춘기는 정상적인 성장에서 다소 이탈해 있었다고 하겠는데 연애감정은 있으나 그걸 은밀히 간직할 수밖에 없었지요. 그런 속에서나마 상대적인 온전한 사랑으로 맺어지지 못한, 짝사랑의 경험은 있습니다. 대학에 다닐 때 효자동에 사는 한 아가씨를 연모했습니다. 상대방은 태연해 했지만 나 혼자 열을 내곤 했지요. 나는 대학신문에 연애편지를 내기도 했는데 그녀가 그 신문을 읽었을 리도 없었습니다. 내가 그녀를 좋아하는 것은 순전히 일방통행이었지요. 나는 형편없는 골샌님이었습니다. 나는 그녀의 친구를 통해 내 뜻을 고백했는데, 당자에게 직접 고백하는 것이 낯간지럽고 창피하게 느껴졌습니다. 그녀의 친구에게 내 뜻을 전할 때 왜 그렇게도 쑥스럽던지……. 그녀에게서 친구를 통해 쌀쌀한 응답이 돌아왔죠. 그 거절의 뜻을 받은 후, 나는 그녀의 고모 집을 몇 차례 찾아간 적이 있습니다. 그저 먼발치에서 그녀가 있는 집, 불빛을 어슴푸레 바라보고 있을 뿐이었습니다. 그때의 불빛은 왜 그렇게나 차갑고 원망이 차 있었던지……. 당시 나에게는 어둠 속에서 처절한 몰골로 섭섭하고 싸늘한 감정으로 불빛이 다가왔습니다. 그때의 마음은 살풍경하기 짝이 없었습니다. 그것은 나 자신을 대변하는 쓸쓸한 빛이었는지도 모릅니다. 그럼에도 불구하고 나는 어째서 몇 차례나 찾아갔던지……. 그러나 그 불빛을 먼 곳에서 바라보면 약간의 위안이 되었습니다. 하지만 돌아오는 길에는 서글픔이 몰려왔고, 발걸음은 무겁기만 했습니다. 지금 생각하면 유치한 일이지만, 그래도 나에게는 오기가 있었던 셈입니다. 왜 허공을 향해 돌팔매질을 했을까……. 나는 그 비밀을 모르고 있습니다. 그곳은 큰 안목으로 볼 때 일종의 자포자기라고 할 수 있을지도 모릅니다."

- 짝사랑은 결국 실패로 끝난 셈인데 그런 사랑도 고귀한 것 아닌가요?

"내 속에는 순수함이 있었지요. 세상에는 사랑의 승리만이 있는 것은 아닙니다. 성공한 사랑 뒤에는 무수한 실패가 있지요. 실패한 사랑을 딛고 새로운 사랑으로 나아가는 것이라면, 사랑은 실패를 통해서 성공의 길로 발전할 수 있다고 봅니다. 그렇지만 짝사랑이라는 것은 어디까지나 불구의 사랑이고, 어쩌면 큰 길을 가기 위한 샛길일지도 모르죠. 그렇기 때문에 짝사랑은 한 과정이 될 수 있는 것입니다."

- 짝사랑할 때의 심경은 어떠했는지요.

"그 답답하고 말 못하는 심경은 벙어리 냉가슴 앓는 것에 비유할 수 있겠지요. 그것은 홍역과도 같습니다. 누구에게도 속 시원히 털어놓지 못하는 그 아픔. 그러나 나는 그런 경험을 통해 아름다운 추억 한 토막을 가질 수 있게 됐죠. 흔히 하는 말이지만 추억이 없는 인생은 허전합니다. 추억 중에는 여러 가지가 있지만, 짝사랑의 실패는 비중이 큰 것입니다. 실패한 사랑, 짝사랑의 경험은 아주 소중한 추억입니다. 짝사랑을 할 때 나는 속으로 이렇게 생각하고 있었습니다. 당신은 정말 착하고 고운 사람을 놓쳤노라고……. 나는 짝사랑을 통하여 인간적 성숙, 다시 말해 승리를 얻었다고 생각합니다. 짝사랑, 그것은 사람을 아주 슬프게 합니다. 그러나 그 슬픈 것을 통하여 인간은 성숙하게 됩니다. 나는 짝사랑을 지난 다른 길로 접어들었지요."

- 짝사랑은 한번만으로 끝났습니까.

"아니죠. 첫 번째 짝사랑을 잃고 나서 두 번째도 짝사랑을 했어요. 나는 처음으로 그녀에게 사랑을 고백하는 편지를 보냈습니다. 나는 절실하고 열렬한 구애를 적어 보냈지만 그녀에게서 돌아온 답장은 쌀쌀한 찬바람뿐이었습니다. 그녀의 친구를 통하여 나의 열애가 전달되었지만, 완전히 일방적인 사랑으로 끝났지요. 이렇듯 첫 번째, 두 번째 짝사랑은 허무하게 끝났습니다. 그 흔한 영화 구경도 못하고 손목 한 번 잡아보지 못했으니까요. 그러다가 스물너덧쯤 되었을 때 본격적인 연애를 체험했지요. 그녀와는 남산 숲속에서, 마포 강변에서 헤아릴 수 없을 만큼 달콤한 밀회를 갖곤 했습니다. 내가 처음으로 이성과 키스의 감미로움에 젖은 것도 그 무렵이었습니다. 우리는 결혼할 것으로 생각하고 있었습니다. 그러나 그쪽 가정에서 완강히 반대하는 바람에 무산되고 말았지요. 그래서 그녀와도 헤어지게 되었습니다."

그런데 헤어진 이들 세 사람은 공교롭게도 모두 한 고향 사람들이었다. 그녀들도 이제는 가정을 이루어 행복하게 살고 있다.

상상연애와 감정의 재산

한편, 선생의 시에는 사랑을 주제로 한 작품이 많다. 어떻게 보면 연애예찬론자라고나 할까, 연애지상주의자라고 할 만큼 사랑을 주제로 한 작품이 많은 것이다.

- 선생님의 작품 중에는 사랑을 노래한 시가 많습니다만…….

"사실 열렬한 연애를 못한 대신 안으로 불이 붙었다고 할까, 그래서 사물을 볼 때 예사로 보지 않고 연애감정으로 보았지요. 내 초기의 시에 눈물이 많고 우는 일이 잦았던 것도 이 때문이 아닌가 합니다. 그저 웬만한 경치는 사랑의 감정으로 파악했습니다. 그것은 시를 쓰는 일에 있어서 기초가 되어준 셈입니다. 그리고 사랑을 주제로 한 시들은 어디까지나 상상의 소산이라고 봐야 합니다. 상상임신이라는 말이 있듯이 나는 상상연애를 하는 셈입니다. 여러 경험에 얹어서 말입니다. 그러니까 경험과 상상의 두 축을 교묘하게 접합시켜 연애를 구축하고 그것을 시로 나타내는 겁니다. 현실에서는 사랑한다는 말 한마디 제대로 못하지만 시의 세계에서는 지독한 사랑을 합니다."

첫사랑 그 사람은
입 맞춘 다음엔
고개를 못 들었네
나도 딴 곳을 보고 있었네

비단올 머리카락
하늘 속에 살랑살랑
햇미역 냄새를 흘리고
그 냄새 어느덧
가슴 아파라
내 손에도 묻어 있었네

오, 부끄러움이여, 몸부림이여
골짜기에서 흘려보내는
실개천을 보아라

물비늘 쓴 채 물살은 울고 있고
우는 물살 따라
달빛도 포개어진 채 울고 있었네

　이는 「첫사랑 그 사람은」 전문이다. 선생의 시 가운데는 이렇듯 사랑을 노래한 작품이 아주 많다.
　- 선생님께서는 많은 여성들과 가까이 지내는 것으로 알고 있습니다만…….
　"그동안 많은 여성과 절친하게 지내오고 있지요. 문학잡지 편집에 오래 종사하다 보니 여성 문인들과도 접촉이 잦은 편이었지요. 그 중의 한 여성과는 결혼까지 내다보기도 했으나 형편상 거기까지 이르지는 못했고……. 그런데도 말 많은 문단에서 소문이 나지 않았어요. 그것은 내 성격과도 관련이 있다고 봅니다. 연애를 어떻게 밝은 천지에서 밝혀 놓고 할 수 있는가……. 나는 여성을 사귈 때에도 철저히 극비 위주로 해왔습니다. 그 여성과 한두 번 만난 것도 아니고 데이트를 하다가 다른 사람에게 들키기도 했습니다. 그러나 우리를 '이상한 관계'로 생각한 사람은 아무도 없었습니다. 작고하신 오영수 선생이 나한테 이런 말씀을 하셨습니다. 박 군은 연애를 못할 거야. 연애를 하다가 실패할 경우, 그 결과에 두려움과 부끄러움을 느끼는 나머지 연애를 못할 거라는 말씀이었죠. 그런 식으로 봐줘서 그런지 우리의 연애는 스캔들 없이 묻혔지요. 나는 사랑을 하되 '아끼는 사랑'을 해야 하고, 그러자면 소문이 나지 않도록 보안 조치를 해야 된다고 믿어요. 나를 잘 모르는 눈으로 보면 연애와 담을 쌓고 지내는 사람처럼 보일지도 모르지요. 그러나 내가 진심으로 사귀고 싶어 하는 대상은 남성보다는 여성 쪽입니다. 그런 의미에서 나는 청마 유치환 선생을 존경합니다. 그 분은 항상 연애감정에 짜릿하게 젖은 상태로 생애를 보냈지요. 그러나 중요한 것은, 평소 그 분의 행동으로 봐서 그 분이 연애감정을 넉넉히 지니고 있으리라는 것을 아무도 눈치 채지 못했다는 사실입니다. 그 분이 돌아가신 다음 많은 여성이 나타나 세상을 놀라게 했지요. 나는 여성을 사귀더라도 극비 위주를 좋게 생각하는 편이고, 특이한 점이 있다면 여성들을 연인이라기보다 친구로 사귀고 있다는 사실입니다. 친구라고 하면 흔히 동성끼리만 가능한 것으로 생각하기 쉬우나 사실은 그렇지도 않아요. 쌍방의 지각과 인격으로 잘만 대한다면 이성간의 우정은 동성의 친구에게서 느낄 수 없는 별난 취향을 느낄 수 있습니다. 우리들 간에 연애 이야기가 전혀 개재되지 않는 것도 아니고……. 여성 친구와 사귀어 보면 풍부하고 윤택한 화제로 적조한 공간을 메울 수가 있습니다. 또 이성의 친구를 참되게 사귀면 따뜻한 위로와 너그러운 포용을 맛보게 되지요."

- 선생님께서 보시는 가장 멋진 여성은 어떤 유형입니까.

"부담을 주지 않는 여성이라고 생각합니다."

- 결혼은 연애로 하셨습니까.

"아니죠. 내 나이 서른에 중매로 했습니다."

선생은 부인 김정립金正立 여사와의 사이에 2남 1녀를 두었다. 장녀 소영김英 양은 어느덧 대학 졸업반이고, 장남 상하祥夏 군은 전문대학에 진학했으며, 막내 상규祥圭 군은 올해 열다섯 살이다.

술을 마시지 못하는 딱한 사정

선생을 말하는 자리에서 빼놓을 수 없는 것은 술과 고혈압이다. 그는 청년 시절 두주斗酒를 불사하는 애주가였고, 거나하게 취하면 멋진 노래를 잘 불렀다. 선생의 노래 솜씨는 웬만한 직업가수를 뺨칠 정도. 하지만 고혈압으로 쓰러진 뒤로는 사정이 달라졌다.

- 술은 언제 배웠습니까.

"열아홉 살 때 고등학교 2학년에 편입한 뒤로 엄청난 과음을 했습니다. 앞뒤를 가리지 않고 마셔댔지요. 술 때문에 저지른 실수도 많고……. 결혼 전, 신설동에서 셋방을 얻어 누이동생과 자취를 할 때의 일입니다. 그때는 매일 밤 장취長醉를 해서야 집에 들어가곤 했어요. 동네 세탁소에 와이셔츠를 맡기던 시절이었습니다. 나는 아침 출근 시간에 세탁소에 들러 옷을 갈아입고 달아나다시피 회사로 나가곤 했지요. 그런데 나는 아무개네 집 아무개라고 이름을 대지 않아도 주인이 척척 내 옷을 내주는 것입니다. 주인은 참 기막힌 사람이라고 생각되었습니다. 그런데 나중에 알고 보니 와이셔츠 구석에 빨간 실로 표시를 해두고 있었지 뭡니까. 내 것에는 이름 대신 '술'이라고 쓰여 있어요. 매일 술을 마시고 세탁소 앞으로 지나가는 사람……. 그 사람이 바로 나였습니다. 그런 고주망태가 요즘에는 술을 못하게 되었으니 낭떠러지에서 떨어진 느낌입니다. 그러나 술을 전혀 안하면 너무 삭막하고 '재미'가 없어서 한두 잔씩 하지요."

- 고혈압으로 쓰러진 것은 언제입니까.

"67년 2월 8일이었습니다. 그때 내 나이 서른다섯이었습니다. 그 나이에 고혈압으로 쓰러진 경우는 거의 없을 것입니다. 그런데 나는 왜 한창 젊은 나이에 그런 병을 얻어야 했던가 생각하면 어이가 없습니다. 처음 내가 고혈압으로 쓰러졌을 때, 남들은 '평소에 술을 그렇게 마시더니…….' 하며 술을 원인으로 꼽았어요. 물론 평소에 절주하지 않고 경음鯨飮을 한 것은 사실이지만, 나는 그렇게 생각하지 않아요. 과음이 고혈압을 몰고 온 것이라면 나는 엄청난 환자여야 할 텐데 다행히 그렇지는 않습니다. 병이 나은 지금 술을 좀 마신다 해도 그것은 고혈압 증세와 별로 관계가 없어요. 오히려 내 경우는 술과 담배를 하지 않는 데서 오는 신경의 위축감이 더 문제입니다. 내가 고혈압으로 쓰러졌을 때의 정황을 나름대로 분석해 본다면 중요한 원인은 '신경의 위축'이었던 것이라고 생각해요. 당시 내가 처한 상황은 아주 복잡했거든요. 내 생활은 전세방에서 사글세방으로 몰락하는 실정이었고, 그나마 두 달 후면 사글세마저도 끝장 날 판이었어요. 마침 시골에서 아버지와 어머니가 오셨습니다. 10년도 넘는 서울 생활을 했는데도 고작 코딱지 만한 방을 보여드린다는 것이 이만저만 괴롭지 않았습니다."

쓰러지기 하루 전인 7일에는 엄청나게 과음을 했다. 다음날, 선생은 아침을 먹지 못하고 직장인 대한일보사로 출근했다. 그날은 마침 선생 혼자 문화면 기사를 전부 메우는 날이기도 했다. 선생은 점심도 굶은 채 기사를 써서 오후 네 시쯤에야 모두 원고를 넘겼다. 그러고 나서 잠시 휴식을 취하고 있을 때 사회부 기자가 소설가 남정현南廷賢 씨의 재판(세칭 「분지糞池」사건)이 있다고 전해 주었다. 선생은 그날 취재차 난생 처음으로 재판정에 나갔는데 가슴이 쿵쾅쿵쾅 뛰고 있음을 느꼈다. 그날은 음력으로 섣달 그믐날이었으나 집에는 땡전 한 닢도 없었다. 대충 이런 형편에서 선생은 젊은 나이에 쓰러지고 말았다. 진단 결과 혈압이 260이었고, 뇌혈관이 파열된 것으로 나타났다. 그로부터 선생은 지루한 투병 생활을 해오고 있다. 고혈압 증세는 많이 좋아졌으나, 80년도에는 위궤양으로 15일 동안 입원한 일이 있었다. 그리고 그 이듬해 또 다시 고혈압과 위궤양으로 입원, 병원에서 40일을 보냈다. 의사의 지시로 선생은 담배를 끊었고, 술과 커피도 멀리했다. 그러나 인생이 너무 삭막하다고 느낀 나머지 최근에는 커피도 한두 잔 마시고, 맥주는 소량의 범위에서 '맛'을 보고 있다.

　- 직장생활에서 벗어난 자유인이 된 것은 언제입니까.

　"72년도에 직장생활을 그만두었습니다. 아까 말했던 현대문학사에서 10년쯤 근무하다가 『문학춘추文學春秋』를 창간할 때 직장을 옮겼고, 그 후 대한일보사와 삼성출판사 등에서 일했지요. 잡지사, 신문사, 출판사를 두루 거친 사람은 아마 흔치 않을 겁니다. 대학은 직장생활에 쫓겨 3학년 때 그만두었지요. 그러곤 65년도에 『바둑』지 편집장을 6개월 간 했습니다. 그 인연으로 프로 기사棋士들을 알게 되었고, 그때부터 여기저기 신문과 잡지에 바둑 관전기를 쓰고 있지요. 『바둑』지 편집장으로 있다가 옮겨간 곳이 대한일보사였습니다."

　선생을 이야기하는 자리에서 또 하나 빼놓을 수 없는 것이 바둑이다. 그는 문단 안팎에서 '박 국수'로 통하고 있기도 하지만 그는 기계棋界에서도 탁월한 관전평 필자로 이름이 높다. 선생이 쓴 수필의 한 대목을 직접 인용해 본다.

나는 현재 두어 군데 신문에 바둑 관전평이라는 것을 쓰고 있다. 일정한 직장이 없이 지내는 지가 벌써 여러 해가 되는데, 실은 바둑 관전기를 쓰는 데서 나오는 돈이 내 수입의 기본을 이루고 있는 셈이다. 그러니까 처음에는 취미 삼아, 또는 부업 삼아 써본 것이 이제는 본업화했다고 말할 수도 있다. 이렇게 본업화하니까 내게는 언제 어떻게 생겼는지 '국수'라는 별명이 생기고 말았다. 문단의 친구나 선배들이 '박 국수'라 부르고, 바둑계의 쟁쟁한 기사들도 버젓이 '박 국수'라 부르고 있다. 이 '국수' 별명에 얽힌 얘깃거리가 적잖이 있다. 왕년에 일본 바둑의 최강자였던 사카다(坂田榮男) 9단이 내한했을 때의 일이다. 그때 조남철趙南哲 씨가 그에게 나를 소개했다. 시인이고, 바둑 관전기를 쓰고……. 여기까지는 좋았다. 그런데 마지막 대목에 가서 가짜 국수라는 별명으로 통합니다, 했다. 이때 사카다 9단은 아, 그렇습니까, 하고 파안대소했다. 그후 나는 조남철 씨에게 항의했다. 어째서 그렇게 소개를 하느냐고, 내 별명이 그냥 '국수'로 통하지 '가짜'라는 머리가 붙지 않는다고. 조씨는 그렇던가, 하고 웃었다. 또 언젠가는 한국기원의 『바둑』지 편집실에 앉아 있는데, 어떤 친구가 묘한 말을 했다. 여기에는 국수만 네 사람이 앉아 있네, 했다. 그러고 보니 그 자리에는 조남철 8단, 김인金寅 7단, 윤기현尹奇鉉 7단, 그리고 나, 이렇게 넷이 있었다. 그리고 그 친구는 주를 달았다. 조 8단은 명예국수, 김 7단은 전 국수, 윤 7단은 현 국수, 그리고 나는 박 국수라는 것이다. 나는 다시 국수 위位는 바뀌는 것이지만, 내 호칭은 영원불변의 호칭이라고 으스대어 일동은 웃은 일이 있다.

선생은 이렇듯 영광스러운 호칭과 함께 실지로 아마추어 4단의 바둑 실력을 보유하고 있다. 그는 방안에 4단 인허장認許狀을 걸어두고 있다. 이 인허장은 조남철 8단, 조훈현曹薰鉉 8단, 서봉수徐奉洙 6단이 자필로 서명한 것이다.

울음이 타는 가을강

선생은 시인으로서는 보기 드물게 직장을 갖지 않은 전업 문인이다. 앞에서 인용한 산문에도 나와 있듯이 바둑 관전기 등을 써서 생계를 꾸려가고 있다. 병고에 시달리면서도 애오라지 원고지를 메워 살아가는 것이다.

- 선생님의 작품 중에서 대표작을 자선自選하신다면 어떤 작품을 들 수 있을까요.

"남들은 「울음이 타는 가을강」을 꼽지요. 내 생각으로는 반드시 그렇지도 않은 것 같은데…….

59년도에 발표한 「울음이 타는 가을강」은 절창으로 높이 평가받고 있다. 이양하李敭夏 교수는 일찍이 서울대에서 강의할 때 이 작품을 예이츠의 시에 견주어 풀이한 바 있다. 이 작품의 전문은 다음과 같다.

마음도 한자리 못 앉아 있는 마음일 때
친구의 서러운 사랑 이야기를
가을 햇볕으로나 동무 삼아 따라가면
어느새 등성이에 이르러 눈물 나고나

제삿날 큰집에 모이는 불빛도 불빛이지만
해질녘 울음이 타는 가을 강을 보겠네

저것 봐, 저것 봐
너보다도 나보다도
그 기쁜 첫사랑 산골 물소리가 사라지고

그 다음 사랑 끝에 생긴 울음까지 녹아나고
이제는 미칠 일 하나로 바다에 다 와 가는
소리 죽은 가을 강을 처음 보겠네.

- 시를 쓰시면서 후회한 적은 없습니까.

"어렸을 때 그렇게 가난했으면 돈벌이하는 일에 나섰어야 옳은데 엉뚱하게 시를 하게 됐지 뭡니까. 한마디로 시를 한다는 것은 빌어먹을 짓입니다. 시는 돈과 거리가 멀어 원고료라고 받아 봤자 밥 먹는 것과 연이 닿지 않습니다. 시를 쓰는 사람이나 앞으로 시를 쓰겠다는 사람은, 시를 써서 밥 먹을 궁리를 해서는 안 됩니다. 시를 한다는 일은 생업이 될 수 없잖아요. 시를 잘 쓴다는 것은 힘든 일입니다. 밥을 먹을 수도 없고 그렇게 어려운 일이라면 웬만한 사람은 포기해야 합니다. 그런데도 시인은 늘고 있습니다. 문인주소록을 보면 시인이 수천 명 되는데 그들의 시가 다 남을 수는 없는 일입니다. 간혹 시를 들고 찾아오는 사람들이 있는데 가급적 시를 하지 말라고 권합니다. 내 딸아이가 중학교 다닐 때 교내 백일장에서 장원을 했고, 교외의 어느 행사에는 차하次下를 한 적이 있습니다. 남들은 시인의 딸이니까 마땅히 지도를 했으려니 생각하겠지만 절대 그렇지 않았습니다. 나는 진심으로 말렸습니다. 시를 하지 말라고……. 이제 딸아이가 시에서 완전히 손을 뗐습니다."

- 선생님께서는 시를 뭐라고 생각하십니까.

"시란 무엇인가……. 이 물음에 대하여 여러 가지로 설명을 할 수 있겠지만, 그런 설명을 떠나서 시는 언제나 존재했다는 사실이 중요합니다. 시란 짧은 형식으로 무용과 같이 리드미컬하게 인생의 의미를 캐는 문학형식이라 해도 틀린 말은 아닙니다. 그러나 거기에만 국한될 수 없다는 꼬리표가 붙습니다. 시란 어느 한 곳에 포인트를 주고 말할 수 없는 특징이 있는 것입니다. 그렇다고 시를 어렵게 대할 필요는 없다고 봅니다. 우리가 꽃을 보고 혹은 새소리를 듣고 아름답다고 느끼는 감정은 누구나 다 가지고 있습니다. 이 기본적인 형태가 실은 시를 좋아하는 형태라 할 수 있습니다. 그러나 그 기본적인 형태에서 좀 나아간 것, 이를테면 꽃이나 새소리를 아름답다는 감정에서, 그것이 어떻게 아름답다는 것과 어째서 아름답다는 것은 구체성을 띄어야 하지요."

- 난해한 시에 대해서는 어떻게 생각하십니까.

"요즘에는 난해시가 많습니다. 현학衒學 취미에 빠져 무슨 소리인지 잠꼬대 같은 시가 많아 어지러울 지경이지요. 물론 항상 새것을 쓰는 일은 어렵습니다. 전에 없는, 아무도 한 적이 없는 새로운 목소리를 내놓아야 하는 것은 사실이지만 그렇다고 시가 되지 않는 것을 추켜세울 수는 없습니다. 과연 애송할 만한 시가 얼마나 되는지 냉정히 생각할 일입니다."

선생은 1957년 「춘향春香이 마음」으로 현대문학신인상을 수상했고, 1967년에는 문교부 문예상을 수상했다. 그는 또 1977년 제9회 한국시인협회상, 1982년 제7회 노산문학상, 1983년 제10회 한국문학작가상(시부문)을 각각 수상했다.

이와 함께 선생은 그동안 시집 『춘향이 마음』『햇빛 속에서』『천년의 바람』『어린 것들 옆에서』『뜨거운 달』『비 듣는 가을나무』『추억追憶에서』『아득하면 되리라』와 수필집 『슬퍼서 아름다운 이야기』

『빛과 소리의 풀밭』『노래를 참말입니다』『샛길의 유혹誘惑』『숨 가쁜 나무여 사랑이여』를 간행하였다. 또, 이번 가을에는 시집『대관령 근처』와 시조집『내 사랑은』을 낼 예정이다.

선생과 필자는 장시간의 대담을 마치고 맥주집에서 나왔다. 밖에는 여전히 불볕더위가 흐르고 있었다.

『멋』1985년 9월호

직감과 집념, 그리고 공심산방空心山房

시인 김시철(金時哲, 1930~   )

세속을 떠나 자연 속으로

오랜 세월 한국자유문학자협회, 한국문인협회, 한국시인협회, 국
제펜클럽한국본부 등 여러 문학단체의 창립과 운영에 깊이 관여해
왔던 원로시인 하서河書 김시철 선생. 그 분은 2001년 봄 국제펜클럽
한국본부 회장 임기를 마친 이후 문단의 공식·비공식 행사에 전연
모습을 드러내지 않았다.

임기를 마치고 후임자에게 모든 사무를 인계함으로써 사실상 문단
봉사자로서의 소임이 끝났다고 판단한 것일까, 아니면 전임자로서
후임자에게 부담을 주지 않고 깨끗이 물러남으로써 아름다운 선례를
남기려 했던 것일까, 아무튼 선생은 펜클럽 회장직에서 퇴임한 이후
문단 행사에는 아예 발길을 끊다시피 하였다.

다른 원로들의 경우 문학단체의 임원 임기를 마친 이후에도 문단
행사에 자주 나와 축사를 하거나 후배들을 격려해 주는 것이 상례가

아니던가. 그러나 어인 일인지 펜클럽 부회장을 거쳐 회장까지 역임한 선생은 줄곧 두문불출, 많은 사람들로 하여금 궁금증을 자아내게 하였다. 물론 시인을 비롯한 모든 문학인들에게는 전직前職이니 은퇴隱退라는 말이 있을 수 없고, 살아 있는 그 날까지 오직 현역現役으로 존재하게 되지만 선생은 펜클럽 직무에서 손 뗀 뒤 문단의 행사에 일절 참석하지 않는 대신 오로지 본업 중의 본업인 시작詩作에만 몰입한 듯했다.

한편, 펜클럽 부회장을 거쳐 회장으로 재임하는 동안 선생은 부인 이춘자李春子 여사와 함께 남들이 부러워할 정도로 다복한 가정을 이끌며 경기도 일산 신도시의 한 아파트에 거주하고 있었다. 슬하의 남매는 모두 결혼하여 각기 단란한 가정을 이루었고, 어느덧 인생의 오후에 들어선 선생 내외는 궁상맞지 않은 노년을 준비하는 가운데 아주 오붓한 삶을 갈무리하고 있었다.

그러던 어느 날, 좀 더 정확히 말하자면 96년 여름 선생은 가정적으로 큰 시련과 아픔을 겪어야 했다. 부인과의 졸연猝然한 사별死別이 그것이었다. 희귀한 병을 얻어 병석에 누웠던 이 여사가 돌연 유명幽明을 달리함으로써 선생은 형언할 수 없는 충격과 비탄에 휩싸인 채 식음을 전폐하다시피 하였다. 그 후 선생은 피를 토하듯 부인 잃은 슬픔과 아픔을 시로써 노래하였고, 먼저 간 부인에 대한 헌사獻詞라 할 수 있는 그 일련의 시편詩篇들을 묶어 시집『그대의 빈 자리』를 상재上梓하였다.

그 쓰라린 사별 이후 선생은 아픈 상처를 떨치고 분위기를 일신하기 위해 일산 신도시의 다른 아파트로 이사하여 독신생활을 하고 있었다. 그런데 펜클럽 회장직에서 퇴임한 이후 문단에서는 이상한 소문이 나돌았다. 선생께서 일산 생활을 정리하고 강원도 어디쯤으로 조용히 떠났다는 소문이 그것이었다. 일찍이 도연명陶淵明은 벼슬을 버리고 고향으로 돌아가면서 저 유명한 「귀거래사歸去來辭」를 남겼지만 선생도 어쩌면 이 풍진 세속을 떠나 자연의 섭리에 따라, 자연과 함께, 자연과 더불어, 자연 속에서 평화로운 여생을 살아가고자 그런 '야인野人'의 길을 선택했는지도 모를 일이었다.

눈으로 뒤덮인 세상

필자는 언젠가 『월간문학月刊文學』에 나와 있는 회원 주소 변경 기사를 접하고서야 선생이 마침내 강원도에 정착했다는 사실을 확인할 수 있었다. 아, 그랬었구나. 선생이 일산 생활을 정리하고 강원도로 내려갔다더니 급기야 평창군 어디쯤에 새로운 터전을 마련한 모양이구나. 무슨 연고로 그곳까지 가게 되었을까. 필자는 궁금증을 증폭시키면서 불원간 선생을 한 번 찾아뵈리라 궁리하고 있었다.

그런데 지난날 문단의 공식·비공식 행사에 거의 빠지지 않던 선생의 모습이 보이지 않자 항간에는 구구한 풍설과 억측들이 무성했다. 특히 문단 일각에서는 펜클럽 회장단 선거와 관련된 근거 없는 음해성 루머들이 떠돌기도 했다. 그러나 떠난 자는 말이 없었고, 펜클럽의 후임 집행부는 최근 전임 회장 당시의 사무 처리와 관련, 일부 문예진흥원 지원금 사용을 문제 삼아 이사회 심의를 거쳐 선생에게 '제명'이라는 사상 최악의 '극형'까지 내린 것으로 알려졌다.

이 '사건'은 또다시 문단 안팎의 비상한 관심을 불러일으키면서 언제부턴가 좀체 모습을 드러내지 않던 선생을 다시금 화제의 한복판으로 끌어올렸다. 이렇듯 어수선한 상황에서 필자는 이번 대담을 갖기 위해 지난 3월 10일 오후 선생에게 전화를 드렸다. 그러자 선생은 언제나 그랬던 것처럼 아주 반갑게 응대해 주었다.

- 선생님을 뵙고자 하는데 그곳까지 가려면 어떻게 가는 것이 가장 좋습니까?

"여기, 강원도 평창군이야. 하지만 평창 가는 차를 타면 안 되고, 동서울터미널에서 강릉 방면으로 운행하는 버스를 타고 장평까지 오라구. 영동고속도로를 타고 오다 보면 원주, 새말, 둔내 다음에 면온이라는 곳이 나오지. 그 다음이 장평이야. 장평에서 전화하면 내가 곧 차를 가지고 나갈게. 아마 서울에서 두 시간 조금 더 걸릴 거야. 언제쯤 올 수 있겠어?"

- 12일쯤 찾아뵐까 하는데 그 날 어떻습니까?

"괜찮아. 그 날 여기 있을 거야. 여기 와서 아예 하룻밤 쉬었다 가라구. 직접 와서 보면 알겠지만 여기가 얼마나 좋은지 알아? 숙식에 대해서는 전혀 걱정하지 말라구. 잠자리도 충분하고 밥도 해먹을 수 있으니까."

그렇게 해서 선생과 필자 사이에 대담 일자가 잡혔다. 약속 날짜인 3월 12일, 필자는 달랑 손가방 하나를 들고 동서울터미널에서 장평행 버스에 올랐다. 서울에서 장평까지의 요금은 1만 2백 원. 잠시 후 동서울터미널을 뒤로 밀어낸 버스는 서울 시계市界를 벗어나더니 경기도를 거쳐 이내 강원도 땅으로 들어섰다.

그런데 이게 웬일일까, 강원도의 산야에는 아직도 눈이 희뜩하게 쌓여 있었다. 서울 우리 동네 아파트 단지에는 기나긴 동면冬眠에서 깨어난 생강나무가 며칠 전부터 노랗게 새 움을 틔우고 있었는데 이 고장은 전혀 딴 세상이었다. 눈, 눈……. 예로부터 강원도가 눈 많은 고장이라는 것은 잘 알고 있었지만 아직까지도 눈이 수북이 쌓여 있는 것을 보면서 지난겨울 강원도 일대에 잇따라 내려지던 대설주의보大雪注意報를 떠올리지 않을 수 없었다.

울창한 송림 사이로 끝 간 데 없이 드러난 잔설殘雪의 두께는 표고標高가 높아지는 강원도 안쪽으로 깊숙이 들어갈수록 점점 더 두툼해지고 있었다. 춘래불사춘春來不似春이라더니, 절기상으로 볼 때 입춘立春은 물론이고 우수雨水에다 경칩驚蟄까지 지났건만 이 고장은 아직도 겨울에 머물러 있었다.

눈부신 방명록

서울을 떠난 지 두어 시간, 버스가 마침내 장평시외버스터미널로 들어섰다. 산과 들이 온통 설원雪原을 이루고 있었다. 설국이 따로 없었다. 백설이 한바탕 눈잔치를 벌인 이곳이야말로 바로 가와바타 야스나리(川端康成)의 소설 제목을 연상케 하는 설국이었다.

시골의 작은 고을들이 대체로 다 그렇지만 장평 역시 쓸쓸할 정도로 조용했다. 경치 좋은 곳이라면 전국 어디에나 다 있는 모텔이 들어서 있었고, 몇몇 음식점과 단란주점이며 슈퍼마켓 간판이 눈길을 끌었다. 당초 약속대로 선생께 전화를 드렸다. 그러자 채 3분도 안 되어 선생이 반들반들한 최신형 흰색 코란도 승용차를 몰고 득달같이 달려와 주었다.

참으로 오랜만의 만남이었다. 필자는 선생께 정중한 인사부터 드렸다. 그러자 선생도 운전석에서 내려서며 손을 내밀고는 악수를 청했다. 이미 오래 전 선생과 최종적으로 헤어진 곳이 서울이었는데, 이렇듯 산 설고 물 설기 짝이 없는 객지에 와서 오랜만에 재회再會하게 되자 사뭇 감회가 새로웠다.

- 아주 신속하게 나오셨군요. 선생님 댁이 여기에서 가깝습니까?

"이형이 온다기에 아까부터 근처 다방에서 기다리고 있었어. 내가 살고 있는 곳은 재산리라는 동네인데 여기서 조금 더 가야 돼. 일단 타라구."

선생은 다시 운전석에 올랐고, 필자는 그 곁에 나란히 앉았다. 이윽고 코란도 승용차가 재산리를 향해 구불구불한 아스팔트 포장도로를 따라 미끄러지듯 달려 나갔다. 도로 좌우에는 족히 60센티 이상 되어 보이는 눈이 두툼하게 쌓여 있었는데 그런 눈 사이로 포장도로만 빠끔하게 뚫려 있는 형국이었다.

- 눈이 많이 내렸군요?

"지난겨울 내내 엄청난 폭설이 내렸어. 한 번 눈이 내렸다 하면 보통 30센티에서 40센티 정도 내렸지. 적게 온 것이 20센티야. 이 고장에 눈이 얼마나 내리는지 알아? 서울이나 원주에 비가 내리면 이 고장에서는 눈이 내리지. 지난겨울 이 고장 강설량이 4미터 80센티쯤 돼. 춥기도 엄청나게 추웠구……. 서울이 영하 15도일 때 여기는 25도까지 내려갔어. 겨우내 눈 치우느라고 어떻게나 힘들었던지. 오죽하면 집에 있는 삽이 다 망가졌어. 자동차도 일반 승용차는 맥을 못 춰. 오죽하면 여기 와서 차까지 바꿨을까. 이 차는 4륜 구동이니까 이 지역에서는 아주 편리해."

장평터미널에서 멀어지면 멀어질수록 눈밭 위의 가옥들이 점차 띄엄띄엄 거리를 벌리고 있었다. 한 5분쯤 달렸을까, '매산봉'이라 새겨진 거대한 빗돌 앞을 지나 굽이굽이 올라가자 이윽고 달력 그림에서나 본 듯한, 아니면 유럽 여행 중 어디에선가 보았음직한 그림 같은 한 채의 목조 건물이 나타났다.

굳이 누군가가 설명해 주지 않더라도 필자는 여기가 곧 선생의 저택이라는 것을 눈치 챌 수 있었다. 선생은 곧 건물 입구 마당에 차를 세웠는데, 언덕바지에 매어둔 두 마리의 흰 진돗개가 반가워서 어쩔 줄 모르고 낑낑댔다. 외출에서 돌아온 주인을 반기는 개들. 한 분밖에 안 계신 주인이 집을 비우고 외출할라치면 개들인들 얼마나 불안하고 고독할 것인가. 이제 그 하늘 같은 주인께서 돌아오심으로써 개들은 제 세상 만난 듯 길길이 뛰며 기뻐하는 것이었다.

현관 입구의 편액扁額에는 '空心山房'이란 당호堂號가 단아하게 새겨져 있었다. 선생은 곧 열쇠를 꺼내 외출한 사이 굳게 닫아 두었던 현관문을 열었다. 잘 다듬어진 목재만으로 축조한 저택은 참으로 선인仙人이 사는 공간처럼 느껴졌다. 뾰쪽하면서도 높다란 천장, 널따란 거실 겸 응접실, 아늑한 안방과 건넌방, 최신식 가전제품 등 취사시설을 두루 갖춘 주방……. 돗자리와 보료가 깔려 있는 갸름한 서재 출입문 위에도 '공심산방'이라는 편액이 걸려 있었다.

선생께서 손수 찻물을 끓이는 동안 필자는 이 방 저 방 기웃거리다가 발코니로 나가 주변 경관을 일별하였다. 시야가 확 트여 전망이 매우 좋았다. 저 멀리 휘닉스 파크를 비롯하여 여기저기 흩어진 원주민 가옥 등 이 일대의 전모가 한눈에 들어왔다.

본격적으로 입산수도入山修道한 감여가堪輿家는 아니지만 범인凡人의 눈으로 볼 때에도 이곳 '공심산방'의 입지立地가 범상치 않음을 알 수 있었다. 본래 풍수지리風水地理의 기본이 배산임수背山臨水일진대 '공심산방'으로 말할 것 같으면 매산봉을 등에 지고, 장평에서 흐르는 물을 앞에 두었을 뿐만 아니라 주봉主峰인 매산봉이 용호龍虎로 분작分作하여 좌청룡左青龍·우백호右白虎가 안으로 휘어감은 데다 앞이 탁 트인 저 건너 안산案山 또한 수려하기만 했다.

어디 그뿐인가. 높고 낮은 봉우리와 봉우리, 길고 짧은 계곡과 계곡으로 이어지는 주변 산세山勢는 그야말로 절경을 이루어 저절로 탄성을 자아내게 하였다. 응접실 아담한 탁자 위에는 방명록이 한 권 있었는데, 거기 그동안 이곳을 다녀간 중량급 문사文士들의 빛나는 존함이 기록돼 있었다. 방명록에는 한국예총 회장과 정무장관을 지낸 수필가 조경희趙敬姬 선생, 국제펜클럽한국본부 회장과 문예진흥원장을 지낸 시인 문덕수文德守 선생, 한국문인협회 이사장을 지낸 시인 성춘복成春福 선생, 극작가 신봉승辛奉承 선생, 동양엘리베이터 회장인 수필가 원종성元鍾盛 선생, 대전대학교 교수로 재직하고 있는 소설가 이진우李振雨 선생 등의 존함이 보였다.

예의 방명록에는 또 시인 인소리印少里 선생과 장석향張夕鄕 선생, 극작가 박일동朴日東 선생, 멀리 경주의 평론가 장윤익張允翼 선생과 시인 서영수徐英洙 선생을 비롯하여 경기도 고양 문협 회원 일행의 방

문 기록이 남아 있었다. 그밖에도 많은 문인, 화가, 그리고 선생과 돈
독한 우정을 나누며 살아온 지인知人들의 성명이 방명록을 장식하고
있었다. 특히 최근에는 한국문인협회 신세훈申世薰 이사장 일행이 다
녀갔는데, 신 이사장은 방명록의 한 페이지에 '이곳은 명당입니다'
라고 적었다. 아닌 게 아니라 매산봉 기슭 '공심산방'이 꿰차고 앉은
자리는 누가 보더라도 능히 길지吉地라고 경탄할 만한 조건들을 두루
갖추고 있었다.

강원도의 중심지

이윽고 선생이 차를 내왔다. 이제 본격적인 대담이 시작될 시점이
었다. 그런데 가까이에서 뵌 선생은 무슨 까닭에선지 부쩍 야위어 있
었다. 새치 한 올 없이 새카만, 그리하여 마치 밀림처럼 푸짐한 머리
숱은 예나 지금이나 변함이 없었다. 그러나 턱밑 목에 주글주글 주름
살이 생길 정도로 야윈 것을 보면 영 예전 같지 않았다.

하기야 선생은 당신의 모습을 그대로 묘사한 시「자화상自畵像·1」
이 말해 주듯 애당초 살집이라고는 전혀 없이 깡마른 체질이어서 비
만 같은 것은 걱정할 필요가 없었다. 그럼에도 불구하고 지금처럼 야
윈 모습을 뵙기는 처음이었다.

  - 많이 야위셨군요? 그동안 어디 편찮으시기라도 했습니까?

"아니. 특별히 아픈 데는 없어. 그런데 보다시피 많이 야위었어.
오죽하면 집 짓는 동안 무려 9킬로가 빠졌을라구…….집 짓는 거 보
통 힘든 일이 아니더군. 더구나 집 짓는 동안 일꾼들하고 술을 많이

마셨어. 매일 소주를 마셔댔지. 집을 다 지은 뒤에도 술을 얼마나 마셨는지 몰라. 오죽하면 소주를 박스로 갖다 놓고 마셨으니까. 서울에서 친구들이 찾아온 것은 물론이고 어떤 때는 동네 사람들이 와서 밤새도록 고스톱을 치다 가기도 하구……. 그러다 보니 자연 술 마실일이 잦았단 말이야. 몸이 하도 야위길래 강릉병원에 가서 정밀 진찰을 받아 봤지. 위궤양, 십이지장궤양이 조금 있다더군. 그동안 약을 꾸준히 먹었는데 지금은 많이 좋아졌어. 그런데 며칠 전부터 지독한 감기가 왔군. 나는 오늘날까지 한 겨울에도 내의를 입어 본 적이 없거든. 물론 지금도 내의라는 것을 모르고 살지. 평소 감기에 걸려서 누워 본 적도 없구……. 설령 감기에 걸렸다 하더라도 그 놈을 데리고 다니면서 일했지. 일을 하다보면 나도 모르는 사이 감기가 제 풀에 지쳐 떨어져 나가곤 했어. 그런데 이번 감기는 아주 힘들군."

 - 일산 생활을 정리하고 이곳으로 내려오시게 된 특별한 이유라도 있습니까?

"있지. 나이를 먹으면 누구나 귀소본능歸巢本能을 느끼게 되잖아. 이를테면 향사귀래鄕思歸來인 셈이지. 특히 시골에서 태어나 그곳에서 유년기를 보낸 사람에게는 그런 본능이 더욱 강하게 작용하지 않겠어? 어머니 품속 같은 고향, 누나의 너그럽고 따스한 손길과도 같은 고향이 눈에 선해진단 말이야. 특히 복잡한 도시생활에서 각박함을 겪으면 겪을수록 향수는 더욱 짙어질 수밖에 없지. 그래서 사람들은 황혼기를 넘기면 비록 고향 땅은 아닐지라도 흙냄새가 물씬거리는 시골집을 떠올리게 되는 거야. 나는 펜클럽 회장 임기 만료를 앞두고 일산을 떠나 그 어디 한적한 곳에 가서 여생을 보내리라 작정했지. 나이 들어 신도시 한복판에서 살아 봤자 별 뾰족한 수가 없는 데다 조용한 시골에 가서 인생의 종지부를 찍어야겠다는 생각, 그리고 일산 신도시 생활 중에 잃은 아내를 이제 머릿속에서 지워내야겠다는 생각이 맞물려 어디론가 떠나리라 결심했던 거야. 아내와 함께 했던 시간들…… 일산 호수공원 산책로와 벤치, 정발산을 오르내리는 등산로와 휴식처들, 이런 것들이 추억과 환상으로 떠올라 실로 감당하기 어렵더군. 아내에 대한 그리움을 떨쳐버리기 위해서라도 어디론가 떠날 결심을 더 서두르게 됐다고나 할까…… 아무튼 내가 이곳으로 이사 온 지도 어언 1년이 훌쩍 지났군."

- 그렇다면 이곳과 무슨 연고라도 있었습니까?

"아니. 연고는 무슨 연고…… 일산을 떠나 여생을 보낼 만한 조용한 곳을 찾아다니다가 이곳을 전격적으로 결정한 거지. 나는 당초 제주도와 경기도 양평 등지를 염두에 두고 있었어. 제주도에도 여러 차례 내려갔었지. 물론 양평에도 가 봤구. 하지만 다른 곳은 교통이나 환경 등 내 취향과는 거리가 멀더군. 그러던 어느 날, 이곳 장평에 와서 이 땅을 만나게 된 거야. 이곳에 와 보니까 대뜸 '아, 여기로구나' 하는 생각이 들더군. 산 좋고, 물 맑고, 풍광 수려하고…… 이 집에서 승용차 편으로 5분이면 고속도로에 진입할 수 있어서 교통까지 편리하단 말이야. 내가 이곳에 이사 온 지 얼마 안 되었을 때 춘천의 김영기金永琪 씨가 전화를 걸어 왔더군. 그 분이 뭐라는지 알아? 장평이 강원도의 중심지라면서 아주 자리를 잘 잡았다는 거야. 그런데 실지로 살아보니까 그 말이 맞아. 여기서 원주까지 30분, 춘천까지 1시간, 강릉이 30분, 주문진이 40분, 속초가 50분, 평창이 30분, 횡계가 20

분……. 강원도 내 대부분 지역이 30분에서 1시간 거리에 있거든."

춘천의 김영기 선생은 강원도의 터줏대감. 일찍이 삼척에서 태어난 그는 줄곧 강원도를 지키며 언론인으로, 또 문학평론가로 폭넓게 활동해 나왔다.

- 전격적으로 결정하셨다고 했는데 이 땅을 언제쯤 매입하셨습니까?

"2001년 7월이었어. 땅을 매입하자마자 곧바로 공사에 들어갔지."

- 표고가 꽤 높은 것 같은데요?

"높지. 해발 750미터야. 오는 길에서도 보았겠지만 이 고장에는 가는 곳마다 군데군데 '해피 700'이라는 대형 야립野立 간판이 서 있지. 해발 700미터가 사람 살기에 가장 알맞은 고도라는 거야. 그런데 이 집은 그보다 50미터 더 높은 750미터에 자리 잡고 있어. 이 집 뒤에는 아무것도 없이 그저 산이야. 그러니까 이 집이 이 동네에서는 맨 꼭대기에 위치한 셈이지. 뒷산에는 별별 희귀식물들이 다 있어. 곰취네 뭐네 산나물은 말할 것도 없고, 봄부터 가을까지 야생화가 얼마나 요란하게 피는지 몰라. 그뿐이 아니야. 짐승들도 많아. 꿩, 다람쥐, 청설모, 토끼, 고라니, 멧돼지에다 살쾡이까지 살아. 사람의 손길이 미치지 않은 자연 그대로 남아 있는 셈이지."

- 공해라고는 있을 수가 없겠군요?

"공해? 먼지 한 점 없어."

우문현답이라고나 할까, 선생은 이 고장이야말로 먼지 한 점 있을 수 없는 무공해 청정지역임을 거듭 강조했다. 그것은 결코 과장된 빈말이 아니었다. 집 언저리에 무더기로 쌓여 있는 백설이 선생의 설명을 웅변으로 입증해 주고 있었다. 새하얀 눈더미는 티끌 한 점 찾아볼 수가 없는 데다 얼마나 깨끗한지 오죽하면 당장 한 입 푹 떠 넣고 싶은 충동을 불러일으켰다.

- 경관이 아주 수려하군요.

"경치로 말하자면 굉장하지. 지금이야 눈이 많이 녹았고 길도 뚫렸는데 지난 겨울 백설이 온통 대지를 뒤덮었을 때는 정말 장관이더군. 눈 치우느라 허리가 물러날 지경이었지만 그 설경雪景은 신神의 작품이었다고나 할까……. 야, 참 대단하데. 봄부터 가을까지 산에는 온갖 야생화가 흐드러지게 피지. 여름은 여름대로 얼마나 좋은지 몰라. 금당계곡, 뇌운계곡, 홍정계곡, 원당계곡, 오대천, 평창강, 동강 등등 이 고장을 찾는 피서인파가 끊이질 않아. 겨울은 겨울대로 스키어들이 이 고장으로 몰려들지. 지금 강원도는 2010년에 열리는 동계올림픽 유치를 위해 총력을 기울이고 있는데 장평을 중심으로 위로는 횡계의 용평스키장, 아래로는 휘닉스 파크, 둔내의 현대스키장 등이 모두 평창군내에 있거든. 그래서 강원도가 유치하고자 하는 동계올림픽 명칭도 일찌감치 평창동계올림픽으로 정해 놓았단 말이야. 서울에서 친구들이 찾아오면 정선, 영월, 평창, 대화로 한 바퀴 드라이브를 하지. 그렇게 미음(ㅁ) 자를 그리면서 한 바퀴 돌면 강원도의 절경을 다 보는 셈이야. 약 두 시간쯤 걸리는데 그 코스 전체가 절경 중의 절경이거든."

- 이곳에 오신 뒤 작품을 많이 쓰셨죠?

"많이 썼지. 「강원도」라는 연작시를 30여 편 이상 썼어. 물론 그밖에도 시, 산문 등 많은 글을 썼지."

- 이런 외진 곳에 사시면 고독하지 않습니까?

"고독하지. 고독함에 대해서는 말도 못해. 고즈넉한 밤에 혼자 있을라치면 얼마나 고독한지 몰라. 언젠가 폭설이 내려 길조차 흔적도 없이 묻혀버렸던 날, 고독을 달래다 못해 술잔 두 개를 꺼내 놓고 홀짝홀짝 술을 마셨지. 한 개는 내 잔, 또 한 개는 소설가 서기원徐基源이 잔……. 친구 서기원이와 대작하는 기분으로 술을 마신 거야. 그때의 심경을 그린 시가 「독주獨酒」라는 작품이지. 눈이 내리면 산에서 슬슬 짐승들이 내려와. 먹이를 찾아 여기까지 내려오는 거야. 그러면 개들이 마구 짖는데 이제는 개 짖는 소리만 들어도 사람이 왔는지 짐승이 내려왔는지 감지할 수 있어. 난 지금 엄청난 고독을 이기면서 살고 있지. 하지만 겨울이 가고 봄이 오면 할 일도 많아. 꽃밭을 가꾸는 일, 나무를 심고 키우는 일, 특히 뒷산 여기저기서 야생화를 떠다가 옮겨 심는 일…… 그리고 텃밭을 가꾸는데 그것도 간단치 않더라구. 지난해에는 상추, 쑥갓, 오이, 토마토, 가지, 호박, 고추, 양배추, 감자, 콩, 도라지, 더덕 따위를 가꿨지. 토마토가 빨갛게 익어가니까 산에서 내려온 다람쥐가 먼저 먹어 치우더군. 아무튼 내가 가꾼 농작물, 내 노력의 대가로 자급자족하는 그 기쁨은 아무도 모를 거야. 텃밭에서 나오는 수확물만 해도 나 혼자 먹기에는 너무 많아."

- 그렇다면 나들이는 하지 않습니까?

"종종 나들이를 하지. 이 고장 기관장들과 만나 식사도 하고, 종종 장터를 찾아 나서기도 하는데 그 재미가 쏠쏠해. 3일에는 봉평 장, 4일에는 대화 장, 5일에는 진부 장, 6일에는 평창 장, 7일에는 정선 장, 8일에는 영월 장……. 수수한 차림새로 고무신 끌고 장터를 기웃거리다 보면 그 나름의 정취가 있단 말이야. 어쩌다 서울에 가게 되더라도 개들 때문에 오래 머물 수가 없어. 밥을 챙겨줘야 하니까. 부득이한 일이 있어 외지에 나가더라도 기껏 하룻밤 정도 묵고는 곧바로 돌아오지."

선생은 이미 시골 생활의 참맛을 터득한 듯했다. 대담이 진행되는 동안 필자는 수시로 창밖을 내다보며 절경에 도취하였다.

- 어떻게 이런 곳을 골랐는지 정말 놀라지 않을 수 없습니다. 이 집을 짓기 전에 여기 집이 있었습니까?

"천만에. 이 집을 짓기 전에는 이 일대가 온통 숲이었어. 수십 년생 잣나무와 낙엽송은 물론이고 참나무까지 빼곡하게 들어서 있었지. 그 나무들을 베어내고 포클레인을 동원해 터를 닦는데 돌이 얼마나 나오던지……. 돌이 90퍼센트, 흙이 10퍼센트 정도 되더군. 이 앞에 축대 쌓은 돌이 모두 여기에서 나온 것들이야. 배보다 배꼽이 더 컸다고나 할까, 땅값보다 도리어 토목공사비가 더 들었어. 아무튼 공사를 시작하자마자 강행군을 계속했지. 본래 이 고장에는 서울보다 훨씬 먼저 겨울이 오거든."

곧 닥쳐올 강추위를 생각하면 한 시도 머뭇거릴 여가가 없었던 터라 선생은 2001년 여름부터 가을까지 하루도 거르지 않고 공사를 계속했다. 그리하여 급기야는 대지 450평이 조성되었고, 그 위에 건평 41평의 이 멋진 '공심산방'이 조금씩 골격을 드러내기 시작했다. 이 과정에서 선생은 전기와 전화선을 끌어들였고, 암반을 뚫은 뒤 자동 펌프를 설치하여 지하수를 끌어올림으로써 식수食水까지 확보했다.

이때, 강원도의 대표적 언론인 강원일보에서 한 면을 모두 할애,

선생의 이 고장 이주와 정착을 대서특필하였다. 사실 국제펜클럽한 국본부 회장까지 지낸 원로 문인이 아무 연고도 없는 이 고장에 내려와 정착했다는 사실은 특종特種이 되고도 남을 만한 '기사거리'가 아닐 수 없었다. 아무튼 그 기사가 나가자 관할 행정 관청에서도 비상한 관심을 보여 마을에서 '공심산방'에 이르는 진입로 연장 구간을 포장해 주는 등 모든 지원을 아끼지 않았다.

그 해 11월 하순 드디어 1단계 공사가 완공되었고, 선생은 마침내 '공심산방'의 주인이 되어 입주하였다. 물론 자잘한 부대시설附帶施設 등 후속 공사가 남아 있었지만 본격적인 폭설과 강추위가 몰아닥치기 직전 입주한 것만 해도 이만저만 다행한 일이 아니었다.

냉철함과 따뜻함

- 공사를 하느라 문단 행사에 토옹 참석하지 못하셨군요?

"말도 마. 공사를 벌인 뒤 다른 일에는 전혀 신경 쓸 겨를이 없었어."

그랬다. 선생이 문단의 공식·비공식 행사에 전혀 모습을 드러내지 않던 그때, 그리고 구구한 소문과 억측들이 떠돌던 그때 선생은 이곳 매산봉 기슭에서 오로지 '공심산방' 건립에만 전념하며 비지땀을 흘리고 있었다. 그것은 곧 선생의 성품을 보여주는 집념의 행보行步이기도 했다.

한 치의 넉넉함도 긁어내었고
실날 같은 직감直感으로 날이 섰다

모두들 그렇단다.

살기를 잃는 것으로 메워내고
섬뜩한 것만 얻은 일생—生.

어디 한 구석
피 볼 것도 없는
구부릴 것도 없는 너는

참으로
부러질 일만 남았구나.

  이는 선생의 작품 「자화상·1」의 전문이다. 알 만한 사람은 다 알
고 있다시피 선생은 직감과 의지, 그리고 집념의 표상이라 해도 좋을
만큼 남다른 삶을 살아왔다. 예컨대 작품 「자화상·2」에는 '길이 아
니면 안 간다'는 진술이 나오지만, 1930년 함경북도 성진에서 출생
한 선생은 1·4 후퇴 때 약관 스물한 살의 나이로 단신 월남, 오직 적
수공권赤手空拳으로 앞만 보며 입지전적立志傳的 행로行路를 걸어 나왔
다. '김시철 신화'라고나 할까, 아무튼 선생이 이 날 입때껏 살아온
그 인생의 뒤안길에는 서슬처럼 번득이는 직감, 굽힐 줄 모르는 꿋꿋
한 의지, 한 번 마음먹은 일이면 반드시 성취하고야 마는 끈덕진 집
념이 있었다.
  - 혹여 불손한 질문이 되더라도 용서해 주십시오. 선생님의 평소
인상은 깐깐하다고나 할까 아무튼 날카롭기 짝이 없습니다. 그 점 때
문에 손해 본 일은 없습니까?

"다른 사람들도 다 그렇게 말해. 너무 깐깐해서 접근하기가 어렵다는 거야. 내 마음은 반드시 그렇지도 않은데……"

그렇다. 사실 한 인물을 평가할 때 외모만으로 내면까지 진단한다는 것은 위험천만한 일이다. 선생의 경우도 예외가 아니다. 작품 「자화상·1」에서 보는 것처럼 선생의 인상은 '실날 같은 직감으로 날이 서서' 다소 차갑게 느껴지는 측면도 없지 않다.

그러나 좀 더 가까이 다가가 자세히 살펴보면 선생에게는 남들이 잘 알지 못하는 따뜻함이 있다. 잠시 개인적인 이야기를 하자면, 필자의 경우 선생께서 펜클럽 부회장과 회장을 역임하는 동안 줄곧 그 단체의 이사로 있었다. 그때 필자는 펜클럽에서 주관하는 국제심포지엄 등 몇몇 굵직굵직한 프로젝트에 뛰어들어 회장단을 보좌하였다.

더군다나 부인 이 여사께서 돌아가셨을 때에는 호상護喪이 되어 미력이나마 상례喪禮를 돕기도 하였다. 따라서 선생과는 사무적으로나 인간적으로 좀 더 친밀히 지낼 수 있었다. 그 과정에서 느낀 일이지만 선생은 냉철함 못지않게 따뜻한 가슴을 가지고 있었다. 그러니까 선생의 냉철함과 따뜻함은 동전의 양면인 셈이었다.

- 선생님께서 낯선 객지에 와서 이렇게 혼자 생활하시다니 정말 놀랍습니다. 그동안 숙식은 어떻게 해결하셨습니까?

"처음 집을 지을 때에는 모텔에 숙소를 정해 놓고 주로 식당에서 끼니를 해결했지. 그러다가 집이 완공되어 입주한 뒤에는 모두 내 손으로 해결하고 있어. 아, 잠깐……. 점심 식사한 지도 오래되었을 텐데 몹시 시장하겠군. 조금만 참아. 서둘러 식사를 준비할 테니까."

본래 산간의 해는 일찍 지는 법. 어느 사이엔가 주위에는 어둑어둑 어둠이 몰려오기 시작했다. 거실에 불을 밝히고, 선생은 곧 주방으로 가서 저녁 식사 준비를 서둘렀다. 앞치마를 간동하게 두른 원로시인. 싸그락싸그락 쌀 씻는 솜씨에다 다문다문 살코기를 저미고 송당송당 무를 썰어 된장국 안치는 손놀림하며 냉장고에서 이것저것 반찬을 꺼내 식탁을 꾸미는 실력이라든가 아무튼 선생은 독신생활의 달인達人이 되어 있었다.

- 제가 좀 도와드릴까요?

"아, 아니야. 괜히 다른 사람이 끼어들면 걸리적거려서 도리어 거추장스럽다구……. 나 혼자 하는 것이 훨씬 편해. 이형은 가만히 있어."

곧 식사가 시작되었다. 진작 고희古稀를 넘기신 선생께서 손수 지으신 밥과 소박한 반찬은 그야말로 시중의 어떤 산해진미를 무색케할 정도로 일품이었다. 본래 성품이 담백한 탓일까, 선생이 장만하신 음식 또한 전부 정갈하고 맛깔스러웠다. 식사를 마치고 설거지를 하는데도 선생의 손놀림은 조금도 서툴거나 어색하지 않았다. 선생께서 설거지를 마치자마자 대담을 속개하였다.

- 선생님께서는 언제부터 문학에 뜻을 두셨습니까?

"이형이 알다시피 나는 청소년기를 북한에서 보냈어. 중학교 2학년 때 해방을 맞이했지. 사실 처음부터 문학에 뜻을 두었던 것은 아니고 원래는 화가가 되려고 했었어. 손재주가 있어서 그림을 잘 그렸는데 학교 담임선생님께서 미술학교에 진학하라고 권유하셨지만 집안 어른들이 반대하시더군. 그 당시에는 미술 하는 사람을 간판장이

나 '환쟁이'라고 해서 낮게 보는 시대였거든. 또 한때는 음악가를 꿈
꾼 적도 있었지. 노래에도 제법 소질이 있어서 콩쿠르에 나가기도 했
는데 그것 역시 아버님께서 반대하시더군. 음악 하는 사람을 '딴따
라'로 부르던 시절이었으니까. 그래서 두 가지 다 포기하고 말았지.
그 대신 새로이 관심을 갖게 된 분야가 문학이었어. 어릴 때부터 문
학서적을 좋아했거든. 특히 일본어로 출간된 소년소녀 문학전집을
여러 차례 탐독했지. 특히 『장발장』을 읽을 때에는 울기도 많이 울었
어. 당시 북한에서는 조기천趙基天이란 시인이 문명文名을 날리고 있
었는데 그 분의 시를 비롯하여 소설, 희곡 등 모든 문학작품을 닥치
는 대로 읽었지. 김기림金起林의 시, 박계주朴啓周 방인근方仁根의 소
설도 빼놓지 않고 읽었어. 그렇게 해서 저절로 문학 속으로 빨려들
게 되었는데 나중에는 희곡에 심취해서 극작가가 되려고 했었지. 북
한에서는 소설보다도 희곡을 더 높이 평가했거든. 해방 후 러시아 문
학이 들어와 그 영향을 받은 탓이야. 실지로 북한에서는 연극 공연
이 성행했어. 나는 무대에 올릴 수 있는 작품, 특히 아동극을 쓰기 시
작했지. 그때 꽤 많은 희곡을 썼어. 훗날 월남할 때 그 작품들을 큰집
다락에 숨겨 놓고 떠났지."

삶과 죽음의 갈림길에서

- 그럼 지금부터 아픈 이야기를 여쭤 보기로 하겠습니다. 북한에서
단신 월남하게 된 동기는 무엇입니까?
"우리 집안은 사상적으로 본래 백색이었어. 공산주의를 싫어했지.

당시 큰할아버지가 서당을 열고 계셨기 때문에 우리 집 당호가 '서당집'이었어. 작은할아버지는 영생중학교 교장이셨고, 셋째할아버지는 의사였지. 나는 구제舊制, 즉 4년제 중학교를 다녔는데 6·25가 발발할 무렵에는 지독한 신경쇠약 증세로 깡말라 있었어. 의사였던 셋째 할아버지께서 진단서를 발부해 주셔서 군대에도 가지 않고 있었지. 그런데 인민군이 낙동강 전선에서 무너지게 되자 상황이 달라지더란 말이야. 새파란 아이들에서부터 40대에 이르기까지 남자라는 남자는 모조리 끌어가는 거야. 나도 징집 대상이 되어 끌려 나갔는데……."

김시철 청년에게는 뜻하지 않은 임무가 주어졌다. 그것은 입영 장정들을 신병훈련소까지 인솔하는 중책이었다. 그는 열차 편으로 입영 장정 약 270여 명을 인솔, 길주吉州에 인접한 한 훈련소로 이동했다. 그때, 입영 장정들과 그 가족들은 너나 할 것 없이 죽음의 공포에 떨고 있었다.

사실 낙동강 전선의 전세戰勢가 역전돼 인민군이 패퇴하고 있는 상황에서 전선에 나아간다는 것은 곧 죽음을 의미했다. 아니나 다를까, 지레 겁먹은 일부 장정들은 호시탐탐 도주할 기회만 노리고 있었다. 말하자면 전선에 나아가 총알받이가 되느니 미리 도망쳐 살길을 찾자는 속셈이었다.

한편, 신병훈련소는 길주 외곽의 어느 다리 밑 드넓은 백사장에 있었다. 성진에서 출발한 일단의 입영 장정들은 그곳에 도착하자 곧 인원 점검을 받았는데 중도에서 7,8명이 어디론가 달아나 행방을 찾을 길 없었다. 그러나 전선 사정이 워낙 급박한 데다 관리 체계가 어수룩하던 시절이었으므로 인솔 책임자였던 김시철 청년은 운 좋게 문

책을 모면할 수 있었다.

- 40대 연장자들도 많았는데 새파란 20대 청년으로서 어떻게 인솔 책임자가 되었습니까?

"나는 어렸을 때부터 항상 리더로 뽑혔어. 어쨌든 그 후 길주 훈련소에서 다시 병력을 인솔하여 다른 지역으로 이동하라고 하더군. 그런데 다음 행선지는 우리 외갓집에서 가까운 지역이라는 것을 알게 됐지. 마침 잘 됐다 싶더군. 그곳에 이르자 동료들의 눈을 피해 대열에서 이탈한 뒤 외갓집으로 달아나 다락에 숨었지. 살기 위한 선택이었어. 외갓집 식구들이 성진 우리 집에다 내가 무사하다는 소식을 전해주어 집안 어른들도 안심하게 되었고 말이야. 그 직후 국군이 북진했는데 그때 나는 치안대에 들어갔지. 치안대가 뭔지 알아? 경찰과 같은 거야."

그런데 웬걸 중공군이 개입하면서 전세가 다시 뒤집혔고, 북한 땅 깊숙이 진격해 있던 국군과 유엔군은 공산군에게 밀려 살을 에는 혹한 속에 후퇴하지 않을 수 없었다. 이름하여 흥남 철수. 이제 앞길 창창한 김시철 청년에게는 삶과 죽음이라는 양자택일의 운명이 주어져 있었다. 벼랑 끝에 몰린 그는 오로지 살아남기 위하여 부모님과 고향을 포함하여 모든 것 다 버린 채 필사적으로 피난선에 올랐다. 혈혈단신 홀몸이었다.

그 뒤 부산으로 해서 거제도에 도착한 김시철 청년은 제2국민병에 편입되어 중대본부 서기로 복무했다. 그러던 어느 날 그는 또다시 생사의 기로에 서지 않으면 안 되었다. 이번에는 열병이 찾아든 것이었다. 흔히 염병이라고 일컬어지는 열병. 그는 살인적인 고열高熱과 혈변血便에 시달리다가 장승포 세브란스 병원에서 치료를 받고 구사일생으로 목숨을 건졌다.

- 극한상황의 연속이었군요.

"그랬지. 부산으로 나온 뒤에는 안 해 본 일이 없어. 피난민수용소를 거쳐 미창米倉에서 쌀가마를 져 나르는 중노동은 물론이려니와 유엔군 공동묘지에서 전사자의 시체를 떡 주무르듯 주무르기도 했지. 유류油類 창고에서의 노동, 미군부대 식당의 쿡cook, 제2부두의 검수원, 미군 PX 직원⋯⋯. 좀 과장해서 말하자면 거지들이나 하는 동냥질 빼놓고는 다 해 본 것 같아. 그래도 여기저기 일자리를 얻어 밥벌이를 하게 되면서 다시 문학을 접하게 됐지. 정말 부산 피난 시절에 책을 가장 많이 읽었어. 시집, 소설집, 희곡집 가리지 않고 하루에 한 권 정도는 읽었으니까. 그 과정에서 『문예文藝』에 발표된 손동인孫東仁의 시 「누나의 무덤가에서」를 읽게 되었지. 손동인 시인은 미당未堂 서정주徐廷柱 선생의 추천으로 문단에 나왔는데 그 시는 아주 뛰어난 수작이었어. 그 작품을 읽고 눈물을 많이 흘렸지. 큰 감명을 받았던 거야. 공교롭게도 그 무렵 만해卍海의 『님의 침묵沈默』, 미당의 『귀촉도歸蜀途』 같은 시집을 접하게 됐어. 아무튼 그때부터 희곡이 아닌 시를 쓰기로 결심했지."

한 편의 시가 안겨준 신선한 충격과 감동. 김시철 청년은 그 영향으로 시에 열을 올렸고, 습작을 거듭하면서 해병대사령부에서 간행하던 『해군』지에 작품 3,4편을 투고했는데 그 작품이 모두 잡지에 게재됐다. 그는 그 여세를 몰아 습작에 더욱 정진하는 한편 거의 매월 『해군』지에 작품을 투고하였다. 물론 대부분의 작품들이 활자화되었다.

- 선생님에 관한 자료를 살펴보면 환도 후 여러 잡지사에 근무한 것으로 되어 있습니다만…….

"그렇지. 환도할 때 부산에서 보따리 하나 달랑 들고 무작정 기차에 올라 상경했는데 서울은 폐허가 되어 있더군. 별로 하는 일도 없이 참담한 세월을 보냈지. 약 1년간 그렇게 지내다 보니까 부산에서 근근이 저축한 비상금도 곧 바닥이 나더라구……. 큰일 났더군. 처량한 생각이 들수록 고향 생각, 부모님 생각이 나서 눈물깨나 흘리던 시절이었어. 곧 굶어 죽을지도 모르는 절박한 상황에서 『개척開拓』이라는 잡지사에 들어갔지. 『개척』은 상이용사들의 후생사업을 위해 발간되던 순간旬刊이었는데 물론 시험 쳐서 공채로 입사했어. 그 후 시인 전봉건全鳳健과 함께 『부부夫婦』를 창간했고, 『자유문학自由文學』 편집장으로 오래 근무했지. 그러다가 60년도에는 대한출판문화협회 홍보부장으로 들어가 『출판문화出版文化』를 창간하기도 했어."

문학이냐, 생활이냐……. 이는 예나 지금이나 풀리지 않는 화두話頭와도 같은 것. 문학에만 매달리면 생활이 안 되고, 생활에만 집착하다 보면 문학이 멀어져 가고……. 그러나 선생은 문학과 생활을 절묘하게 양립兩立시키면서 당신의 앞길을 개척해 나왔다. 그리하여 선생은 마침내 1956년 처녀시집 『능금林檎』을 출간, 화려하게 데뷔하면서 문단의 주목을 받기 시작했다. 『능금』은 당대 최고의 명문 출판사로 손꼽히던 삼천리사三千里社에서 간행했는데 이충근李忠根 화백이 장정을 맡았으며 이산怡山 김광섭金珖燮 선생이 서문을 써서 더욱 세간의 화제를 불러 모았다.

그 후 선생은 줄기차게 시를 써서 발표하고 제8시집『어머니의 달』에 이르기까지 잇따라 시집을 묶어 내는 가운데 제14회 한국문학상(77년), 한국문화예술상 대상(89년), 제41회 서울특별시문화상(92년, 문학부문) 등 여러 문학상을 수상하였다. 이와 함께 선생은 여러 문학단체에도 깊이 관여, 다년간 한국자유문학자협회 회원, 한국시인협회 중앙위원, 한국문인협회 이사, 부이사장(연임), 한국문화예술단체총연합회 이사, 문학의해 조직위원회 상임위원, 국제펜클럽한국본부 이사, 부회장(연임), 회장(연임) 등을 지냈다.

한편, 선생은 낚시에서도 일가를 이루어 도인道人의 경지에 이르렀다. 잘 알려진 바와 같이 선생의 아호는 하서河書. 일찍이 김동리金東里 선생이 지어준 이 아호에는 낚시터의 물[河]과 문학의 기본인 글[書]을 아우르는 의미가 담겨 있다. '공심산방' 서재에는 한산閑山 최절로崔岊鷺 선생이 쓴 '조시일여釣詩壹如'라는 휘호가 걸려 있는데 그동안 선생이 간행한 낚시 관련 수상집만 해도『조우수첩釣友手帖』' 등 한두 권이 아니다. 반세기를 헤아리는 조력釣歷과 함께 선생은 내로라하는 조사釣士들의 결집체인 한국낚시진흥회 상임부회장직을 맡기도 했다.

깊은 밤의 기침소리

- 좀 민감한 사안입니다만, 최근 펜클럽 징계 문제를 어떻게 생각하십니까?

"그거, 있을 수 없는 일이지. 전임 회장을 합당하게 예우해 주지는 못할망정 제명이라니 말이나 돼? 내가 펜클럽 회장 임기를 마치고 물러난 뒤 잇따라 내용증명 우편물이 날아오더군. 내가 문예진흥원 기금을 유용했다구? 천만의 말씀이지. 그 기금을 수령하게 된 배경을 설명하자면 아주 길어. 처음에는 청와대 측과 논의되었던 것인데, 문예진흥원을 통해 기금이 나오게 되자 실무를 맡았던 당시 사무국장이 관련 서류를 작성해서 문예진흥원에 제출했나 봐. 거기까지는 그렇다 치구, 펜의 운영 자금이 턱없이 궁핍하여 기금 일부를 일반 통장에 넣어 사용한 거지. 내게 과오가 있었다면 그 기금의 성격을 제대로 파악하지 못한 것뿐이야. 나는 임기를 마치고 인계할 때 사무국 직원들 퇴직금까지 정리하고서도 많은 자금을 넘겨줬지. 그런데도 저 사람들은 유용이니 뭐니 해가면서 마치 내가 그 돈을 횡령한 것처럼 내 명예를 더럽혔어. 내가 공금을 착복할 사람인가? 그 기금 문제는 당시 이사회에도 보고되었어. 그런데도 나를 제명시키다니 말이 돼? 내가 가만히 있을 것 같아?"

이 대목에 이르러 선생은 점점 언성을 높였고, 잠시 후 서재로 들어가더니 몇 건의 서류들을 가져왔다. 그것은 그동안 펜클럽과 우편으로 주고받은 일련의 문건들이었다. 그 중에는 이 근래 선생 측에서 펜클럽 쪽에 내용증명 우편으로 보낸 서류 원본도 들어 있었다.

- 이 서류를 펜클럽에 보냈습니까?

"물론이지. 신임 집행부에 책임을 물어야 할 사안이 많아. 명예 훼손 문제, 징계 문제, 정관 개정 문제 등등 법적 대응을 위해 차근차근 단계적으로 수순을 밟고 있는 중이야. 곧 변호사도 선임할 작정이지. 이번에는 결코 물러서지 않을 거야. 나뿐만 아니라 전남 지역 회원들과 문덕수 전임 회장까지 징계한 모양이더군. 그게 과연 옳은 일인가? 지금 우리 사회에는 정신 나간 사람들이 너무 많아. 지난번 대구 지하철 참사가 왜 일어났나. 정신 나간 사람이 저지른 일이잖아. 북한에서 탈출해 나온 전 노동당 비서 황장엽黃長燁 씨가 뭐랬어? 정신 이상한 사람이 북쪽에만 있는 줄 알았더니 남쪽에도 마찬가지라고 했지. 문단에도 제 정신 아닌 사람들이 많아. 몇몇 관심 있는 사람들이 중재를 시도하고 있지만 저쪽에서 먼저 내 명예를 회복해 놓지 않는 한 법적 대응으로 나갈 수밖에 없어. 세상 잡사 다 잊고 이렇듯 산골에 와서 조용히 사는 사람한테 그게 뭐하는 짓이야?"

대담은 밤이 깊도록 계속됐다. 고요했다. 필자는 아직까지도 끊지 못한 담배를 피우느라 몇 차례 발코니로 나서곤 했는데, 티끌 한 점 없이 검푸른 하늘에는 초열흘 반달과 초롱초롱한 별들이 투명하게 빛나고 있었다. 저 멀리 휘닉스 파크의 불빛이 휘황찬란하였고, 땅거미가 짙게 내려앉은 발치 아래로는 원주민 가옥의 불빛들이 점점이 흩어져 있었다.

- 펜클럽과 관련된 현안 문제는 잘 해결하실 것으로 믿습니다. 앞으로의 집필 계획을 말씀해 주셨으면 합니다.

"곧 새 시집이 나와. 제목을 『공심산방』이라고 붙였는데 이번 시집에는 아까 말했던 「강원도」 연작 34편과 다른 작품 16편이 들어가지. 아마 강원도를 제재로 해서 연작시를 쓴 사람은 없을 걸. 그 시집이 나오면 그 다음에는 작고문인과 원로문인 100여 명의 인물평전을 펴낼 거야. 지금 그 원고를 쓰고 있는 중이지. 또, 문단이면사『격랑激浪과 낭만浪漫』 후속편을 써야 돼."

작고문인과 원로문인 100여 명의 인물평전은 작품 등 겉으로 드러난 부분보다는 잘 알려지지 않은 인간적 면모에 초점을 맞출 것이라고 한다. 선생은 본래 이 땅의 문인들에 대해 알기도 많이 알지만 그것에 만족하지 않고 그에 따르는 자료들도 빈틈없이 수집해 놓았다. 그뿐 아니라 이 인물평전은 벌써 상당 부분 집필된 상태라고 한다.

문단이면사 『격랑과 낭만』은 지난 99년 청아출판사에서 간행한 산문집인데 여기에는 왕년의 『자유문학』과 명동 '동방싸롱'에 얽힌 이야기가 상세히 기술돼 있다. 혼돈의 시대에 더욱 빛난 예술가들의 비망록인 이 책은 환도 직후의 문단 안팎 사정을 자세히 조명하고 있다는 점에서 문학사적으로 큰 의미를 지니는 역저力著라고 하겠다. 선생은 그 연장선상에서 앞으로 두 권을 더 쓸 예정인데 한 권은 문협 중심으로, 또 한 권은 펜클럽 중심으로 문단이면사를 엮어나가게 될 것이라고 한다.

- 이제 밤이 깊었군요. 오늘은 여기까지만 말씀을 듣기로 하겠습니다. 미진한 부분은 내일 날이 밝으면 더 여쭤 보겠습니다.

"그래. 그렇게 하지."

선생은 건넌방에 필자를 위해 손수 이부자리를 펴주고는 안방으로 들어갔다. 그런데 안방으로부터 계속 괴로운 기침소리가 건너왔다. 장시간 대담을 나누느라 말을 많이 한 데다 펜클럽 징계 문제로 언성을 높인 터라 기침이 더 심해졌는지도 모를 일이었다.

평범 속에서 진리를 찾아

이튿날 아침 필자는 자료 사진을 요청했다. 그러자 선생께서는 서재로 들어가 사진뭉텅이를 꺼내와 이것저것 선별하기 시작했다. 묵은 사진들을 고르면서 선생은 지금까지 굳세게 살아온 삶의 편린들을 반추하는 듯했다. 떡 본 김에 제사 지낸다는 말도 있지만, 필자는 이번 기회에 한 가지라도 더 챙기고 싶어 사진을 함께 고르면서 이것저것 궁금한 것을 여쭤 보았다.

- 이곳에 와서 이웃을 많이 사귀셨습니까?

"그럼. 이제 동네 사람들을 거의 다 알아. 세태에 때 묻지 않은 순박한 사람들이지. 바로 요 아래에는 박수근이라는 사람이 살아. 올해 나이 예순넷인데 앞 못 보는 선천성 시각 장애인이야. 미혼인 채 독신으로 살고 있지. 함박눈이 펑펑 내리던 날 내게 전화를 걸어왔더군. 화덕에 숯불을 담아 놓았으니 삼겹살 구워 소주라도 한 잔 하자는 거야. 자기는 앞조차 보지 못하는 장애인이면서 그렇게 이웃을 챙길 줄 알아. 어느 날이던가, 그 집 뒷길을 지나는데 전깃불을 환히 밝혀 놨더군. 앞도 못 보는 사람이 웬 전깃불이냐고 물었더니 뭐라는지 알아? 집안마저 캄캄하면 더욱 쓸쓸할 것 같아 불을 밝혔다는 거야. 세상 돌아가는 꼴이 마음에 안 든다고 라디오도 끄던 사람인데 불을 밝히다니…… 그 사람한테서 시상詩想을 얻어 「박 봉사」라는 작품을 썼지. 얼마 전에는 그 사람이 아주 놀라운 이야기를 하더군. 자기는 장님으로 태어나 이 꼴 저 꼴 더러운 꼴 안 보고 살 수 있으니 더 좋다는 거야. 얼마나 기막힌 말인지 참……."

- 선생님의 작품을 보면 주변에서 취한 소재가 많습니다. 그 점에 동의하십니까?

"그래. 나는 기본적으로 난해한 시를 싫어해. 일부 시인들 중에는 자기도 모르는 시를 쓰는 사람들이 있어. 미국이 어떻고, 영국이 어떻고……. 나는 쓸데없이 외국문학을 찍어다 붙이는 사람들을 경멸해. 내 목소리, 내 이야기, 내 생각, 내 주변을 잘 정리해도 얼마든지 좋은 시가 될 수 있잖아. 시를 쓰려면 언어를 쉽고 아름답게 잘 갈고 다듬어야지. 고등수학으로도 풀 수 없는 시를 쓰는 사람들이 있는데 나는 그들을 인정하지 않아. 기교를 위한 기교도 받아들일 수가 없고……. 작가의 의도조차 제대로 전달되지 못한다면 시가 아니잖아. 아무도 모르는 내용을 조립, 가공, 편집하는 것은 곤란해. 자기도 모르는 글을 어떻게 문학작품이라고 할 수가 있겠어? 그런 점에서 내 글은 아주 평이한 편이지. 어떤 때는 아예 기교 자체를 벗어던질 때도 있어. 평범 속에서 진리를 찾아 공감을 얻어내는 것, 그것이 문학의 본질 아니겠어?"

대담이 여기까지 진행되었을 때 난데없이 전화벨이 울렸다. 선생은 송수화기를 들고 반갑게 통화하면서 이따금 짙은 농담을 던지곤 하였다. 통화 내용만 얼핏얼핏 엿들어도 발신자가 누구라는 것을 단박 알 수 있었다. 다름 아닌 원로 소설가 서기원 선생이었다. 통화를 마친 뒤 김시철 선생은 환하게 웃었다. 모처럼 좋은 친구와 통화를 함으로써 기분이 한층 좋아진 것이었다.

- 서울에는 언제쯤 가실 생각이십니까?

"아직은 서울에 갈 일이 없어. 자, 그럼 어디 가서 점심 식사나 하지. 저 아래 장평에 내려가면 생태찌개를 잘 하는 집이 있어."

그러면서 선생은 한 음식점으로 전화를 걸어 음식을 준비해 놓으라고 당부했다. 선생과 필자는 곧 '공심산방'을 나서서 코란도 승용차에 올라 장평으로 향했다. 선생이 안내한 음식점은 '두메식당'이었다. 선생께서 이 고장에 내려와 집을 짓는 동안 끼니를 해결했다는 바로 그 식당이었다.

점심 식사를 마치자 선생은 필자를 '길'이라는 다방으로 안내해 주었다. 선생께서 종종 들르신다는 '길' 다방의 주인은 반갑게도 문학을 사랑하는 인물이었다. 선생과 필자는 차를 마신 뒤 장장 1박2일에 이르는 대담 일정을 모두 마쳤다. 이제 아쉬운 작별의 시간이 기다리고 있었다.

선생은 장평터미널에서 서울행 차표를 샀고, 그것을 애써 필자의 주머니에 찔러 주었다. 고맙기 짝이 없었다. 그냥 돌려보내도 그만인 것을, 밤새 기침에 시달리느라 잠까지 설친 선생께서는 어제 미리부터 마중 나와 기다렸던 것처럼 끝까지 따뜻하게 배웅해 주었다. 잠시 후 버스가 쓸쓸한 장평터미널을 뒤로 밀어내기 시작하였고, 손을 흔드는 선생의 모습은 차창 밖 저쪽으로 점점 더 멀어져 갔다.

『월간문학月刊文學』 2003년 4월호

고난은 나의 구원, 미운 오리새끼의 인생고백

소설가 정연희(鄭然喜, 1936~   )

문단 50년, 그 뒤안길에는……

길고도 지루했던 여름이 가고, 가을이 오는 문턱에서 저 유명한 소설가 정연희 선생을 뵙기 위해 약속 장소로 나가는 길에 필자는 내심 긴장하지 않을 수 없었다. 대담을 마친 후에는 그 내용을 이렇듯 기사 형식의 글로 써야 하기 때문이었다. 평소 존경해 온 어른에 관해 글로 쓴다는 것은 그만큼 어려운 일이고, 대담이나 글로 옮기는 과정에서 삐끗 예기치 못한 실수나 범하지 않을까 저어되어 어깨를 짓눌러 오는 중압감에 사로잡히지 않을 수 없었다.

특히 정연희 선생으로 말하자면 필자에게는 저 높은 하늘처럼 까마득한 대가여서 이만저만 조심스런 것이 아니었다. 하지만 무식하면 용감하다고 했던가, 이미 대담 약속이 이루어진 만큼 일단 일을 저질러 놓고 보자는 두둑한 배짱과 대찬 뚝심으로 선생을 뵙게 되었다.

10월 8일 오후 3시, 약속 장소인 양재동의 한 찻집으로 나갔을 때 선생께서는 먼저 도착해 있었다. 언제나 정확한 어른이지만, 이 날도 선생께서는 약속 시간보다 먼저 나와 계심으로써 도리어 필자를 당혹케 하였다. 사실은 이쪽에서 먼저 나가 기다렸어야 하는데, 선생께서는 다른 일 다 제쳐놓고 서둘러 나와 아까부터 기다리신 듯했다.

- 안녕하십니까. 오래 기다리셨습니까?

"조금 전에 왔어요."

- 시간 내주셔서 감사합니다.

"사실은 시간 내기가 용이치 않았어요. 최근 복잡한 문제가 생겨서 따로 시간 내기가 어려운 형편이었는데 약속을 안 지킬 수도 없고 해서 나왔어요."

언제나 명랑 쾌활한 평소와 달리, 적잖이 근심 어린 표정으로 미루어 짐작한다면 선생께서는 뭔가 드러내 놓고 말할 수 없는 모종의 어려움을 겪고 있는 듯했다. 그런 어려움에 처한 선생을 모시고 귀한 시간을 빼앗는다고 생각하니 이만저만 죄송한 것이 아니었다. 하지만 선생은 지난 세월, 온갖 신산辛酸을 슬기롭게 헤쳐 온 터라 이번의 어려움도 너끈히 극복할 수 있으리라는 확신이 들었다.

- 선생님께서는 어떤 어려움도 능히 극복하실 수 있으리라 믿습니다. 그동안 숱한 고난과 시련을 잘 극복해 오셨으니까 이번에도 잘 풀어나갈 수 있지 않겠습니까? 저도 선생님께서 이번 어려움을 잘 극복하실 수 있게 되기를 기원하겠습니다.

"고맙습니다. 하지만 이번 일은 좀 복잡해요. 왜 이렇게 자꾸만 힘든 일이 쓰나미(津波, tsunami)처럼 몰려오는지……."

선생께서 겪고 있는 어려움에 관해 더 이상 여쭙지 않기로 했다. 그 어려움의 본질을 알게 된다 한들 필자로서는 해결해 드릴 그 어떤 방도가 없기 때문이었다. 다만 시간을 조금이라도 아껴 선생의 인생과 문학에 관해 대담의 초점을 맞추기로 했다.

- 선생님께서는 대학 3학년 재학 중 동아일보 신춘문예 소설부문에 당선하셨지요?

"그랬습니다. 이화여대 국문과 3학년 재학 중이던 1957년 동아일보 신춘문예에 단편소설 「파류상波流狀」을 응모해 당선했습니다."

선생께서 신춘문예에 당선했을 때, 문단은 물론이려니와 세간에 화제가 만발했다. 혜성처럼 등장한 당선작가가 명문의 아리따운 여대생이라는 점에서도 관심의 대상이었지만, 거침없이 써 내려간 그 작품의 수준이 놀라울 정도로 뛰어났기 때문이었다. 간결하고 유려한 문체, 날카로운 심리 묘사로 수녀의 파계를 통해 인간의 부조리를 고발한 「파류상」은 문단 안팎에 신선한 충격을 불러일으키기에 충분한 작품이었다.

선생은 그때부터 즉각 세인의 주목을 받는 작가로 떠올랐다. 그 이듬해 이화여대 문리대를 수석으로 졸업한 선생은 일약 유력 일간지의 기자로 특채되었다. 공채 시험을 거쳐도 수습기간을 거쳐야 하는 것이 언론계의 상례이지만, 선생은 그런 절차를 단숨에 뛰어넘어 전격적으로 특채되었던 것이다.

- 동아일보 신춘문예에 당선하실 때 심사위원은 누구였습니까?

"김팔봉金八峰 선생님, 박영준朴榮濬 선생님이었죠. 그 작품이 동아일보 지면에 게재되자 그 작품을 읽으신 계용묵桂鎔黙 선생님께서 신문에 과찬의 글을 써주셨던 기억이 납니다. 그 기사가 지금 우리 집 어딘가에 보관돼 있을 거예요."

- 그러니까 올해는 선생님께서 문단에 등단한 지 50년, 즉 문단생활 50년이 되는 해이지요?

"네. 그래요. 올해로 문단생활 50년이 되었습니다. 지난 4월 2일 서울 플라자호텔 그랜드홀에서 조촐한 기념식을 가졌고, 문단생활 50년 기념문집을 준비 중에 있습니다."

그랬다. 지난 4월 2일 서울 플라자호텔 그랜드홀에서는 한국 문단 사상 최초로 아주 뜻 깊은 행사가 열렸다. 그 행사는 정연희 선생의 문단생활 50년을 기리는 '문단 50년 그 우정의 한마당' 콘서트였다. 선생의 부군이신 김응삼 장로께서 특별히 마련해 준 그 행사에는 서울대학교 대학원 합창단, 한스중창단, 김동규·김구미 내외 등 70여 명의 출연자 이외에도 문인 친지 등 180여 명이 참석하여 정연희 선생의 문단생활 50년을 축하했다. 물론 필자도 그 행사에 참석, 문단생활 50년을 맞이한 선생의 문학적 업적을 기리면서 앞날에 늘 건강과 행운이 넘쳐나기를 기원했다.

- 기념문집 발간 작업은 잘 진행되고 있습니까?

"그렇습니다. 원고 수집이 끝나 지금 편집 중에 있습니다."

정연희 기념문집은 이화여대 후배들로 구성된 편집위원회에서 원고를 수집했고, 그동안 선생과 소중한 인연을 맺고 살아온 사람들 125명이 각기 특성 있는 글을 기고했다. 물론 필자도 그 책을 위해 편집위원회에 어쭙잖은, 그러나 꽤 힘들인 글을 한 꼭지 보내주었다.

- 그 책의 표제는 정했습니까?

"네. '125명이 말한다, 정연희 미운 오리새끼'로 정했습니다."

- 왜 하필이면 '미운 오리새끼'로 했습니까?

"나는 본래 태어날 때부터 '미운 오리새끼'로 태어났습니다. 그뿐이 아닙니다. 문단에서도 평생 '왕따'로 살아왔다 해도 과언이 아닙니다. 그런 만큼 이번 기념문집의 표제는 가장 잘 어울린다고 생각합니다."

- 그렇다면 그 표제는 선생님께서 직접 정하셨습니까?

"여러 사람이 의논해서 정했어요. 그동안 내가 걸어온 길을 이야기하자면 한도 없지요. 사람들은 나를 무슨 여왕처럼 생각하기도 하지만, 내가 살아온 길은 바로 고난의 길, 신산의 길이었습니다."

사실 선생의 내면을 제대로 아는 사람은 흔치 않다. 그 당당하고 옹골찬 성품이나 화려한 문학적 궤적만을 놓고 본다면 선생이야말로 한 시대의 '여왕'임에 틀림없다. 하지만 선생은 출생 전부터 고난의 인생길이 예정돼 있었고, 그로 말미암아 너무 힘든 삶을 살아왔다고 거듭 실토했다.

절망의 나락에서

- 출생 전부터 고난이 예정돼 있었다니 무슨 말씀이십니까?

"내가 태어나기 석 달 전, 온 동네가 탐내고 부러워하던 우리 집안의 맏아들이 어느 날 하룻밤 사이에 세상을 떠났어요. 그 맏아들은 네 살이었어요. 그때, 어머니는 태중의 아이 때문에 마음 놓고 눈물을 흘리지도 못하셨답니다. 그 태중의 아이가 바로 나였습니다. 내가 태어나는 순간, 어머니는 마음 놓고 통곡을 터뜨리셨고, 당연히 손자가 태어날 것으로 기대했던 할아버지는 손자의 이름을 지어 가지고 오시다가 인줄이 계집아이인 것을 보시고는 문지방도 밟지 않은 채 돌아서버렸습니다. 그러니까 둘째로 태어난, 아들이 아닌 딸로 태어난 나는 우리 집안을 초상집으로 만들었던 셈입니다. 나는 구박덩이에 타박네였습니다. 집안 어른들은 아우라도 남동생을 볼까 기대했으나 나는 그런 운도 타고나지 못했습니다. 내 아래로 여동생이 태어났습니다. 나는 평생 어머니의 따뜻한 사랑 한 번 받아보지 못했습니다. 그뿐이 아닙니다. 나의 삶은 보이지 않는 끊임없는 협박으로 이어졌습니다. 부모도, 형제도 까닭을 알 수 없는 불합리한 관계로 얽혀 돌아갔습니다. 육체도 자라고 정신도 어지간히 제 몫을 하고는 있었지만 내게 다가오는 그 어떤 것에도 반응할 줄 모르는 인생의 청맹과니로 살아야 했습니다."

- 유년기부터 아무런 걱정 없이 지내오신 줄 알았는데 그게 아니었다는 말씀입니까?

"그럼요. 내가 겪은 일을 말하자면 한도 끝도 없어요. 부모님은 전쟁 중에도 나를 학교에 보내주셨지요. 하지만 부모님에 대한 반항은 더욱 커졌어요. 부모한테 사랑을 받지 못했던 때문일까, 쉰밥에 파리 꾀듯 끊임없이 불운이 찾아오는 것이었습니다. 내가 글 쓰기를 시작한 것도 따지고 보면, 어머니와의 갈등으로 시작된 일기 쓰기에서 비롯됐지요. 어머니는 나를 볼 때마다 잃어버린 맏아들이 떠올랐나 봐요. 그러니까 어머니 눈에는 내가 집안의 불운을 몰고 온 아이로 비쳤던 겁니다. 그래서 나는 어머니가 언니와 동생만을 편애한다고 생각했지요. 이런 참담한 현실 속에서 나는 미운 오리새끼 같은 억울함을 달래기 위해 일기를 썼습니다. 어느 누구도 기대하지 않으면서 스스로 깊은 공상에 빠져 내 글을 썼던 것입니다. 어머니는 내 나이 스물아홉 살 때 돌아가셨는데 어쩌면 어머니의 문학적 소양을 내가 이어받았는지도 모르겠습니다. 어머니는 학교도 안 다니신 분이지만 글을 잘 썼고, 이광수李光洙 김동인金東仁 등의 소설을 거의 모두 읽었습니다. 그런 어머니는 목소리도 아주 좋아서 내게 자주 소설을 읽어주시곤 했죠. 하지만 어머니와의 갈등은 끝이 없었습니다. 그것은 고난 바로 그것이었습니다. 그 후 신춘문예에 당선해서 문단에 등단하고 신문사에 특채된 이후 내 고난이 끝나는 줄 알았습니다. 하지만 또 다른 고난이 나를 기다리고 있었어요. 나는 가난한 친정을 벗어나는 방편으로 결혼을 택했습니다. 그러나 결혼은 색다른 지옥이었습니다. 나는 절망 속에서 1966년 이혼을 결행했지요."

- 그때만 해도 이혼이 쉽지 않았던 시절이었지요?

"그렇지요. 이혼이 지금보다는 훨씬 드문 시대였지요. 이혼 이후 내가 받은 수모는 이루 말할 수 없었습니다. 이혼 그 자체보다도 감당하기 어려운 문제들이 너무 많았습니다. 내가 처한 속사정, 그럴 수밖에 없었던 저간의 정확한 사정도 알지 못하면서 일방적으로 매도를 당할 때에는 참으로 견디기 어려웠습니다. 나는 그 뒤에도 간통사건, 교통사고 등 죽을 고비도 많이 넘겼어요."

필자는 애당초 선생의 아픈 부분을 여쭙지 않으려 했다. 항용 이런 대담 프로그램이 문학적 담론으로 끝나면 그만인 것을, 굳이 과거의 아픈 상처를 건드려 다시금 덧나게 할 필요가 없다는 판단 때문이었다. 그러나 선생께서는 도리어 쓰라린 과거를 감추고 자시고 할 필요도 없다는 듯 그 사건에 관해 기탄없이 말씀해 주었다.

  - 불미스런 사건에 대해서는 굳이 여쭙고 싶지 않습니다만…….

"나는 1973년 간통사건으로 피소되었습니다. 그때 주요 일간지에서 일제히 보도했지요. 주간지는 1주일이 멀다 하고 기사를 내보내고……. 나는 머지않아 그 사건을 꼭 정리하고 넘어갈 것입니다. 그 사건은 세상에 알려진 만큼 단순한 것이 아니었습니다. 그 이면에는 정치적 시대 상황이 개재돼 있었습니다. 당시 매스컴들은 그 깊은 내막을 모르고 단순한 간통사건, 흥미진진한 화젯거리 정도로 취급했습니다. 불구속으로 40일, 구속으로 72일……. 그 112일 동안 거의 매일 검찰에서 국사범國事犯처럼 조사를 벌였습니다. 아무런 증거도 없는 간통사건을 그런 식으로 조사할 이유가 없잖아요? 그 당시 정국이 얼마나 살벌했었던가를 잘 생각해 보십시오. 나 때문에 구속된 또 한 사람은 간첩죄로 몰려 수사를 받고 있었습니다. 그러니까 그 사건은 친고죄를 빌미로 중앙정보부 직원과 결탁하여 목숨까지 노린 사건이었습니다. 나는 구속 72일 만에 간통 재판사상 유례없는 집행유예로 석방되었고, 중앙정보부에서 간첩죄를 뒤집어씌운 그 사람은 목숨의 위협을 받아야 했습니다. 나는 그때 '나 때문에 한 사람이 죽는구나. 나 때문에, 나를 만나지 않았더라면 그런 대로 평탄하게 살아갔을 한 사람이 나로 말미암아 죽게 되었구나……' 생각했습니다. 그리고 그때 내 손에는 아무것도 남은 것이 없었어요. 재물도 없었고, 건강마저 나락으로 처박혔습니다. 사면팔방 어디를 돌아봐도 출구가 보이지 않았습니다. 어떻든 그 사건은 내 인생에 큰 분수령이 되었어요. 그때까지만 해도 나는 매스컴에 자주 오르내리는 여왕이라 해도 과언이 아니었습니다. 때문에 나를 지켜보는 눈이 많다는 것도 잘 알고 있었지요. 하지만 그 사건을 통해서 인간 세상의 눈이 아닌, 나를 진정으로 지켜보는 그보다 훨씬 높고 오묘한 본질적인 눈이 있다는 것을 알게 되었던 것입니다. 이건 처음 하는 얘기입니다. 나는 그 절박한 상황에서 '하나님! 하나님! 이 세상에 그렇게도 많은 사람들이 하나님을 살아 계신 분이라 합니다. 정말 살아 계신 분이면 저 가엾은 사람을 살려 주소서. 그렇게만 하면 하나님 앞에 무릎을 꿇겠고, 그 사람을 평생 남편으로 섬기겠습니다.' 하고 애절하게 통곡했습니다. 그리고 며칠 후 사건이 뒤집혔지요. 우리를 고소한 고소인과 중앙정보부 실력자가 구속되었지 뭡니까? 중앙정보부의 서슬이 시퍼렇던 그 시절 정말 불가사의한 일이 벌어진 것입니다. 주간지들이 1년 동안 앞 다투어 재미있게 울궈먹던 사건이 거짓말처럼 뒤집혔어요. 나는 하나님이 누구인지도 모르면서 울부짖었던 것뿐인데 기적이 일어난 것입니다."

- 그때부터 신앙생활을 하시게 되었습니까?

"그렇습니다. 나는 하나님이 누구인지도 모르면서 울부짖어 탄원했던 것뿐인데 어떻게 이런 일이 일어났는지 정말 놀라울 뿐이었습니다. 나는 전신을 던져 통곡하며 사설을 늘어놓은 것일 뿐 하나님의 실재를 믿은 것도 아니었습니다. 그렇건만 그로부터 기적 같은 일들이 폭발하듯 이어졌습니다. 하나님은 오묘하신 분입니다. 그 뒤로도 교통사고다 뭐다 죽을 고비가 참 많았어요. 그런 절망의 나락이 닥칠 때마다 나는 하나님의 오묘하신 섭리로 살아날 수 있었습니다. 한편,

나는 지난 2004년 서울문화재단 이사장이 됐습니다. 그런데 서울문화재단은 남산에 있는 옛 중앙정보부 청사를 쓰게 됐습니다. 결국 중앙정보부의 그 실력자가 쓰던 사무실을 이번에는 내가 쓰게 됐지 뭡니까?"

숨 쉬듯 작품을 쓰다

- 선생님께서는 여러 차례 세계 일주를 하셨지요?

"네. 피난수도 부산에서 중학교 다닐 때의 일이었어요. 그때, 우리는 인척이었던 해군군악대장 집에서 기거했어요. 그 집은 국제시장 쪽에 있었고, 우리 숙명여자중학교는 초량에 있었습니다. 언젠가 하루는 학교에 갔다가 몸이 좋지 않아 점심때쯤 조퇴를 하고 집으로 돌아오게 되었습니다. 그런데 국제시장 골목을 지날 때 어떤 이상한 사람이 내 앞에 불쑥 나타났어요. 얼굴이 희고 턱수염이 덥수룩한 사람이었습니다. 나는 그가 누구인지 전혀 알 수가 없었지요. 그 괴상한 사람은 밑도 끝도 없이 '학생, 일찍 시집가지 마. 학생에게는 지구가 좁아. 학생은 장차 이 지구 곳곳을 돌아다닐 거야.' 그렇게 말하는 것이었습니다. 몸이 아파 조퇴하는 초라한 여학생에게 그런 말을 한 사람이 과연 정상적인 사람이었을까요. 어떻든 나는 이게 무슨 일인가 싶어 어리둥절할 수밖에 없었지요. 그런데 1968년 8월부터 여러 차례에 걸쳐 잇따라 세계 일주를 하게 되었어요. 처음에는 경향신문 특파원 자격으로 세계 각국의 수뇌들을 탐방했고, 그 다음에는 조선일보 특파원으로, 또 주간경향 특파원으로, 그런가 하면 기독교 100주년 때에도 세계 일주를 했지요. 정말 끊임없이 세계 각국을 돌아다녔습니다."

- 선생님께서는 누차 말씀하신 바와 같이 결코 평탄치 않았던 신산의 삶을 살아 오시면서도 엄청난 작품을 쓰셨습니다. 그 비결이라도 있습니까?

"비결은 무슨 비결……. 어떻게 보면 적막해서 그랬겠지요. 쓰지 않고서는 견딜 수 없는 적막함……. 어떻든 숨 쉬는 것처럼 열심히 썼습니다. 내 글을 읽은 사람에게 얼마나 자양분이 되었을지는 몰라도 그동안 열심히 쓴 것은 사실입니다."

선생은 겸손했다. 그동안 선생께서 출간하신 작품들, 예컨대 장편소설 『석녀石女』 『내 잔盞이 넘치나이다』 『난지도蘭芝島』 『양화진楊樺津』 순교자 주기철 『길 따라 믿음 따라』 등은 거의 예외 없이 베스트셀러가 되었고, 더 나아가 스테디셀러가 되어 판을 거듭하며 독자들의 열렬한 사랑을 받아왔다. 가령 『난지도』만 하더라도 무려 100쇄 이상을 기록하고 있다. 이러한 일련의 작품들이 독자들에게 미친 영향은 새삼 언급할 필요조차 없건만, 선생은 작품에 관한 한 겸양의 미덕을 잊지 않았다.

걸음걸이마다 바늘밭, 낭자한 피밭을 딛고 걸어가며 비로소 세상과 이웃이 눈에 보였습니다. 그때부터 인간존재가 껴안고 가는 고통의 아름다움이 보였고, 그 고통의 아름다움 하나하나가 생명이 되어 살겠다고 아우성치는 소리를 들을 수 있는 귀가 열렸습니다. 그리고 내 작업은 고통의 실체를 형상화하는 작업의 길로 들어섰습니다. 외로움이 아니라 생명을 찍어서 글을 쓰듯, 목숨 다한 정직성을 걸고, 내 아픔만이 아니라 인간의 고통을 깎고 다듬기 위하여 글을 썼습니다. 슬픔과 고통의 멍에를 짊어지고 소설을 썼습니다. 삶의 처절함이 얼마나 아름다운 것인가를 스스로에게 가르쳐가며 작업을 이어갔습니다. 그리고 내 이웃이 겪는 아픔과 외로움과 슬픔을 형상화하는 일을 엄숙한 치유의 방법이라고 믿었습니다. 그렇게 내 영혼이 끝내 찾아서 갖추어야 할 날개, 그 자유의 날개를 얻기 위한 작업이 그렇게 이어져 나왔습니다. 문학은 삶의 간식이 아니라 주식主食이어야 한다는 믿음으로, 인간의 짐승의 우리에 꼬나박히지 않게 만드는 든든한 밧줄의 역할을 감당하겠다고 다짐하며 소설을 쓰고 있습니다.

—소설집 『가난의 비밀』 머리말에서

이러한 진술에서 보듯 선생은 지난 50년 동안 치열한 작가정신으로 주옥 같은 작품을 써왔다. 그리고 선생께서는 신작을 발표할 때마다 늘 문제작으로 평가되어 화제에 올랐다.

한편, 선생께서는 한국소설문학상, 한국문학작가상, 대한민국문학상, 윤동주문학상, 유주현문학상, 김동리문학상, 한국펜문학상 등 굵직굵직한 문학상을 수상했다. 그뿐 아니라 선생은 한국기독교여성문인회 회장, 한국여성문학인회 회장, 이화동창문인회 회장, 한국소설가협회 이사장, 서울문화재단 이사장 등 여러 단체의 수장首長을 역임하는 동안 탁월한 리더십을 발휘했다.

- 여러 단체의 과중한 업무, 교회 일로 바쁘신 가운데 그 많은 작품을 써냈다는 것이 그저 놀라울 따름입니다.

"시간은 고무줄과 같아요. 아무리 바빠도 시간을 쓰면 쓸수록 늘어나요. 나는 다른 사람들처럼 헬스클럽에 다니는 것도 아니고, 골프를 치러 다니지도 않습니다. 그리고 집에 있으면 하루도 흙을 만지지 않는 날이 없어요. 바쁜 것은 사실이지요. 하지만 내가 하고 싶은 일을 즐겁게 하면 시간은 고무줄처럼 늘어납니다. 불면증에 시달릴 때에도 집을 치우고 글을 쓰고……. 그러면서 시간을 늘일 대로 늘여서 활용하는 겁니다."

선생은 부군 김용삼 장로와 함께 경기도 안성시 삼죽면의 삼희동 산에서 아기자기한 전원생활을 하고 있다. 삼희동산의 '삼희'라는 명 칭도 바깥어른 김용삼 장로의 '삼'자와 정연희 선생의 '희'자에서 한 자씩 따서 합성했다. 벌써 오래 전 일이지만, 언젠가 필자는 여러 문 우들과 함께 그 삼희동산을 방문한 적이 있었다. 아니나 다를까, 그 잘 가꾸어진 삼희동산은 '삶의 질'에 대한 소중함을 그대로 대변해 주고 있었다. 그리고 드넓은 정원의 나무 한 그루, 풀 한 포기까지도 사랑과 평화를 노래하는 듯했다.

- 장로님께서 선생님의 작품을 늘 관심 깊게 읽어 주신다고 전해 들었습니다만…….

"우리 장로님은 열렬한 독자입니다. 그뿐 아니라 내 작품의 의도 를 정확하게 봅니다."

- 잠시 화제를 바꾸어 보겠습니다. 많은 사람들이 소설의 위기, 문 학의 위기를 이야기하고 있습니다. 그 점에 대해 어떻게 생각하십니 까?

"이 근래 문학이 매우 위축돼 있는 것은 사실입니다. 하지만 우리 의 작품이 활자화되어 어디엔가 남게 되면 누군가는 반드시 읽게 되 어 있습니다. 인간의 유전인자 속에 서사敍事의 인자가 지워지지 않 는 한 소설은 죽지 않을 것입니다. 나는 그런 확신을 가지고 소설을 씁니다."

- 오늘날의 문단 풍토에 대해서는 어떻게 생각하십니까?

"수많은 문학지에서 쏟아져 나오는 함량미달의 신인들……. 신인 장사의 폐단……. 시인이나 수필가, 또는 소설가라는 문패를 얻기 위해서 과연 그렇게 바둥대야 하는지 정말 한심한 노릇이 아닐 수 없습니다. 과연 이런 행태가 언제 끝날 것인지 앞이 안 보입니다."

- 문학단체에 대해서는 어떻게 생각하십니까?

"문단권력이라는 말이 있습니다. 그 말이 성립되는 것이라면 각종 문학단체는 마땅히 해체돼야 한다고 생각합니다. 문학단체는 이런저런 권력을 내려놓아야 합니다. 그런 점에서 문학단체에는 정말 개선해야 할 점이 참 많습니다. 문학단체가 난립해 소위 이러저런 권력을 행사하는 사례는 세계 어느 나라에서도 찾아볼 수 없는 현상입니다. 문학단체는 회원들을 위해 봉사해야 하고, 모름지기 문인이라면 문학단체에 기웃거릴 것이 아니라 골방에 틀어박혀 자기 작품 창작에만 골몰해야 합니다. 이건 나 자신에게 하는 말이기도 합니다. 나 자신부터 혼탁한 문단에 끼어 있으니 절망적이라고나 할까요……."

- 앞으로의 계획을 말씀해 주셨으면 합니다.

"1880년대부터 시작해서 일제강점기를 거쳐 한국의 근세사까지 아우르는 작품을 쓰려고 준비 중입니다. 그 어디 연재가 어려우면 분재分載라도 해서 그 작품을 잘 마무리할 생각이지요. 또, 1977년 사우디아라비아 건설현장에서 있었던 노사분규 문제를 다뤄 볼 작정입니다. 일반에게 잘 알려지지 않은 이 사건의 이면에는 한국의 현대사가 감춰져 있다고 봅니다."

- 아무쪼록 뜻하신 일들이 모두 잘 풀리길 빕니다.

"성경「시편」에 '고난이 네게 유익이라' 하는 말씀이 있어요. 지나온 삶을 돌아보면 하늘에서 내려준 고난의 동아줄이 나를 구원해 주었어요. 하나님께서 시련을 주실 때에는 오묘한 뜻이 있을 거예요."

  - 장시간 감사합니다.

  대담을 마치고 일어섰다. 선생의 소중한 시간을 빼앗은 것이 못내 죄송했다. 복잡하게 얽혀 있다는 힘든 일이 아무쪼록 잘 풀리기를 기원하면서 선생을 모시고 앞서거니 뒤서거니 찻집을 벗어나 문밖으로 나서자 길거리에는 오후의 가을햇살이 넘쳐나고 있었다. 하지만 이번 대담 내용을 어떻게 글로 정리할 것인가 하는 그 고민과 숙제는 천근무게로 사정없이 두 어깨를 짓눌러 왔다.

『대한문학』 2007년 겨울호

문학과 인생을 달관達觀한 주선酒仙의 표상表象

문학평론가 신동한(申東漢, 1928~2011)

문학적으로 뿌리 깊은 집안내력

언제나 말씀이 없는, 그러나 어느 누구 못지않게 심지心地가 고결한 원로 문학평론가 신동한 선생. 알 만한 사람은 다 아는 사실이지만 그 분은 삶을, 그리고 문학을 선험적으로 통찰한 우리 시대의 마지막 선비라 해도 과언이 아니다.

고희古稀를 훨씬 넘긴 춘추에도 불구하고 세속世俗에 전혀 오염되지 않은, 아니 오히려 세속으로부터 초연한 선생을 뵈올 때마다 아, 이 혼탁한 시대에 저런 어른도 있구나 하는 소회가 되살아나는 것은 어인 까닭일까. 본래 성선설性善說을 확립한 선현先賢은 맹자孟子였지만, 선생은 그의 학설을 입증이라도 하듯 천성으로 간주할 수밖에 없는 그 선한 심성을 다치지 않은 채 오늘날까지 무욕無慾의 길을 걸어왔다. 그럼으로 해서 선생은 늘 생불生佛 같은 인상으로 우리에게 다가온다.

이번 대담을 위해 모처럼 대학로의 한 음식점에서 선생을 뵈었다. 그동안 두어 차례 문안 전화는 드린 바 있었지만, 직접 뵙기는 지난번 문협 이사회 이후 약 달포만의 일이었다.

- 꽤 오랜만에 뵙는군요. 그동안 어떻게 지내셨는지요?

"그럭저럭 지냈어요."

우문현답愚問賢答이 따로 없었다. 선생의 답변 중 '그럭저럭'이라는 표현이야말로 어떻게 보면 가장 선생다운 표현이 아닐 수 없었다. 듣기에 따라서는 무심하면서도 무미건조한 답변일 수도 있지만, 그러나 평소 말씀을 아끼는 선생의 면모를 극명하게 드러내 주는 응답이었다. 그런 점에서 필자의 질문은 우문愚問이었고, 선생의 답변은 더 이상의 부연설명이 필요 없는 현답賢答이었다.

- 건강은 어떠신지요?

"그저 그렇죠 뭐. 아직 크게 앓고 있는 편은 아니고……."

역시 선생의 답변은 간단명료했다. 선생은 점심식사와 함께 반주로 맥주 두 병을 음식점 종업원에게 주문했다. 그러자 붙임성 좋아보이는 종업원은 낮부터 웬 두 병씩이나……? 하는 눈길로 선생을 바라보았다. 하기야 초면의 설익은 종업원이 어찌 우리 시대의 주선酒仙을 알아 모시겠는가. 필자는 선생의 유리컵에 맥주를 따라 올리면서 대담을 진행해 나갔다.

- 선생님 집안은 본래 충남 서천舒川에서 세거世居해 오신 걸로 알고 있습니다만…….

"그렇지요. 서천은 나의 고향입니다. 하지만 나는 서울에서 태어났어요."

필자는 곧 선생의 문학적 뿌리를 찾기 위해 일부러 고향을 화두話
頭로 삼았다. 즉, 선생의 삶과 문학을 살펴보자면 고향과 집안내력에
서 중요한 단서를 찾을 수 있다고 판단한 때문이었다. 결론부터 말하
자면 선생의 삶과 문학은 우연이 아닌, 조부·부친의 영향과 불가분
의 필연으로 연결돼 있기 때문인 것이다.

그렇다. 본래 충남 서천 지방에는 오랜 세월 평산신씨平山申氏 일
문一門이 세거해 왔고, 특히 선생의 조부諱；鉉定는 그 일대에서 자타
가 공인하는 한학자漢學者로 명성이 높았다. 이렇다 할 교육기관이 없
었던 시절, 남달리 먼저 개명했던 그 어른은 향리鄕里에서 서당을 열
고 근동近洞의 학동學童들에게 한학을 가르쳐 숱한 인재들을 배출하
였다. 예컨대 훗날 사학자·교육자로 이름을 떨쳤던 황의돈(黃義敦,
1887~1964) 같은 이도 그 문하에서 한학을 수학한 뒤 신학문을 배워
문교부(文敎部, 현 敎育人的資源部) 편수관을 거쳐 단국대학교·동국
대학교 교수를 지냈다.

선생의 부친 약림若林 신영철(申瑩澈, 1895~1945) 역시 학문을 숭
상하던 가풍家風 속에 한학을 수학하고 일본 도쿄(東京)로 건너가 동
양대학東洋大學 철학과哲學科를 졸업하였다. 약림은 동양대학 재학 중
동경 유학생들로 조직된 '색동회' 간사로 활동하였다. 그뿐 아니라
약림은 귀국 후인 1919년 매일신보每日申報에 「매신문단每申文壇을 평
評함」이라는 문예시평을 기고하여 독자들의 비상한 관심을 불러일으
켰는데 이 칼럼은 바로 우리나라 문예시평의 요시嚆矢가 되었다.

그 후 약림은 1925년 개벽사開闢社에 입사하여 한국 최초의 어린이
잡지『어린이』의 편집주간을 지냈으며, 월간지『개벽開闢』이 폐간된

후 한국 최초의 취미잡지 『별건곤別乾坤』 창간을 주도하고 다시 이 잡지의 편집주간을 역임하였다. 그런데 사실상 시사 교양지였던 『별건곤』이 구태여 취미잡지를 표방한 것은 『개벽』 폐간 이후 일제의 간섭을 피하기 위한 한 방편에 지나지 않았다.

한편, 선생의 모친은 이화고녀梨花高女를 나온, 이른바 당대 최고의 신여성新女性이었던 정숙애鄭淑愛 여사. 그러니까 선생은 그런 선각자 부모 사이에서 일제강점기였던 1928년 장남으로 출생하였다. 그러나 과묵하기 짝이 없는 선생은 이 날 입때껏 그처럼 문학적으로 뿌리 깊은 집안내력을 말씀이나 글로써 공표한 적이 없었다.

대개 이런 종류의 기사는 초대 손님의 진술을 기초로 정리·작성되는 것이 상례이지만, 그러나 지난 수십 년 동안 비교적 지근至近에서 선생의 진면목을 어깨너머로 곁눈질해 온 필자는 어쭙잖은 질문을 줄이는 대신 그동안에 쌓아온 기초정보와 연구결과를 토대로 선생의 깊은 내면內面과 문학적 궤적을 읽어내기로 작정하였다.

만주滿洲에서 자란 어린 시절

참고로 이쯤에서 잠깐 한국 최초의 월간 종합지 『개벽』의 성격을 살펴볼 필요가 있겠다. 천도교 기관지로 출발한 이 잡지는 1920년에 김기진金基鎭 박영희朴英熙 등이 주도하였고, 이른바 신경향파新傾向派 초기의 작가들을 대거 배출했는데, 지면의 3분의 1을 할애하여 소설·시조·희곡·수필 등 문예작품을 대대적으로 게재하였다. 그러나 이 잡지는 1926년 8월 통권 제72호까지 발간하다가 불행하게도 일제에 의해 강제 폐간되었다.

그러자 개벽사는 그 해 11월 앞에서 언급한 취미잡지 『별건곤』을 창간하였다. 그 후 『별건곤』이 폐간되던 1934년 11월 차상찬車相讚이 『개벽』을 복간하였으나 그 이듬해 정월까지 제4호를 발행하고 다시금 문을 닫지 않으면 안 되었다. 광복 후인 1946년 1월 김기전金起田이 『개벽』이라는 제호題號를 되살리고 종전의 호수를 승계하여 제73호부터 발간했지만, 이 잡지 역시 1949년까지 통권 제81호를 끝으로 자진 휴간했다가 그 이듬해 6·25전쟁이 발발하면서 영영 폐간되고 말았다.

아무튼 『개벽』은 우리 문학, 더 나아가 민족사民族史의 전개과정에서 한 시대의 견인차 역할을 하였다. 이 잡지의 문예면을 통해 조포석趙抱石 현진건玄鎭健 김동인金東仁 이상화李相和 염상섭廉想涉 최서해崔曙海 박종화朴鍾和 주요섭朱耀燮 등이 활발한 작품 활동을 전개했으며, 김유정金裕貞도 복간된 『개벽』(1935. 3)에 「금金따는 콩밧(밭)」을 발표하여 세인의 주목을 받았다.

그런데 민족문화 실현운동에 앞장섰던 『개벽』은 창간호부터 일제의 탄압으로 엄청난 시련을 겪어야 했다. 일제는 이 잡지가 창간되자마자 전부 압수하였고, 그 후에도 발매금지(압수) 34회, 정간 1회, 벌금 1회 등 혹독한 탄압을 멈추지 않았다.

화제가 다소 빗나간 감이 없지 않지만, 아무튼 선생의 부친 약림 신영철은 그 유명한 개벽사의 핵심멤버로 활약하는 가운데 암울하기 짝이 없던 일제 치하에서 이 나라 아동문학과 언론의 새 지평地平을 열었고, 특히 『낙화암』『이충무공과 거북선』『정몽주 선생 이야기』

등 주옥 같은 작품집을 간행하여 아동문학의 발전은 물론 어린이의 역사의식을 일깨우는 데 선구자 역할을 하였다.

한편, 당대 최고의 지식인 부모 슬하에서 유년시절을 유복하게 보낸 신동한 소년은 1934년 경성사범보통학교(京城師範普通學校, 현 서울사대부속초등학교)에 입학하였다. 그러나 일제의 탄압은 날로 가속화되고 있었다. 1931년 만주사변滿洲事變을 일으킨 일제는 소위 내선일체內鮮一體를 부르짖으며 황국신민화皇國臣民化라는 미명 아래 한민족 말살정책에 더욱 박차를 가하기 시작했다.

이렇듯 일제가 탄압을 강화하면 강화할수록 남부여대男負女戴로 압록강·두만강을 건너 만주·노령露領 등지로 망명한 애국지사들도 더욱 강력한 항일운동을 전개하였다. 하지만 국내에 남아 있던 우리 민족은 일제의 혹독한 학정에 시달리며 절망과 실의의 나날을 보내지 않을 수 없었다.

- 선생님께서는 소년시절 만주에 가신 것으로 알고 있습니다만……

"그렇지요. 선친께서 만주로 가셨기 때문에 그렇게 되었습니다."

그 무렵 만주에는 약 150만 명에서 200만 명에 이르는 우리 동포가 살고 있었다. 1933년 만주국滿洲國의 수도 신경(新京, 현 吉林省 長春)에서 조선인(한국인)을 상대로 한 한국어 신문 만몽일보滿蒙日報가 창간되었고, 용정龍井에서도 역시 한국어 신문인 간도일보間島日報가 발행되고 있었다.

그런데 만몽일보는 1937년 간도일보를 통합, 새로이 만선일보滿鮮日報라는 제호를 내걸고 창간에 착수하였다. 그때, 신경의 최고학부

건국대학建國大學에서 강의하고 있던 육당六堂 최남선崔南善이 만선일보 창간에 뛰어들면서 약림에게 연락을 취해 이 작업에 동참해 달라고 제의한 것이었다.

약림은 그 뜻을 흔쾌히 받아들여 만주로 건너갔고, 현지에 거주하던 문인·지식인들과 더불어 만선일보 창간에 참여하였다. 참고로 그 당시 만선일보 창간에 관여한 문인들의 면면을 살펴보면, 주필은 육당 최남선이었고, 편집국장은 횡보橫步 염상섭이었으며, 사회부장은 시인 여수麗水 박팔양朴八陽이었다. 그리고 아동문학가였던 약림 신영철은 학예부장직을 맡아 문예면을 총괄하였다. 그밖에도 작가 안숫길安壽吉 손소희孫素熙 김만선金万善 이갑기李甲基 이종환李鍾桓 송지영宋志英 윤금숙尹金淑을 비롯하여 한글학자 전몽수田蒙秀, 시인 김조규金朝奎 등이 이 신문사에 몸담고 기자로 활약했다.

잘 알려진 바와 같이 일제는 1938년부터 조선어(한국어) 교육을 폐지하고 본격적인 일본어 상용常用을 강요하였다. 이와 함께 일제는 동아일보·조선일보까지 폐간함으로써 민족 언론이 숨을 거두었고, 만주에서 발행되던 만선일보만이 유일한 한국어 신문으로 남아 근근이 모국어母國語의 명맥을 유지하고 있었다. 아무튼 약림이 육당의 부름을 받아 만선일보에 자리를 잡자 신동한 소년도 1940년 부친이 계신 만주로 건너가 신경제이중학교新京第二中學校에 입학하였다.

한편, 일제가 한민족 말살에 혈안이 되어 있던 그때, 약림은『재만 조선인수필집在滿朝鮮人隨筆集』을 편찬한 데 이어 1941년 재만 조선인 작품집『싹트는 대지大地』를 묶어내 기대 이상의 호평과 절찬을 받았다.『재만 조선인 수필집』은 문자 그대로 현지 문필가들의 수필작품을 묶은 단행본이었고, 재만 조선인 작품집『싹트는 대지』는 당시 만주에서 활동하던 안수길 박영준朴榮濬 신서야申曙野 현경준玄卿駿 등 여러 작가의 단편들을 한 자리에 모은 소설선집小說選集이었다.

그 무렵, 횡보 염상섭은 만선일보 편집국장 직을 사임하고 안동(安東, 현재의 丹東)에 있던 대동항건설국大同港建設局으로 직장을 옮겼다. 이처럼 횡보가 새 직장이 있는 안동으로 이사하게 되자 약림은 그의 집을 인수하고 가족들과 더불어 그 가옥에 들어가 살았다.

- 선생님 댁은 재만 문인들의 요람이었다는 증언을 들은 적이 있습니다만······

"내가 중학생이었을 때의 일이죠. 우리 집에는 많은 문인들이 찾아 오셨습니다. 용정에 살던 안수길 선생도 우리 집에 자주 오셨어요. 나의 선친과 안 선생은 아주 자별하게 지내셨죠."

당시 약림의 집은 재만 문인들의 사랑방이라고 할까 연락사무소 같은 역할을 하고 있었다. 신경은 말할 것도 없고, 인근의 연길延吉·용정 등지에 흩어져 살던 재만 문인들이 인심 후한 그의 집으로 몰려든 탓이었다. 때문에 신동한 소년은 중학생 시절부터 집에 찾아오는 여러 시인·소설가들을 가까이에서 접할 수 있었다.

말하자면 신동한 소년이야말로 가장 문학적인 토양 위에서 성장한 셈이었다. 그리고 선생이야말로 이제는 일제강점기의 만주에 형성되었던 망명문단亡命文壇을 생생하게 증언할 수 있는 유일한 인물로 남게 된 것이다.

부친의 유업遺業을 이어받은 문사文士

- 『싹트는 대지』의 반응이 대단했던 것으로 알고 있습니다만…….

"그랬어요. 그 책이 발간되자 어떻게 알았는지 당시 건국대학에 다니던 조선인 학생들이 그 책을 사려고 우리 집까지 찾아왔어요. 그런가 하면 본국에서도 주문이 쇄도했지요."

사실 교육·언론·출판 현장에서 모국어가 완전히 말살된 1940년대는 한국문학의 암흑기暗黑期일 수밖에 없었다. 그럼에도 불구하고 만주의 망명문단에서는 이렇듯 우리 문학의 역사적 단절斷絕을 뛰어넘고 있었다. 그 중심에서 일익을 담당했던 약림은 조선인 학생들의 글을 모아 『학생서한學生書翰』이라는 단행본을 엮어내 청년들의 민족혼과 역사의식을 일깨우기도 하였다.

그러나 약림은 애석하게도 1945년 6월 조국의 광복을 못 본 채 만주 땅에서 51세를 일기로 별세別世하였다. 약림의 돌연한 영면永眠은 그의 일가一家에 크나큰 충격과 타격을 안겨주었을 뿐만 아니라 재만 망명문단에도 큰 손실을 가져왔다.

그로부터 꼭 두 달 뒤 조국은 일제의 사슬에서 벗어나 대망待望의 광복을 맞이하였다. 그때, 약림의 유가족들은 고인의 유해를 모시고 환국還國하였다. 약림의 유해는 곧 서천 향리에 안장되었지만, 머나먼 외지에서 가장家長을 잃은 채 고국으로 돌아와 서울 돈암동에 정착한 유가족들의 비애는 이루 말할 수가 없었다.

- 선생님께서는 1945년 경성척식경제전문학교(京城拓植經濟專門學校, 현 高麗大)에 입학한 것으로 알고 있습니다만…….

"그래요. 내가 입학할 당시에는 학교 명칭이 경성척식경제전문학교였습니다. 그 후 1946년 8월 교명校名이 고려대학교로 바뀌었지요. 그러니까 당초 경성척식경제전문학교로 들어갔던 나는 결국 고려대학교 법학과法學科를 졸업해 나왔습니다."

- 법학을 전공한 법학도가 문학의 길로 들어섰다는 것이 범상치 않습니다. 물론 법학도라고 해서 문학을 하지 말라는 법이 없고, 실지로 아주 오래 전부터 몇몇 법학도들이 문단에 나와 활발한 활동을 벌여 왔습니다만…….

"대학에 들어가자마자 광복된 조국에서 우리 말, 우리글을 다시 배워야겠다고 작정했지요. 조선어가 말살된 이후 그때까지는 줄곧 일본어로 공부했으니까요. 그래서 거의 매일 도서관에 들어가 시집·소설집 등 책 속에 파묻혀 살았어요. 대출을 받아다가 읽은 책도 한두 권이 아니었습니다. 그 과정에서 김태준金台俊의 『조선소설사朝鮮小說史』도 읽었지요. 그리고 그 책에 언급된 모든 소설을 한 편도 빼놓지 않고 다 읽었습니다. 물론 문학서적을 탐독하게 된 배경에는 선친의 영향이 컸다고 봐야겠지요."

전형적인 문사의 가문에서 태어난, 그리고 유년시절 이후 줄곧 부친의 직접적인 영향을 받아온 그가 광복된 조국에서 우리 문학과 본격적으로 만난 것은 어쩌면 운명인지도 몰랐다. 필자가 당초 집안내력을 화두로 삼은 것도 사실은 바로 그 진술을 끌어내기 위한 일종의 복선伏線인 셈이었다.

차라리 서음書淫이라 해도 좋을 만큼 엄청난 문학서적을 통독하며 대학생활을 마친 신동한 청년은 1948년 대한민국 정부가 수립되자 교통부(交通部, 현 建設交通部) 발행의 교통신문交通新聞 문예담당 기자로 들어가 격조 높은 문예면을 꾸며냈다. 그러나 그것도 잠시 뿐 1950년 6·25전쟁이 발발하면서 그는 몸을 피해 고향으로 낙향落鄕하지 않을 수 없었다.

- 전란 중 군산신문群山新聞 기자로 일하셨죠?

"그렇지요. 사변이 나서 먹고 살 것이 없었던 시절이었습니다. 우리 고향 충남 서천에서 전북 군산은 아주 가깝지요. 그곳 군산에서 나오는 군산신문에 취직하여 밥벌이를 했습니다."

그 동족상잔同族相殘의 미친 전쟁은 신동한 청년에게 참으로 감당하기 힘든, 몽매에도 잊지 못할 쓰라린 상처를 안겨주었다. 첨예한 사상 대립이 형제를, 부모를, 이웃을 남남으로 갈라놓던 그 비극의 시대에 신동한 청년은 모친과 뼈아픈 생이별을 겪어야 했다. 그의 나이 19세 때의 일이었고, 그때부터 그는 실질적인 가장家長이 되어 아우들을 이끌고 모진 세파를 헤쳐 나가지 않으면 안 되었다.

승자도 패자도 없이 엄청난 희생만 남긴 채 종전終戰이 아닌 휴전休戰이란 이름으로 엉거주춤하게 멈춘 이상한 전쟁. 그 전쟁의 총성이 멎자 신동한 청년은 서울로 다시 돌아와 1955년 서울신문 기자로 입사했다. 그리고 그는 4·19혁명으로 서울신문사가 불타자 조선일보를 거쳐 서울신문에 복직했다가 1981년 한국일보에서 정년퇴임을 맞이할 때까지 줄곧 언론인으로 활동하였다.

이 과정에서 선생은 타의 추종을 불허하는 문예면을 만들었다. 부전자전父傳子傳이라고나 할까, 아니면 부친의 유업遺業을 이어받았다고나 할까, 아무튼 부친에 이어 선생이 문인이자 언론인으로서 한국

문단에 음양陰陽으로 기여한 공로는 널리 알려진 사실이라고 하겠다.

문학사에 큰 획을 그은 『비평문학산책批評文學散策』

- 선생님께서는 1958년 『자유문학自由文學』을 통해 등단하신 것으로 알고 있습니다만…….

"그래요. 『자유문학』 추천으로 문단에 나왔어요."

선생은 소천宵泉 이헌구李軒求 선생의 추천을 받아 문학평론가로 평단評壇에 공식 등단했다. 추천작품은 평론 「휴머니즘과 작가정신作家精神」이었다. 문학의 기본바탕을 중점적으로 모색한 이 작품은 추천인이었던 이헌구를 비롯한 기성 문단으로부터 '1950년대 후반의 주목받을 평론'이라는 절찬을 받았다. 그 후 선생은 직장의 신문기사와 문단의 문학평론을 절묘하게 아우르면서 한국문단에 지대한 영향을 끼쳐왔다.

- 선생님께서는 백철白鐵 선생과 격렬한 논쟁을 벌인 적도 있었는데요…….

"1960년 4·19혁명이 일어나 독재정권을 타도하자 문단에도 새 바람이 불어왔지요. 그 중에서도 그 해 가을 소설가 최인훈崔仁勳 씨가 『새벽』지에 발표했던 「광장廣場」이 큰 화제를 불러일으켰어요. 당시 평단의 왕초는 단연 백철 선생이었습니다. 백 선생은 중요 일간신문에 매월 월평月評을 쓰고 있었지요. 그 분의 월평은 절대적인 권위를 지니고 있어서 '이 달의 베스트 10' 등의 심판자적審判者的인 제목까지 붙이기도 했어요. 말하자면 학교의 성적표 같은 셈이었지요. 그렇기 때문에 그 분의 평필評筆에 오르는 작품이라야 제대로 된 소설로 인정받을 정도였습니다. 당시 백철 선생의 위세는 정말 대단했어요. 그런데 최인훈의 「광장」이 발표되자 백 선생은 서울신문 문화면에 극찬을 아끼지 않았습니다. 그 글을 읽고, 바로 그 지면에 강력한 반론을 제기했지요.”

선생은 「확대해석擴大解釋에의 이의異議-백철 씨의 광장 평을 박駁함」이라는 제목으로 조목조목 실례實例를 들어가면서 강도 높은 반론을 제기하였다. 이 반론이 나가자 문단이 떠들썩하였다. 하기야 평단의 최고 대가大家에게 새파란 신인이 ‘당돌하게’ 논리적으로 정면 도전한 셈이었으니 놀랄 만한 일이기도 했다.

- 그 반론을 보신 소설가 김동리金東里 선생께서 극찬을 하셨다고 들었습니다만…….

“그랬어요. 그 반론이 나간 뒤 갈채다방에서 김동리 선생을 만났는데 나를 붙들고 ‘아주 잘 썼어. 오늘은 내가 술 한 잔 사주지’ 하면서 술집으로 데려가 술을 사주더군요. 하하하……. 하지만 그 일로 말미암아 꽤 오랜 동안 백철 선생은 물론이고 최인훈 씨와도 불편한 관계가 지속됐어요. 나중에 다 화해를 했습니다만…….”

아무튼 소설 「광장」을 둘러싼 백철·신동한 양인兩人의 논리대결은 당시 신선한 충격과 함께 커다란 화제를 불러일으켰다. 지금은 논쟁다운 논쟁을 찾아보기 어렵게 되었지만, 어쨌든 두 평론가의 논쟁은 40여 년이 지난 오늘날에 이르도록 1960년대 논쟁사論爭史에 반드시 기록되어야 할 중요한 논쟁으로 평가되고 있다.

- 선생님은 어느 누구보다도 문인들을 많이 알고 계신데요…….

"그런 셈이죠. 신문사에서 워낙 오랜 동안 문학을 담당해 왔으니까요."

언제부턴가 문학은 대중의 관심에서 서서히 멀어지기 시작했다. 하지만 문학은 오랜 세월 신문·잡지·방송 등에서 중요한 비중을 차지해 나왔다. 그리하여 문단의 중요행사는 으레 언론의 문화면을 화려하게 장식하였고, 거기에 월평·서평書評·문인동정 등 문학 관련 기사가 끊이지 않았다.

특히 선생은 1965년 언론인 김성우金聖佑 씨의 제안으로 한국일보 자매지 '주간週刊 한국' 창간에 참여했다. 누구 못지않게 문학에 애정과 조예가 깊었던 김성우 씨가 데스크를 맡았던, 그리고 문단 사정에 정통했던 선생이 문예면을 담당했던 '주간 한국'은 독자들의 뜨거운 사랑을 받으며 시중에서 불티나게 팔려나갔다.

더군다나 '주간 한국'은 종래에 볼 수 없었던 파격적인 기획으로 숱한 화제를 낳았고, 문단에 갓 나온 따끈따끈한 신인들에게 연재 지면을 제공하여 신예작가의 육성과 창작의욕 고취에도 큰 몫을 감당하였다. 그리하여 유현종劉賢鍾 홍성원洪盛原 신상웅辛相雄 같은 참신한 신예작가들이 그 지면에 연재소설을 써서 그야말로 '낙양洛陽의 지가紙價'를 올리는 가운데 대형작가로 성장하는 기반을 굳히기도 했다.

그러나 세상은 급격히 변화돼 나왔다. 언제부턴가 문학과 문예지들이 위기를 맞게 되었고, 문학 자체가 세인의 관심에서 멀어지는 동안 '주간 한국'도 빛을 잃고 말았다. 하지만 최소한 1960년대와 70년대를 거쳐 나온 문인이라면 선생이 '주간 한국'을 통해 한국문단에 기여한 공로를 잘 기억하고 있을 것이다.

　한편, 선생은 근 반세기 동안 끊임없이 평론작업을 해왔으면서도 딱 한 권의 평론집을 발간하였다. 지난 1981년에 간행한 『비평문학산책』이 그것이다. 이 평론집은 그때까지 발표했던 문학이론文學理論·작가론作家論·작품론作品論을 집대성한 역저力著인데, 선생은 그 문학적 성과를 높이 인정받아 월탄문학상月灘文學賞 수상의 영예를 거머쥐었다. 이 평론집은 한 시대의 한국문학을 다각적으로 심도 있게 조망眺望한, 그리하여 우리 문학사에 한 획을 그은 기념비적記念碑的 논저論著로 평가되고 있다.

　그 후 선생은 신문·잡지의 월평 이외에도 시집·소설집을 비롯하여 각종 전집 등에 지속적으로 격조 높은 평론을 써왔다. 그럼에도 불구하고 아직까지 두 번째 평론집을 발간하지 않는 것은 아무런 욕심 없이 마음을 비우고 살아온 선생 특유의 성품과 무관하지 않다고 하겠다.

술을 희롱하는 주호酒豪

　점심식사를 마치고 근처 찻집으로 자리를 옮겼다. 반주로 맥주 두 병을 곁들였는데도 선생은 끄떡도 하지 않았다. 아니, 끄떡하기는커녕 전혀 취기醉氣를 찾아볼 수가 없었다. 소싯적부터 내로라하는 주선으로 명성을 떨쳐온 선생. 그러나 선생은 어느덧 인생의 황혼에 들어선 아직까지도 어느 젊은이 못지않은 주량酒量을 자랑하고 있다.

　- 약주를 많이 드셔도 괜찮으신지요?

"끄떡없어요. 술이 없었다면 정말 삭막하겠지요."

선생은 음주飮酒에도 일가를 이룬, 아니 음주를 예술의 경지에까지 끌어올린 '술의 달인達人'이라고 말할 수 있다. 선생은 평소 술을 즐기기도 하지만, 문단의 여러 술벗들과 수십 년씩 여일하게 교분을 유지하고 있다. 더욱이 선생이 술 마시는 모습을 엿보고 있을라치면 술의 깊은 맛을 그윽이 음미하는, 즉 술을 희롱하면서 인생을 관조觀照하는 듯한 느낌을 안겨준다. 그런 점에서 선생의 주법酒法은 여느 술꾼들의 마구잡이식 폭음과는 근본적으로 품격이 다를 수밖에 없다.

이렇듯 술을 가까이 해온 선생은 『예술세계藝術世界』 등 여러 잡지에 술에 얽힌 사연들을 연재 형식으로 집필해 왔고, 지난 1991년 그 글들을 한 자리에 묶어 『문단주유기文壇酒遊記』라는 독특한 단행본을 펴내기도 하였다. 이 책은 기왕에 나온 수주樹州 변영로卞榮魯의 『명정40년酩酊四十年』이나 무애无涯 양주동梁柱東의 『문주반생기文酒半生記』와 자웅을 겨루는 희귀한 저술著述이라고 하겠다.

특히 『문단주유기』의 내용 중에는 술에 대한 해박한 지식과 절절한 예찬은 물론이려니와 문단의 이면사裏面史가 한 축을 형성하고 있다. 즉, 그 책에는 문학이 제대로 대우받던 시대, 따뜻한 인간미와 그 나름대로 낭만이 넘치던 시대의 문단 일화들이 진솔하고 담백하게 녹아 있어 읽는 이의 흥미를 더해준다.

- 선생님께서는 오랜 세월 문협에도 깊이 관여해 오셨지요?

"그래요. 석재石齋 조연현趙演鉉 선생이 이사장이었던 시절, 평론분과 회장을 내리 세 번 역임했어요. 한 번은 직선제直選制로 선출되었고, 두 번은 간선제間選制로 피선被選되었지요. 그리고 나중에 한 번 더 평론분과 회장으로 선출되었지요. 그러니까 모두 분과 회장으로 4선을 한 셈입니다."

- 작금의 평단에 대해서 어떻게 생각하시는지요?

"비평의 정도正道에서 벗어나는 경우가 적지 않아요. 예컨대 강단 비평講壇批評이나 결혼식의 주례사主禮辭 같은 정실비평은 올바른 비평이 아니지요. 대학 강단에서 활동하는 평론가들 중에는 파벌을 만들어 평단을 좌지우지하려는 경향이 있어요. 자기들끼리는 서로 부추기고, 파벌 외곽에 서 있는 사람들을 논의의 대상에서 제외하려는 묘한 폐습……. 또, 일부 평론가들은 눈치 보기에 바빠서 논쟁을 기피하지요. 이 근래 무게 있는 비평 원론이 나오지 않는 것도 안타까운 일입니다."

- 내친 김에 전반적인 문단정서에 대해서도 한 말씀 해주시죠.

"문단이 참 많이 변질됐지요. 과거에는 문단의 선후배 사이에 서로 존중하는 미덕美德이 있었잖아요? 하지만 지금은 실리實利에만 얽매여 이기적利己的·타산적打算的 이해관계를 따지곤 해요. 너무 삭막해졌지요. 과거 50년대나 60년대, 아니 70년대까지만 해도 신춘문예新春文藝 당선이나 문예지 추천을 통해 신인이 혜성처럼 등단하면 많은 사람들이 관심을 기울이고 그 신인을 주목했잖아요? 하지만 지금은 신인들이 나와도 별로 주목하지 않습니다. 피나는 문학수업을 거치지 않은 채 너무 쉽게 등단하고, 그렇게 어물어물 등단한 사람들이 또 손쉽게 글을 써서 발표하는 풍조가 만연됐어요. 그렇기 때문에 문학의 존엄尊嚴이 희석되고 문인들의 권위마저 추락하게 되었어요. 오늘날 문학이 위기를 맞게 된 배경에는 여러 원인이 있지만 문인 스스로 반성해야 할 점도 많다고 봅니다."

사실 이 근래 문단인구가 급증하였다. 그 반면 문학작품을 찾는 독서 인구는 대폭 감퇴하였다. 최근에 나온 문인들의 경우 물론 저마다 일정한 관문을 거쳤다고 하지만, 문학적 소양과 함량을 의심케 하는 시인·작가들도 적지 않은 현실을 감안한다면 문단의 원로이신 선생의 지적은 거듭 귀담아 들을 필요가 있다고 하겠다.

더욱이 선생은 희귀본稀貴本을 비롯하여 장서藏書를 가장 많이 가진, 그리고 책을 가장 많이 읽는 평론가로 알려져 있다. 소년시절 이후 몸에 밴 습관일까, 선생은 시력이 날로 침침해지는 원로임에도 불구하고 단 하루도 손에서 책을 놓은 적이 없었다. 비록 말수가 적어 겉으로 드러내지만 않을 뿐 선생은 시든 소설이든 웬만한 지면에 발표되는 신작들을 모두 좔좔 꿰고 있으니 이 또한 놀라운 일이 아닐 수 없다.

그뿐 아니라 선생은 술을 마시다가 취기가 거나해질 때마다 슬슬 바람을 쐬며 거의 예외 없이 들르는 곳이 있다. 서점이다. 필자도 여러 차례 동행한 적이 있지만 선생은 서점에 들러 신간이든 고서古書든 반드시 책을 사들고 귀가한다. 오죽하면 몇 해 전 일본에 동행했을 때에도 선생은 다른 일 다 제쳐놓고 서점부터 찾아 책을 한 보따리나 구입하였다. 귀국할 때 공항 등에서 거추장스런 짐이 되는 책. 그런데도 선생이 책을 적지 아니 구입해 챙기는 것을 목격하고는 필자는 내심 과연 선생답다고 탄복한 적이 있었다.

- 그 많은 책은 어디 보관하셨습니까?

"태릉 본가에 그대로 쌓아 두었지요. 오피스텔에 다 들여놓을 수도 없지만 짐을 간수하기가 힘들어서……"

- 지금도 그렇게 책을 많이 읽으십니까?

"그럼요."

선생의 답변은 여전히 간단했다. 삼척동자도 다 아는 일이지만, 자기 피알(PR)의 시대에 우리는 살고 있다. 그러나 선생은 양반 중의 양반, 선비 중의 선비, 생불 중의 생불답게 여간해서 전면에 나서는 일이 없었고, 겸양謙讓의 표양表樣이라고나 할까 아무튼 몸을 낮추는 데까지 낮추면서 초야에 묻힌 은인隱人처럼 늘 조용하게 지내왔다. 그러면서도 선생은 현재 『순수문학純粹文學』에 문단야사인 「문단천일야화」를, 『문예사조文藝思潮』에는 「문단전망대」라는 칼럼을 연재하는 등 노익장老益壯의 건필을 과시하고 있다.

한편, 선생은 일찍이 부인 노정희盧貞姬 여사와의 사이에 아들만 형제를 두었다. 그런데 부인은 지난 1996년 10월 유명을 달리했고, 아들 형제는 최고학부를 나와 모두 성공했으며, 그들은 각기 가정을 이루어 선생에게 눈에 넣어도 아프지 않을 귀여운 손녀와 손자를 낳아 주었다.

하지만 선생은 굳이 자제들에게 의지하는 것을 마다한 채 노원구 상계동 수락산水落山 밑의 한 오피스텔을 얻어 손수 숙식宿食을 해결하는 가운데 완전한 자유인으로 살아가고 있다. 그 방에서 홀로 책을 읽거나 글을 쓰다가 심심해지면 가까운 문인들, 즉 어슷비슷한 연배의 원로·중진들을 만나 정감 넘치는 술잔 기울이며 담소를 나누는 것도 선생에게는 빼놓을 수 없는 즐거움이다.

대담을 마치고, 『월간문학月刊文學』에 제공할 사진을 촬영하는 동안에도 필자는 내심 선생의 건강을 염려하였다. 아무쪼록 선생께서 오래오래 건강을 지켜 문단의 존경받는 원로로서 길이 빛나기를 기원해마지 않는다.

『월간문학月刊文學』2004년 7월호

섬세한 언어, 그 압축과 절제의 미학

시인 허영자(許英子, 1938~)

함양咸陽에서 서울까지

이번 인터뷰를 위해 시인 허영자 선생께 전화를 드려 안부부터 여쭙고 용건을 말씀드렸다. 그런데 이상하게도 일정이 잘 잡히지 않았다. 선생 쪽에서 시간이 허락되는 날이면, 공교롭게도 이쪽에서 피치 못할 다른 용무가 생기기 때문이었다. 이렇게 두어 차례 일정 조율을 거쳐 어느 무더운 여름날 비로소 종로구 운니동에 있는 선생의 사무실에서 인터뷰를 갖게 되었다.

언제 뵈어도 그렇지만 그 날도 선생은 깔끔하고 반듯했다. 선생의 시와 산문이 그렇듯 어떻게 보면 너무 빈틈이 없고 단정해서 여간 조심스런 것이 아니었다. 필자의 경우 문단 말석에 끼어 든 지도 어언 30여 년을 헤아리게 되었고, 그동안 여러 문학단체에 관여해 오면서 많은 선후배들과 친숙하게 지내오고 있지만, 시인 허영자 선생을 뵐 때에는 늘 조심스럽기만 했다.

이번에도 인터뷰 과정에서도 예외가 아니었다. 선생은 남달리 자상하고 친절하신 분이지만, 그럼에도 불구하고 혹여 말 한마디 삐끗했다가 선생께 돌이킬 수 없는 큰 실수나 저지르지 않을까 여간 저어되는 것이 아니었다. 설령 객쩍은 말실수 좀 저지른다 한들 그걸 용납 못하실 선생이 아니련만 자꾸만 조심스러워지는 것은 무슨 까닭일까.

그것은 어쩌면 필자가 선생을 처음 뵈었을 때의 인상이 오래도록 뇌리에 남아 그 잔상殘像이 작용한 탓인지도 모르겠다. 사실 필자는 고교 3학년 때 선생의 강연을 들은 적이 있었다. 그 해 가을, 선생은 충남 논산의 쌘뿔여고에 문학 강연 차 오셨고, 논산대건고에 재학 중이었던 필자는 그 강연을 듣기 위해 남학생으로서는 유일하게 쌘뿔여고에 가서 강당을 가득 메운 여학생들 틈에 낀 적이 있었다.

그때, 시골의 한 문학 지망생이 가졌던 선생에 대한 외경심은 이루 말할 수가 없었다. 장차 문학을 하겠다고 뜻을 두었으면서도 문학은 아무나 하는 것이 아니라는 두려움 때문이었을까, 아무튼 시인이다 소설가다 하는 문인들이야말로 신의 점지를 받고 태어난 선택받은 인물, 더 나아가 우주만물을 주관하는 천제天帝처럼 느껴지는 것이었다. 따라서 교통사정도 별로 좋지 않았던 그때 그 시절, 멀리 논산까지 내려와 학생들에게 문학 강연을 하시는 선생이 그저 우러러 뵈는 것이었다.

문예지의 활자를 통해서나 겨우 접할 수 있었던 빛나는 시인을 직접 뵈올 수 있다는 것 자체만으로도 문학을 지망하는 어린 고등학생에게는 축복이자 은총이었다. 물론 필자는 처음부터 끝까지 선생의 문학 강연을 들었고, 촌놈 특유의 수줍음과 부끄러움에 그 강연이 끝나자마자 벌 쐰 강아지처럼 여고 강당을 빠져나왔다.

지금 와서 생각해 보면, 선생께 찾아가 따로 인사라도 드렸어야 옳은 일인데, 그 당시 내게는 그럴 용기가 없었을 뿐만 아니라 선생의 강연이 이어지는 동안 낯모르는 여학생들 틈에 끼어 있는 것만 해도 마치 가시방석에 앉은 기분이었다. 그런 특수한 사정 때문일까, 아무튼 지금도 선생만 뵈면 괜히 어렵게 느껴져서 저절로 몸이 위축되는 것이다.

- 그동안 어떻게 지내셨습니까.

"뭔지 괜히 바쁘네요. 나보다 훌륭한 문인들도 많은데……. 내가 뭐 특별한 도움이 될지 모르겠어요. 아무튼 찾아주셔서 고맙습니다."

- 선생님께서는 경남 함양에서 출생하신 것으로 알고 있습니다만…….

"그렇습니다. 함양은 '좌안동左安東 우함양右咸陽'이라고 해서 역사적으로나 학문적으로 뿌리 깊은 고장이지요. 고운孤雲 최치원(崔致遠, 857~?)이 함양태수로 있을 때 조성한 것으로 전해지는 상림上林은 너무 유명하고, 일두一蠹 정여창(鄭汝昌, 1450~1504) 같은 인물을 배출한 곳이지요. 상림에는 개미·뱀·쥐가 없다고 해요."

선생의 고향 함양은 역사적으로 유서 깊은 고장이다. 저 옛날에는 지금의 위천수가 함양읍 중앙을 관통하고 있어 여름이면 홍수 피해가 심했다고 하는데, 고운 최치원이 이곳 태수로 있을 때 둑을 쌓아 강물의 흐름을 돌리고 그 강변 둑에 나무를 심어 숲을 조성했다고 한다. 그 후 숲의 중간 부분이 갈라져 상림과 하림으로 양분되었고, 하림이 주거지로 변한 오늘날에는 상림만 남아 있다.

한편, 함양은 '좌안동 우함양'이란 말이 대변해 주듯 예로부터 안동 못지않게 문벌의 자존심이 대단한 지역이었다. 이 고장 출신 일두 정여창으로 말하자면, 일찍이 조선왕조 성종 때 세자의 스승을 지냈을 뿐만 아니라 경사經史에 통달했던 인물이다. 대부분의 거유巨儒들이 그랬듯 일두 또한 정치적으로 파란을 겪기도 했지만, 김굉필金宏弼 조광조趙光祖 이언적李彦迪 이황李滉과 더불어 조선시대 유림에서 받들어 모시던 5현에 들 정도로 큰 인물이었다. 도학으로 당대 최고의 경지에 올랐던 그는 그만큼 어질고 학덕이 높았던 인물로, 함양 사람이라면 당연히 그를 숭앙하게 마련이었다.

시인은 그런 함양에서 태어났다. 좀 더 구체적으로 말하자면 허영자 시인은 1938년 8월 31일 함양군 휴천면 휴천국민학교 사택에서 부친 허임두許壬斗 선생, 모친 정연엽鄭蓮葉 여사의 장녀로 출생하여 무남독녀로 성장했다. 일본 유학까지 다녀온 부친 허임두 선생은 당시 국민학교 교사였고, 모친은 바로 일두 정여창의 후손으로 지체가 높은 분이었다. 집안의 경제 사정은 5,6백 석을 추수할 정도로 부유한 편이었다.

선생은 이렇듯 일찍 개명한 부모님, 경제적으로 넉넉한 가정환경 속에서 성장했다. 더욱이 선생의 어린 시절에 가장 큰 영향을 끼친 어른으로 할머니가 계셨다. 독실한 불교신자였던 할머니는 이 귀여운 손녀를 끔찍이도 아끼고 사랑했다. 선생의 산문집을 읽다 보면 선생이 얼마나 할머니의 영향을 받고 자랐는지 얼른 이해할 수 있다. 선생의 산문 가운데 아버지나 어머니보다도 할머니가 더 빈번하게 등장하고, 특히 「내가 최초로 사랑한 사람」이라는 수필을 통해 할머니를 중점 부각한 점으로 미루어 짐작한다면, 선생에게는 할머니야말로 시인의 착한 심성과 이타利他의 정신을 키워준 중심인물이었던 것으로 보인다.

- 학교는 부산에서 다닌 것으로 알고 있습니다만……

"그렇습니다. 다섯 살 때 아버지가 경남도청으로 직장을 옮겼어요. 종래의 교사에서 행정공무원으로 신분을 바꾸게 된 것이지요. 그래서 부산으로 이사하게 됐어요. 나는 부산에서 중앙초등학교, 경남여자중학교를 졸업하고 다시 아버지를 따라 서울로 왔습니다. 아버지가 다시 한국주택공사 전신인 주택영단으로 직장을 옮기시게 되어 서울로 이사하게 되었지요. 그때부터 줄곧 서울에 살고 있습니다."

그렇게 해서 부산 경남여중 출신의 허영자 학생은 명문 경기여고에 입학했다. 일찍이 제2의 고향 부산에서 6·25를 겪은 허영자 학생은 아직 폐허로 남아 있던 서울에 와서 많은 것을 느끼게 된다. 그는 훗날 「나의 여고시절」이라는 산문에서 서울의 상처는 곧 우리들 삶의 상처요, 육신의 상처요, 마음의 상처이기도 했다고 썼다. 물론 6·25에 대한 체험은 부산 시절에 비롯된 것이지만, 서울에 올라와 여고에 다니는 동안에도 그 내면에 깊이 각인되었다.

화려한 등단

- 시인이 되겠다는 생각은 언제부터 하셨습니까.
"그런 것은 생각해 보지 않았어요. 초등학교 다닐 때부터 책을 가까이 했고, 동시·동화·동극 같은 것을 써 보곤 했지요. 동시를 지어서 읽어 보기도 하고, 동극에 재미를 느끼곤 했습니다. 그러다 보니, 동극 같은 것을 써서 직접 연극놀이를 한 것이지요. 어린 시절, 책이 있는 곳이면 어디든지 가서 빌려다 읽었습니다. 그러나 문인이 되겠다는 생각은 해 본 적이 없어요. 시인이나 작가는 특별한 소명을 받은 사람이나 할 수 있는 것으로 알았어요. 시인이야말로 성직자나 수도자처럼 신비하게 느껴졌으니까요. 글을 써서 선생님한테 칭찬 듣고, 상을 탔다고 해서 시인이 될 수 있다고는 생각하지 못했습니다. 그런데 우리 경기여고에는 시인 노문천魯文千 선생님이 계셨어요. 선생님께서는 고3때 담임을 하셨고, 그 해 여름 방학 때 글 써오라는 숙제를 내셨어요. 방학이 끝났을 때 나는 세 편의 글을 써갔지요. 한 편은 내 이름으로 제출하고, 나머지 두 편은 숙제 안 해 온 내 친구들 이름으로 냈습니다. 그런데 그 글이 모두 교지에 실렸습니다. 하지만 우리 학교에는 나보다 훨씬 글 잘 쓰는 수재들이 많았어요. 개중에는 글을 잘 써서 대통령 영부인인 프란체스카 여사로부터 상을 받은 친구도 있었으니까요. 어쨌든 노문천 선생님께서는 내 글을 보시고는 종종 칭찬과 격려를 해주셨습니다. 그래도 장차 시인이 되겠다는 생각은 하지 못했어요. 시인은 자신의 선택에 의해서 되는 것이 아니라 신에 의해서 선택된 사람이나 되는 것이라고 생각했으니까요."

허영자 학생의 글이 세 편씩이나 교지에 실린 것은 결코 우연이 아니었다. 그것은 다른 사람도 아닌 현역 시인이었던 노문천 선생의 안목으로 뽑힌 것이었다. 물론 두 편의 작품이 동료 학생의 이름으로 발표되었다고는 해도, 그 원작자가 모두 허영자 학생이었던 점을 감안한다면 그는 분명 그때부터 범상치 않은 재능을 보여준 셈이었다. 그러나 그때까지도 그는 여전히 시인이 되겠다는 생각을 해 본 적이 없었다.

- 부모님께서 기대했던 진로가 있었을 텐데요…….

"아버지는 내가 법대에 가길 원하셨어요. 아버지는 행정직으로 근무하셨기 때문에 내가 법을 전공해 그 분야에 종사하기를 희망하셨습니다."

그러나 선생은 경기여고를 졸업하고 숙명여대 국문과로 진학했다. 그리고 그곳에서 문학평론가 곽종원郭鍾元 교수, 시인 김남조金南祚 교수의 가르침을 받았고, 강사로 출강하던 소설가 안수길安壽吉 선생, 문학평론가 조연현趙演鉉 선생, 시인 정한모鄭漢模 선생, 시인 김구용金丘庸 선생 등 당대 최고의 쟁쟁한 문인들로부터 직접 지도를 받았다. 이때, 선생은 김남조 교수의 특별한 총애를 받았다. 그런가 하면 『현대문학現代文學』의 주간이었던 조연현 선생은 허영자 학생의 시를 보고 칭찬과 격려를 아끼지 않았다.

선생이 대학 4학년이었을 때 4·19혁명이 일어났고, 선생은 그 혁명을 일생일대의 감격으로 간직하게 되었다. 그러니까 8·15 해방과 6·25를 체험한 선생은 다시금 4·19혁명이라는 엄청난 변혁을 겪게 된 것이었다.

그 해 가을 숙명여대 문학의 밤 행사가 열렸을 때 시인 박목월朴木月 선생도 초대 손님으로 참석했다. 그 날, 허영자 학생은 문단의 거봉들과 만장한 학생들 앞에서 자작시를 낭송했다.

- 선생님께서는 박목월 선생님의 추천을 받은 것으로 알고 있습니

다만…….

"그렇지요. 그 해 문학의 밤 행사를 마치고 나서 며칠 후였어요. 하루는 곽종원 교수님께서 말씀하시기를, 박목월 선생님께서 내 작품을 직접 보고 싶다고 하셨다는 겁니다."

그랬다. 그 날, 문학의 밤에 참석했던 시인 박목월 선생은 특출하게 두드러진 허영자 학생의 시작품을 주목했고, 곽종원 교수를 통해 허영자 학생의 작품을 추천할 의사가 있음을 비쳤던 것이다. 그렇게 해서 박목월 선생은 1961년 2월호『현대문학』에 허영자의「도정연가道程連歌」를 초회 추천한 데 이어 같은 해 9월호에「연가 3수戀歌 三首」를 2회 추천하고, 그 이듬해 2월호에「사모곡思母曲」을 완료 추천했다. 이로써 마침내 허영자라는 한 시인이 화려하게 탄생했다. 문단에 등단하기가 하늘의 별 따기보다 어려웠던 시절, 특히『현대문학』추천의 관문이 낙타가 바늘구멍으로 들어가기보다 더 어려웠던 그때, 허영자 시인은 박목월 선생 추천이라는 그 찬란한 영예와 함께 문단에 신선한 충격을 던지며 혜성처럼 등장했던 것이다.

한편, 그 이듬해인 1963년에는 한국문단 사상 최초의 여성동인인 '청미靑眉'가 결성되었다. 이때 허영자 시인은 김선영 김숙자 김혜숙 김후란 박영숙 이경희 임성숙 추영수 시인과 더불어 이 동인 결성에 참여했다. 그 후 이 동인은 60년대의 한복판을 가로질러 오늘에 이르기까지 한국문단에 지대한 활력을 불어넣었다. 이 과정에서 선생은 『가슴엔 듯 눈엔 듯』『친전親展』『어여쁨이야 어찌 꽃뿐이랴』『빈 들판을 걸어가면』『조용한 슬픔』『기타를 치는 집시의 노래』『목마른 꿈으로써』『허영자 전시집全詩集』등 여러 권의 시집을 간행했다.

이와 함께 시조집으로『소멸의 기쁨』을 냈고, 산문집으로는『한 송이 꽃도 당신 뜻으로』『아름다운 삶을 향하여』『사랑과 추억의 불꽃』『우리 무엇을 꿈꾸었다 말하랴』『내가 너의 이름을 부르면』『영혼을 노래하며 아픔을 나누며』『슬프지 않은 뒷모습은 없다』『블르뉴 숲의 아침 이슬』등을 위시하여 여러 권의 수필선집과『허영자 선수필選隨筆』을 간행했다.

절제된 언어, 독특한 작품세계

선생의 작품은 군살이 없고 간결하다. 그러면서도 특유의 섬세함과 강렬한 생명력이 조화된 독특한 시풍을 보여준다. 그래서 평자評者들은 흔히 선생을 일컬어 사랑과 절제의 시인으로 평가한다.

이 맑은 가을 햇살 속에선
누구도 어쩔 수 없다
그냥 나이 먹고 철이 들 수밖에는

젊은 날
떫고 비리던 내 피도
저 붉은 단감으로 익을 수밖에는……

이는 선생의 시「감」전문이다. 이 작품에 대해 시인 김종길金宗吉 교수는 '그 생각의 내용이란 요약해서 말하면 사람이 나이 들면 철이 들게 마련이라는 평범한 사리事理에 불과하다'고 전제한 뒤 '그러나 가을 햇살 속에서 익는 감이라는 객관적 상관물을 통하여 그것이 구체적으로, 그리고 집약적으로 형상화됨으로써 생동하는 호소력을 발휘하는 것'이라고 평가했다. 이와 함께 김 교수는 '이 작품이 보이는 시인의 시적 전개와 언어의 절제와 은유의 발견은 그가 뛰어난 직관과 이지理智를 갖추고 있음을 의미한다. 이 시인의 시가 한국 여류시인들의 시 가운데서 특히 명확하고 강렬한 인상을 주는 것은 형식적으로는 주로 그의 대담한 이미지와 간결한 구문과 탄력적인 시어 때문이지만 한편으로는 그의 시가 단순한 정서의 표현에 그치지 않고 영혼과 육체의 깊은 곳으로부터의 울림을 느끼게 하기 때문'이라고 풀이했다.

불길 속에
머리칼 풀면
사내를 호리는
야차 같은 계집

그 불길 다스려 다스려
슬프도록 소슬한 몸은
헌신하옵신 관음보살님
　　　　　-이조 항아리.

이 작품 「백자白瓷」 역시 아주 정갈하다. 하지만 그 안에 담겨 있는 사상은 사랑의 모순, 인생의 이율배반 등 심오하기 짝이 없다. 이렇듯 선생은 압축된 언어로 묵직한 주제를 노래하고 있는 것이다.

휘발유 같은
여자이고 싶다

무게를 느끼지 않게
가벼운 영혼

뜨겁고도 위험한
가연성의 가슴

한 홀 찌꺼기 남지 않는
순연한 휘발

정녕 그런
액체 같은
연인이고 싶다.

이는 선생의 시 「휘발유」전문이다. 이 작품 역시 말끔하고 산뜻하
다. 이 시에 대해 시인 이건청李健淸 교수는 '삶의 체취가 진하게 배어
있으면서도 그의 시는 항상 공고한 중심을 지니고 있다. 그리고 감성
적 인식을 통하여 본질에 접근함으로써 추상성으로부터 벗어난다.
잘 정제된 섬세한 언어들이 이 시인의 시를 높은 정신의 차원으로 끌
어올려 준다'고 평가했다.

이렇듯 많은 논자論者들은 선생의 작품을 분석할 때 어김없이 언
어의 섬세함, 그리고 압축과 정제와 절제를 언급한다. 쓸데없는 요설
과 장광설이 난무하는, 그래서 시답지 않은 시들이 난무하는 오늘날
선생의 작품에서 확인할 수 있는 언어의 절제는 다 함께 깊이 음미해
볼 과제가 아닌가 싶다.

그런데 언어의 절제는 시에만 해당되는 것이 아니다. 필자는 선생

의 산문을 읽으면서 잘 정제된 언어의 참맛을 느껴왔다. 이번에도 이 글을 쓰기 위해 무려 580여 쪽에 이르는 『허영자 선수필』을 통독하면서 선생의 순도 높은 언어가 군더더기 없이 얼마나 깔끔하게 잘 정제돼 있는가를 실감했다. '글은 곧 그 사람'이라는 전제가 합당한 것이라면, 그것은 곧 선생의 깔끔한 체질이라고 말할 수밖에 없겠다.

눈부신 사회활동

언어를 정갈하게 갈고 닦아온 시업詩業 40여 년. 그동안 선생은 우리 문학사에 길이 남을 주옥 같은 작품들을 써냈고, 한국시인협회상, 월탄문학상, 편운문학상, 민족문학상 등을 수상했다. 하지만 이처럼 빛나는 성과를 이룩하기까지에는 남들이 알지 못할 각고의 노력이 있었다. 참고로 시업과 관련한 선생의 고백을 직접 옮겨보기로 한다.

> …(전략)…그때, 젊은 날 시를 쓴다는 일이 지고의 희열을 주는 점 외에 이 토록 많은 고뇌로 몸과 마음을 수척케 하는 전심전력의 투구라는 것을 알았던 들 과연 나는 이 길을 선택하였을 것인가. '세상에 공것은 없다'는 다분히 세속 적인 말이 시업의 길에 있어서도 새겨두어야 할 진의를 지니고 있다는 것은 묘한 일이다.
>
> 뮤즈는 제물 없이 응답하는 신이 아니었다. 재능만으로도 안 되고 교양만 으로도 안 되고 감성만으로도 안 되고 직관만으로도 안 되고 상상력만으로도 안 되고 이성만으로도 안 되고 정열만으로도 안 되고 이론만으로도 안 되고 사 상만으로도 안 되고 수사의 기법만으로도 안 되고 정성만으로도 안 되고 인격 만으로도 안 되는 것이 시이다. 하면서도 재능이나 지식이나 교양이나 감성이 나 직관이나 이성, 정열, 상상력, 논리적 이론, 심오한 사상, 세련된 기교, 외곬 으로 파고드는 정성과 몰두, 개결한 인품 이런 것이 없어도 안 되는 것이 시이

니 또한 묘한 일이다.…(후략)…

　이는 산문 「이런 생각」의 한 대목이다. 이 근래 이렇다 할 문학수업도 없이 불쑥 나타나 시인이랍시고 행세하는 함량미달의 '자칭 시인'들이 넘쳐나고 있다. 이러한 현실에 비추어 선생의 이러한 진술은 아무런 고뇌 없이 시답지 않은 시를 끼적거려 시라고 내놓는 사람, 그리고 장차 시를 쓰겠다고 나서는 사람들에게는 거듭 새겨들어야 할 잠언箴言이 되고도 남을 것이다.

　- 선생님께서는 오래도록 교육자로 살아오셨는데요…….

　"그렇습니다. 숙명여대를 졸업한 뒤 대학원에 들어갔고, 2년 동안 조교 생활을 하면서 수도여고 강사로 출강한 적도 있었어요. 그 뒤 크리스천 아카데미 강원룡 목사님 비서로 얼마간 근무하다가 계성여고 교사로 교단에 섰지요."

　이때, 선생은 고등학생들만 가르친 것이 아니라 숙명여대와 성신여대에 출강하면서 대학생들도 가르쳤다. 그러다가 1972년 성신여자사범대학(그 당시는 단과대학, 현재는 성신여자대학교) 교수가 되어 지난 2003년 8월 정년퇴임할 때까지 장장 30여 년 동안 후학들을 가르쳤다. 현재는 이 대학의 명예교수로 있다.

　이와 함께 선생은 그동안 문학단체의 수장首長 등 사회활동에서도 눈부신 역할을 해냈다. 2000년 3월부터 2002년 3월까지 제32대 한국시인협회 회장이 되어 이 단체를 이끌었고, 2004년 3월부터 2006년 3월까지는 제20대 한국여성문학인회 회장을 역임했다. 그런가 하면 현재 한국시인협회 평의원, 국제펜클럽한국본부 이사, 한국문예학술

저작권협회 회장, 한국국어교육학회 이사, 한국여성문학인회 고문 등 굵직굵직한 직책을 맡아 동분서주하고 있다.

- 너무 바쁘신 것 같습니다만…….

"사무적으로는 그렇게 바쁜 것도 없어요. 이 근래 어머니가 편찮으셔서 간병 때문에 무척 신경을 쓰고 있습니다."

- 자당님께서 많이 편찮으신가요?

"연세가 많으시니까요."

부친은 이미 오래 전 79세에게 작고하셨고, 92세의 모친은 요즘 노환으로 고생하신다고 했다. 선생 자신이 고희를 맞이했건만, 노모의 병구완으로 시간을 많이 쓰는 듯했다. 사실 이번 인터뷰 일정을 조율하는 과정에서도 선생은 수차 노모의 병환에 관해 말씀하셨다. 병석에 계신 노모를 의식할라치면 어찌 마음 편히 시간을 낼 수 있을 것인가. 필자는 이번 인터뷰 과정에서 다시금 선생의 한 줄기 붉은 효심을 읽을 수 있었다.

- 자당님께서 워낙 연로하시군요.

"그래요. 내가 잘 해드려야지요. 생각해 보세요. 어머니가 나를 얼마나 사랑했겠어요? 어머니가 오늘날까지 나를 사랑하신 만큼 나도 어머니께 잘 해드려야 하지 않겠어요?"

- 학교, 단체 등 관여하시는 곳이 많은데 하루 일과를 어떻게 보내십니까?

"아침 일찍 어머니부터 찾아뵙지요. 성북동 우리 집에서 어머니가 사시는 명륜동 안암아파트까지는 걸어서 10분 정도 거리예요. 날마다 어머니를 찾아뵙고 보살펴드립니다. 그러다 보니 최근에는 이 사무실을 비울 때도 많아요."

　선생께 여쭤 보고 싶은 질문은 여러 가지가 남아 있었다. 하지만 선생께서 돌봐드려야 할 병석의 그 어른을 생각할라치면 선생의 시간을 더 빼앗을 수가 없었다. 따라서 이 정도에서 인터뷰를 마치면서 미진한 부분은 다음 기회를 기약하기로 했다. 서둘러 선생께 인사를 마치고 사무실을 나서자 거리에는 화끈화끈한 불볕이 쏟아지고 있었다.

『대한문학』 2007년 가을호

사랑과 결혼과 멋과 행복의 파노라마

소설가 이병주(李炳注, 1921~1992)

짝사랑을 많이 했으나

소설가 이병주 선생은 1921년 경남 하동에서 출생, 일본 메이지대학(明治大學) 문예과를 거쳐 와세다대학(早稻田大學) 불문과에서 수학했다. 그 후 마산과 부산에서 교수, 언론인으로 활동하다가 5·16 직후 옥고를 치렀으며, 1965년 「소설 알렉산드리아」를 발표하면서 뒤늦게 문단에 데뷔하였다. 그 후 선생은 왕성한 필력으로 1백여 권의 소설 및 저서를 간행하였다. 그는 그만큼 정력이 왕성한 작가이면서 회갑을 넘긴 지금에도 노익장의 건필을 과시하고 있다.

특히 선생은 소설 속에서 특이한 여성을 자주 등장시켰을 뿐만 아니라, 농도 짙은 에로티시즘을 과감히 묘사함으로써 독자들의 관심을 모아왔다. 이와 함께 여성과 관련한 숱한 글을 발표하였다.

성큼 다가온 무더위 속에서 용산구 원효로에 있는 소설가 이병주 선생 댁을 찾았다. 난데없이 비가 흩뿌리며 지나가기도 하는 변덕스러운 날씨 속에서 인터뷰가 이루어졌다. 거두절미하고 단도직입적으로 여쭤 보았다.

- 사춘기를 언제쯤 맞이했습니까.

"14,5세쯤 아니었을까……. 인근 학교의 여학생들을 상대로 짝사랑을 많이 했습니다."

- 혹시 연애편지를 써보신 경험은…….

"딱 한 번 쓴 적이 있죠. 애써 편지를 써가지고 진주여고 기숙사에 가서 전달했었습니다."

- 어떤 반응이 오던가요?

"며칠을 기다려도 아무런 응답이 없었습니다. 그래서 그만두었습니다. 그 당시 여학생을 어른이 되어 다시 만났습니다. 결혼해서 행복하게 살고 있더군요. 그 가정과 한동안 가까이 지냈는데 그 여성은 3년 전에 작고했습니다."

- 결혼 전 연애 이야기를 들려 주셨으면 합니다.

"그럴 환경이 못 되었죠. 연애를 하더라도 만날 장소가 없었습니다. 남의 눈을 피해야 하니까……. 토요일 오후나 일요일을 이용, 교외에서 잠시 만날 수밖에 없었습니다. 청춘 남녀가 잘못 만났다가는 쓸데없는 구설에 오르고 가문에도 영향을 끼치던 시절이었거든요."

- 결혼은 언제 하셨습니까.

"1942년, 중매결혼이었습니다. 사모관대하고 혼례를 치렀습니다. 그러나 결혼 후에도 아내는 줄곧 친정에 있었고, 나는 학병으로 나갔습니다. 중국 소주蘇州에서 학병으로 있다가 해방과 함께 돌아와 다시 학교에 다녔습니다."

- 삶에서 멋이란 뭐라고 생각하십니까.

"멋이란 것은 어떻게 보면 천부적이거나 천재적인 것이 아닐까요. 정말 멋진 사람은 어떻게 봐도 멋이 있지만 그렇지 못한 사람은 정반 대죠. 멋없는 사람은 아무리 꾸며봐야 멋이 없기는 마찬가지죠. 그렇게 볼 때 멋이란 것도 천부적인 요소가 있지 않을까 생각하는데요."

- 굳이 남성적인 멋과 여성적인 멋을 구분한다면 어떻게 설명해 주시겠습니까.

"남성들이야 결점 투성이 아닙니까. 주절주절 떠들며 실수를 해도 남성이라는 이유 때문에 두루뭉술 넘어갈 수 있지만 여자의 경우는 다르죠. 여자의 매력은 육체에서 출발하죠. 외모가 아름다우면 그렇지 못한 여자에 비해 쉽게 눈에 뜨이거든요. 그러나 아무리 예쁜 여자라도 자신을 지키지 못하면 실망할 수밖에 없습니다. 하지만 천하일색의 미인과 바꾸지 못할 여성들이 있습니다. 처음에는 얼른 눈에 안 들어와도 점점 매력을 느끼게 되는 경우가 거기에 해당됩니다. 그런 여성이 쉽게 발견되지 않을 따름이죠."

무드를 만들어라

선생은 통이 크고 박학다식한 분으로 널리 알려져 있다. 여러 방면에 걸쳐 모르는 것이 없다. 특히 선생의 산문에는 선생 특유의 광범위한 경험과 사상과 철학을 엿볼 수 있는 대목이 많다.

어떤 플레이보이에게서 이런 얘기를 들은 적이 있다. 이건 정사에서 있어서의 하나의 방법을 시사하는 흥미 있는 얘기였다.

"그 여자는 기품이 있고 숙녀로서의 품위를 지니고 있었다. 바깥에서의 그 여자는 언제나 쌀쌀하게 때로는 찬바람이 불 정도였다."

이렇게 허두를 꺼내놓고 그 플레이보이는

"그런데 일단 밀실로 들어가자 기가 막히더란 말이야."

하며 다음과 같이 얘기했다. 밀실에 들어가자 그 여자는 코트만 벗어 옷장에 걸고 남자의 윗옷을 받아 역시 옷장에 걸었다. 그러고는 보이가 필요한 음식을 가져오고, 시킨 용무를 마치고 방에서 나갈 때까진 의자에 앉지도 않고 방안을 서성거렸다. 보이가 나가자 그녀는 옷을 벗기 시작했다. 옷을 벗는 동작이 우아했다. 차례차례로 벗어 마지막 팬티까지 벗곤 실오라기 하나 붙이지 않은 알몸이 되었다.

"자기의 육체에 자신이 있었던 게지."

그러고는 의자에 앉지 않고 카펫 위에 앉으며 그 여자는 의자에 앉아 있는 남자의 무릎ㅁ에 턱을 고였다. 그 자세로 주스를 마셨다. 주스를 마시면서 윗눈길로 사나이를 보았다. 남자는 그 여자의 탐스런 머리칼과 등을 어루만지며 주스를 마셨다. 한동안 그러한 자세로 얘기를 주고받다가 여자는 욕실로 들어갔다. 카펫에서 묻은 먼지를 씻으러 들어간 것이다. 그러고 난 다음의 일은,

"그건 자네의 상상에 맡기겠다."고 하며 친구는 "무드를 만들어 나가는 선수였더란 말야. 나로서도 처음 경험이야. 그 장면을 잊을 수가 없어." 하고 그 농밀한 장면을 다시 한 번 회상해 보는 눈빛이었다.

다소 인용이 길어졌지만, 이는 선생의 산문에서 일부를 발췌한 진술이다. 선생은 이처럼 친구에게서 들은 체험담을 들려주며 사랑에 있어서도 방법이 있다는 사실을 강조한다. 조명, 가구, 카펫과 커튼에 이르기까지 아름다운 무드를 만들어야 한다는 설명이다.

- 사랑에서 그만큼 무드가 중요하든 의미이군요?

"물론입니다. 이데올로기의 시대가 가고 섹스가 만발한다는 이 시대에서 그런 것이 문화이고 예술일지도 모른다는 뜻이죠."

- 그러면 여성의 지성미에 대해서도 한 말씀 해주시죠."

"여성의 지성적인 아름다움은 침묵에 있지 않을까요. 어중간한 지식은 가장 골치 아픈 일이죠. 여성은 다른 사람이 대화할 때 끼어들지 않고 있다가 적재적소에서 예리함을 드러내 보일 때 남자를 사로잡게 됩니다. 여성의 입장에서는 괜히 자신도 없는 얘길 했다가 치명상을 입을 수가 있습니다. 내가 자주 다니는 B 레스토랑의 J 마담은 교양미가 대단합니다. 손님들이 대화할 때 다소곳이 앉아 있다가 적절할 때 한마디씩 툭툭 던지는데 그게 예삿말이 아닙니다. 가령 일상에서 발견한 일, 시장에 갔다가 그곳 상인들의 생활상을 보고 얘길 하는데……. 지금은 없어졌지만 내자동에 '내자지물포'가 있었습니다. 한번은 그 간판을 보고 와서 하는 말이 아무래도 이상하다는 겁니다. 만일 '내'자가 떨어질 경우 어떻게 하는가……. 뭐 별로 대단한 것은 아니지만 일상의 대화 속에 유모어와 재치가 풍부하거든요. S 바의 L 양도 예외가 아닙니다. 항상 겸손하고 조용한데 깜짝깜짝 놀랄 센스 있는 이야기를 하거든요. 그런 사람은 누구한테서나 사랑을 받게 됩니다. 역시 성공도 하더군요."

- 침묵이 득책이라는 말씀인가요?

"그런 셈이죠. 체험이나 지식에서는 반드시 자신 있는 말을 해야 합니다. 그렇지 않고서는 곤란합니다. 예컨대 편지를 쓰다가 오자가 나오면 그 사람의 교양을 의심할 수밖에 없죠. 적절하지 못한 단어, 불필요한 단어, 엉뚱한 단어를 늘어놓게 되면 매력을 잃게 됩니다."

- 사람에게는 누군가에게 자신을 드러내 보이고 싶은 욕망이 있잖습니까.

"동의합니다. 연애과정에서 특히 그런 일이 있죠. 상대방이 음악을 좋아하면 자신도 음악을 좋아하는 척, 상대방이 미술을 좋아하면 더불어 좋아하는 척……. 이렇게 '척' 하는 것은 곤란하다 그겁니다. 돈도 없으면서 있는 척, 능력이 없으면서 있는 척, 그것은 일종의 연극일 뿐 사랑의 결실을 위해서는 위험하기 짝이 없는 짓입니다."

- 이번에는 용모의 멋에 대해서 한 말씀 해주시죠.

"질박하면서도 소박하고, 청결하고, 몸에 맞는 옷을 입었을 때 좋아 보이죠. 그런 여성이라면 지성적으로도 별 흠이 없다고 봅니다. 대개 프랑스 여자들은 옷을 잘 입습니다. 그네들은 값싼 천으로도 옷을 잘 만들어 입거든요. 실제로, 값싼 천으로 좋은 옷을 만들었다며 서로 자랑하는 것을 본 일이 있습니다. 그 사람들에게는 세련미가 있는 셈이죠. 질소質素하고, 청결하고, 몸에 잘 맞고……. 그렇다고 그들 옷이 비싼 것은 절대로 아닙니다."

- 진부한 질문입니다만 남녀 간의 사랑에 관해서 여쭤보고 싶습니다.

"남녀 간에 있어서의 사랑의 의미는 시대에 따라 다소 변질되는 것 같습니다. 종래의 관념으로 말하자면 너와 내가 만났다는 것, 그 하고 많은 사람들 중에서 하필이면 너와 내가 만났다는 개념이 사랑을 신비롭게 하였다……. 그렇기 때문에 성애性愛에 있어서도 신비감을 갖게 되고, 따라서 쾌락 이상의 황홀함을 느낄 수 있었습니다. 애를 낳는 일도 신비로운 심리의 작용이었단 말입니다. 이처럼 사랑에는 신비감이 있죠. 그 다음, 사랑에는 절대성이 작용합니다. 네가 없으면 살 수 없다……. 나만을 사랑해 달라……. 그런 것이 모두 절대성의 감정이라 할 수 있습니다. 또 하나 특기할 일은 사랑이야말로 무상성無償性의 감정입니다. 네가 죽으면 나도 죽겠다……. 너를 살리기 위해 내 목숨쯤은 기꺼이 버릴 수 있다……. 이게 다 무상성을 말하는 겁니다. 이러한 신비성, 절대성은 좀처럼 변질될 수 없는 대목입니다. 그런데 현대에는 우선 사랑의 신비성이 과학적 지식에 의해 분쇄되고 절대성 역시 붕괴되고 있습니다. 그러니까 상대방을 절대적인 존재로 보지 않고 수많은 이성異性 중의 하나로 보는 겁니다. 그리고 현대에는 라이벌이 많죠. 이 때문에 하나의 사랑을 획득하자면 의식적이건 무의식적이건 숱한 경쟁자를 물리쳐야 하죠. 그러니 무상성인들 견뎌낼 수 있겠습니까. 손해를 보지 않겠다는 것이 현대인의 각오인데 어찌 무상성이 남아 있겠어요? 신비와 절대가 사라진 마당에서는 무상의 봉사가 있을 수 없습니다. 그래서 신비성은 과학성으로, 절대성은 상대성으로, 무상성은 타산으로 바뀌었는데, 그렇다고 사랑 자체가 소멸한 것은 아닙니다. 나는 신비성, 절대성, 무상성의 회복을 주장하지도 않을 뿐만 아니라, 그런 것을 주장한들 아무 소용이 없다고 봅니다. 그렇지만 나는 사랑의 가능성을 믿고 있습니다. 왜냐하면 사랑 없이는 인생을 살아갈 수 없기 때문입니다. 사랑이 불가능해진 시대일수록 더욱 참된 사랑이 필요합니다. 그러면 어떻게 해야 하느냐……. 우리 모두가 사랑을 얻고, 그 사랑 속에서 행복하게 되려면 모두 천재가 되는 겁니다. 그것인 사랑을 가능케 하는 유일한 방법이 아닐까 싶습니다. 이미 벗겨져 나간 신비성을 무한한 노력으로 다시 찾아 어떤 과학의 힘으로도 해부할 수 없는 자신만의 신비를 획득할 때 사랑은 가능케 되고……. 이런 사람이 세상에 또 있을까 할 만큼 상대방에게 절대성을 심어주고……. 그런 때 우리의 사랑은 가능하다고 보는데 어떨는지 모르겠습니다."

- 그럼 연애에 대해서도 말씀해 주시죠.

"연애? 연애를 하는 것은 쉽지만 그것을 지속하기란 어렵다고 생각합니다. 바닥이 드러나 보이는 인간, 생명력에 충만해 있지 못한 인물은 상대방을 피곤하게 하니까…… . 연애감정을 지속시키려면 결혼 후 부부의 입장이 되더라도 쌍방이 전력을 기울여 노력하는 태도가 있어야 됩니다. 성장하는 싹에 물을 주듯이…… . 연인 사이에서도 서로 사랑의 싹에 물을 주어야 한다는 뜻입니다."

- 그렇다면 진정으로 행복한 부부는 어떤 부부일까요?

"외국의 한 여성작가가 이런 말을 했습니다. '행복한 부부란 언제든지 이혼할 수 있는 상태에 있으면서 이혼하기 싫은 상태에 있는 부부를 말한다. 남편에게 매달리지 않고 살 수 없는 여자는 남편을 속박하는 죄로 남편에게 귀찮은 존재가 되고 기껏 불쌍하다는 존재가 된다. 그 반면, 마누라가 도망갈까 봐 겁을 내고 있는 사나이에게는 대개 매력이 없다. 혼자서 살아야 할 경우를 항상 예측하면서 현재 서로를 위로하며 살 수 있는 상태를 존귀하게 생각하는 것이 결혼생활을 행복하게 하는 방법이다. 결혼과 이혼, 그리고 재혼을 대단히 간단하게 해치울 수 있는 세상에서도 하나의 남자와 하나의 여자가 계속 함께 있고 싶다고 생각하는 부부는 행복하다. 프리섹스가 일상화한 상태에서도 같이 살고 싶다고 생각하는 남녀는 행복하다…… .' 매우 함축성 있는 말이라고 생각합니다."

- 우리 사회에는 결혼하지 않고 혼자 사는 사람도 많습니다. 그들의 행복은 어떤 것이라고 보십니까.

"여자 나이 25,6세를 넘어서면 영영 혼기를 놓치지나 않을까 해서 초조해 하는 경우를 더러 목격할 수 있습니다. 그러다가 웬만한 선에서 타협을 하고 구태의연한 가정을 꾸미는 예가 없지 않습니다. 그러나 여성은 좀 더 대담하게 '현대'를 의식해야 합니다. 행복을 적극적인 의지로써 구축할 수 있는 신념이 필요하죠. 이를테면 자기의 이상과 부합한다든가 어느 정도 가까워질 수 있는 상대를 만나지 못했을 때에는 독신생활도 불사한다는 의지가 있어야 하지요. 괜히 결혼해야 한다는 고정관념에 묶여 실패를 알고서도 결혼을 서두르는 어리석음을 범할 수는 없는 것입니다."

- 결혼한 사람들 중에는 외도를 해서 물의를 빚기도 합니다만…….

"결혼에 의해 평생토록 지정석을 마련했다는 사고思考는 곤란합니다. 결혼은 언제 무너질지 모르는 위험한 상황이라는 경각심을 가지고 전력을 다해 지탱하는 것입니다. 결혼 이외의 성적性的 행위를 외도라고 하는데, 이것처럼 불쾌한 말도 없거든요. 이 말은 결혼제도를 합리화하려고 만들어진 말이 아닐까 싶습니다. 외도니 본도니 하는 말은 있을 수가 없다고 생각합니다. 원래 남자와 여자는 서로 성적 관계를 가질 수 있다는 전제가 내포되어 있잖습니까. 자연스런 형태로 그런 관계가 되었으면 자기는 상대방의 매력에 감동했다고 봐야죠. 본래 남자와 여자는 상호 좋아하게 되어 있습니다. 그런데 그건 외도였다고 새삼스런 말을 꾸밀 필요가 어디 있겠습니까. 일시적인 감동이 오래 지속될 수도 있고 금방 식을 수도 있습니다. 그러나 그것도 따지고 보면 상대방의 매력 여하에 달린 문제란 말입니다. 다시 말하지만 결혼은 언제나 이혼의 가능성을 내포하고 있고, 이혼의 가능성이 없는 결혼은 암흑이라고 봅니다. 역설적으로 말해 여자는 언제나 이혼할 수 있는 상대방을 만들어 놓아야 합니다. 자활하는 방법, 다음의 남편을 구하기 위한 자기의 매력을 만들어 놓아야 한다……. 이혼한 여자는 다른 여자의 남편을 빼앗을 수도 있으니까요. 그러나 이런 이야기는 가장 첨단적인 의식이랄 수 있겠죠.”

결혼과 섹스와 행복

- 경우에 따라서는 간통도 불사해야 한다는 뜻입니까.

“법률이 만들어낸 힘은 입을 막을 수는 있으나 두뇌의 움직임마저 제한할 수는 없습니다. 실제로 우리나라에는 간통죄라는 것이 있지만 간통을 막을 수는 없는 것처럼……. 또, 간통하는 사람을 나쁘다고 몰아세울 수도 없는 노릇입니다. 어떻게 보면 간통을 금하는 일이 미풍양속을 지키기 위한 수단으로 꼭 필요한 것 같지만 사실은 문제가 많습니다. 간통은 어디까지나 애정에 관한 문제입니다. 그렇다면 아무리 무소불위의 법이라 해도 애정 문제까지 간섭할 수는 없지 않을까요. 간통이 미풍양속을 해친다고 하지만 치죄治罪하는 규정이 있어서 범법자(?)들을 법정에 서게 하고, 그럼으로써 사회의 이목을 끌어들이기 때문에 더 문제시되는 것입니다. 또, 배신을 당했다는 마음의 고통은 자기 스스로 소화시켜야 하는데도 처벌 규정이 있기 때문에 복수심에 불을 댕겨 법에 호소하게 되고……. 간통죄가 없어진다면 더 바랄 나위가 없겠지만 이 세상에 남녀가 있는 이상, 그리고 모두가 이상적인 결혼을 할 수 없는 사정이고 보면 간통을 어떻게 막겠

습니까. 간통은 인간의 개인상황으로 돌리고 공적으로는 개입하지
말았으면 하는데…….”

 - 성생활에 대해서도 한 말씀 해주시죠.

“성적인 사항은 결혼생활과 밀접하지만 그 자체로서 전부일 수는
없습니다. 순수하게 성적인 것은 허망한 느낌을 자아내는 것이지만
성적인 매력이 없는 인간은 상상하기도 싫습니다. 슬픔과 기쁨을 모
르는 인간에게 매력이란 있을 수 없습니다. 아름다운 음식을 먹어 보
지도 못하고, 굶주려 보지도 못한 인간은 언제나 살풍경한 말만 지껄
일 수밖에 없습니다. 섹스도 마찬가지죠. 성적인 것 중에서도 많은
인격이 가꾸어질 수 있습니다. 성적인 것을 통해서 존경, 애정, 투쟁,
이런 것을 자연스럽게 습득하는 것입니다. 성적인 것에 열중하지 못
하는 인간은 모든 정열에 불감증인 경우가 많습니다. 그럼에도 불구
하고 성적인 것은 결혼에 있어 필요한 조건이지만 절대적인 조건이
아니라는 사실, 이것이 중요합니다. 어디까지나 우정과 성적 조화 이
외에도 결혼을 위해선 이해와 애정이 있어야 합니다. 마음의 상태를
서로 유지 지탱하는 것이 배우자라는 반려이기 때문에…….”

 - 가정을 가진 부부가 외도랄까 탈선을 일삼는다면 아주 불행한 결
과로 낙착되지 않을까요.

“물론이죠. 가정을 가진 사람의 입장에서는 항상 신중할 수 있어
야 합니다. 흔히 말하는 플레이보이……. 가정을 두고서도 밖으로만
나돌며 뭇 여성들과 놀아나기만 하는 사람들일수록 나중에는 불행
해지게 돼 있습니다. 마음대로 한다는 것은 결국 ‘데까당’이란 말입
니다. 그렇기 때문에 그런 사람들은 앞으로 나갈수록 좁은 길을 걷게

됩니다. 말하자면 편협이라고 할까, 하여간 그런 좁고 위험스러운 길을 가다가 나중에는 파멸의 구렁텅이로 떨어져 몰락하게 된다는 뜻입니다. 따라서 가정을 가지게 되면 약속을 지킬 줄 알아야 합니다. 자신과의 약속, 배우자와의 약속, 가족들과의 약속 등을 골고루 지킬 때 행복한 인간이 될 수 있다고 믿습니다."

- 그 반면, 아내에게 얽매여 사는 남편들도 한둘이 아니잖습니까.

"남자가 가정을 소홀히 하는 것도 문제가 아닐 수 없지만 너무 가정 본위로 얽매이면 곤란합니다. 여자들은 남편을 가정의 노예로 만들지 말아야 하지 않을까요. 현대에 들어와 우리 사회에도 이른바 '마이 홈 주의'가 상식화되어 있지만 일장일단이 있습니다. 그러나 남자는 가정도 중요하지만 보다 큰일에 관심을 가져야 합니다. 큰 사업을 기획한다든가, 학문에 정진한다든가, 사회개혁 운동에 전력해야 한다든가……. 가정의 압력 때문에 남자들이 무력해진다는 것은 불행한 일입니다. 사회 발전의 관심보다 뜨락의 화초에 더 관심을 기울여야 한다면 얼마나 왜소한 인간이 되겠습니까. 남자의 본령은 사회 속의 활동이 아닐까요. 사회활동에 활력을 넣어주는 가정이어야지, 사회 속의 활동이 가정에의 봉사를 위해 존재하게 되면 큰일입니다. 나는 정치가들이 졸렬하게 되어 가는 것도 '마이 홈 주의'에 원인이 있다고 생각합니다."

여자는 한 편의 시詩

- 여자를 말할 때 많은 사람들이 각자 다른 의미로 해석했습니다.

그만큼 여자를 이해하기 힘들다는 뜻도 될 텐데요.

"하인리히 뵐의 작품에 '여자는 한 편의 시'라는 대목이 있습니다. 아주 적절한 비유라고 생각합니다. 아마 동서고금을 통해서도 가장 훌륭한 표현이 아닌가 여겨집니다. 그러면서 다른 한편으로는 아폴리아라는 생각이 듭니다. 공식을 이용해도 안 되고, 재치로도 이해할 수 없는 아폴리아……. 수학도 아니고 수수께끼도 아닌, 도저히 풀 수도 없고 풀리지도 않는 것이 여자란 말입니다. 그래서 나는 여자를 말할 때 이렇게 얘기합니다. 여자는 한 편의 시다. 여자는 영원한 아폴리아이다. 그리고 이런 이야기를 할 때마다 누군가의 말이 생각납니다. '여자를 알려고 하지 말고 여자를 사랑하도록 힘써라……. 신비는 원래 깨달아서 알 수 있는 것이 아니며, 그냥 느낄 수밖에 없는 것이다. 여자는 신비다, 하나의 여자고 골고루 그 신비를 대표하고 있으니 오직 한 여자만을 사랑하라. 그래야만 사랑은 충전充全한 것으로 된다. 충전한 사랑이라야만 비로소 신비의 문을 열 수가 있다. 여자를 여신으로 받들 줄 아는 일신교적一神教的 신앙과 귀의의 정열이 있으면 너는 여자를 통해 인생의 의미를 알고 행복에 이를 수 있을 것이다…….' 이런 내용을 놓고 나는 인생을 깊이 관조한 달인의 말이라고 생각합니다."

- 여성은 결혼과 함께 주부가 되고, 처녀시절의 멋과 아름다움을 잃은 가운데 피곤한 삶을 살아가는 예도 많습니다만, 그 점에 대해서는 어떻게 생각하십니까.

"나는 확실히 말해 여성, 앞서 말한 대로 모든 여성을 아름답다고 생각합니다. 그렇기 때문에 여성은 끝까지 매력을 잃어선 안 된다고 말하고 싶습니다. 여성이 한 남성의 아내가 된다는 일은 신성한 일이지만 아내 노릇을 하느라 지친 여성을 보게 될 때 별로 유쾌하질 않습니다. 마찬가지로 어머니는 훌륭한 몫을 하고 있지만, 어머니 노릇을 하다가 폭삭 지쳐버린 경우에는 어딘지 이상합니다. 한마디로 지쳐 있다는 것은 매력 상실을 의미하거든요. 그런데 이렇게 지치는 이유는 무엇일까. 인생살이, 다시 말해서 살림살이 탓이라고 말할 수 있습니다. 그렇지만 이런 살림살이에도 지치지 않고, 매력을 잃지 않고 살아가는 여성도 있습니다. 그렇다면 이것은 무엇을 의미하는가. 지치지 않는 비결이 있다면 그것은 살림살이를 끌어가는 방법에 있을 것입니다. 여자는 모름지기 살림에 끌려 다니지 말고 살림을 휘어잡고 주체적으로 살아가야 한다는 뜻입니다. 그러기 위해 취미를 살리라고 권유하고 싶습니다. 아무리 바쁘더라도 책을 읽거나, 악기를 만지거나, 자수刺繡를 한다거나……. 살림하고는 직접 관련이 없는 취미생활을 살리면 지치지 않고 즐겁게 살 수가 있거든요. 그렇게 되면 자동적으로 매력 있는 어머니, 매력 있는 주부가 될 수 있습니다. 이 때문에 인생은 역설적으로 풀이할 수 있죠. 남편을 받드는 데 있어서도 송두리째 시간과 정력을 바쳐 아내로서의 의미 이외를 잃을 경우보다 그 시간을 일부 할애하여 취미를 가꾼 아내가 더 사랑받을 수 있습니다. 가령 '나는 당신의 아내 노릇을 하다가 이렇게 늙었다'고 한탄하는 아내보다는 '요즘 이런 그림을 그렸다'든가 '이런 글을 썼다'는 식으로 처신하면 매력을 잃지 않죠."

- 그게 어디 쉬운 일입니까.

"그러나 생활 때문에, 혹은 속 썩는 일이 많아서 그럴 수 없다고 말

한다면 변명이라고 말할 수밖에 없습니다. 왜냐하면 여성에게는 아름다워 보이려는 본능이 있기 때문입니다. 어떤 사람이 이런 말을 했습니다. 남자가 아름답다고 믿어만 준다면, 여자들은 한 겨울에도 수영복 차림으로 거리를 활보할 거라고……. 좀 익살과 과장이 섞이긴 했지만 아름다움을 가꿀 수 있는 것은 어떻게 보면 여성의 특권이기도 합니다. 소녀의 아름다움이 신부의 아름다움으로, 그리고 어머니의 아름다움으로 발전해야 합니다. 더 나아가 그런 아름다움이 중년 여성의 아름다움으로, 그런 다음에는 단풍 든 나뭇잎을 방불케 하는 노년의 아름다움으로 계속 매력을 지녀 나갈 수 있어야 합니다. 그렇지 못하면 여성의 특권을 포기한 것이나 다름없죠."

아름다움이 전부인가

- 그러나 매력이 사랑과 행복과 함수관계를 갖는다고는 보기 어렵지 않을까요.

"허두에 말했듯이 매력 있는 여성은 다른 사람의 눈에 얼른 발견되고, 그렇지 못한 여성은 잘 눈에 뜨이지 않습니다. 그렇다면 어느 쪽에 확률이 더 높은가도 생각할 필요가 있고, 함께 생활하는 동안 점차 아름다움의 깊이가 더해가는 경우를 생각해야죠. 다시 말해서 아름답다, 아름답게 된다는 사실도 중요하지만 보다 사랑 받을 수 있는 사람으로 발전하는 것이 중요합니다. 이 때문에 아름다움이 남자의 사랑을 받을 수 있는 하나의 조건이 되기는 하지만 아름답다고 해서 반드시 사랑을 받을 수 있다고 확신할 수는 없습니다. 비록 못난 여자도 남편의 사랑을 듬뿍 받는 경우가 있고, 아무리 잘났어도 남편의 사랑을 받지 못하는 경우가 있잖습니까. 이럴 때 우리나라에서는 팔자로 돌리는 게 보통이죠. 물론 팔자와 운명을 무시할 수 없지만 그것을 들먹이면 더 이상 말할 필요가 없습니다. 요는 사랑 받을 수 있는 요인들을 얼마나 간직할 수 있느냐가 문제인 것입니다."

- 여자는 남자에 비해 허영심이 많다고 하는데요…….

"여자의 외양에 대해서 좀 더 이야기하자면, 요즘 청년들은 외모를 매우 중요시합니다. 왜냐하면 남들 앞에 자기 애인을 자랑삼아 내보이고 싶은 욕구가 작용하기 때문입니다. 반대로 여자 입장에서도 배우자의 외모를 빼놓지 않거든요. 오히려 여자 쪽에서 이런 성향이 훨씬 강한데, 그것도 일종의 허영 심리가 작용한 탓입니다. 어디에 내놓아도 손색없는 애인을 갖고 싶다는 욕망이 깊숙이 도사리고 있는 까닭입니다. 사랑의 감정은 순수한 나머지 어떤 협잡물도 없는 것 같지만 그렇지 않죠. 보통의 여자들이 배우나 가수 앞에 사족을 못 쓰는 이유는 무엇입니까. 허영심에 몇 가지 유형이 있는데……. 남편의 재능을 생각하지도 않고 무조건 지위를 높이려는 경우가 그 중의 하나죠. 그 다음 상상력이 약한 허영심이 있는데, 어떤 일이 있어도 일류만을 택하려는 허영심이 여기에 해당됩니다. 그리고 자기 가족조차 몰라라 하고 오직 자신만 호사하면 그만이라는 타입도 있고……. 자기의 현재를 좀 더 나은 방향으로 끌어 올리려는 것은 권장할 만한 미덕이지만, 그러한 의욕의 바탕에 허영심이 깔려 있을 때에는 문제가 따르는 법이죠."

- 오늘날 처녀성에 대한 논의도 많이 봅니다만…….

"프랑스 같은 나라에서는, 어쩌다 실수로 처녀성을 잃은 여자는 이혼을 결정적인 전제로 하고 결혼하는 사례가 있다고 하죠. 실수로 처녀성을 잃은 것은 품격의 문제가 되지만, 결혼을 통해 잃은 처녀성은 품격과 무관하다는 논리에서 나온 현상인 것입니다. 현대에 들어와 결혼과 관련한 모럴 의식이 대변혁을 일으키고 있는 게 사실입니다. 그 옛날 정조라는 것은 그 자체가 하나의 가치일 뿐만 아니라 미덕이었습니다. 그러나 현대에는 많이 달라졌죠. 이혼한 여자가 오히려 매력 있다는 얘기가 나올 정도니까. 또, 일부 남자들에게서는 처녀성을 개의치 않는다는 관념이 나타났습니다. 그런데 굳이 처녀성을 잃은 여자를 원하는 남자는 없을 것입니다. 요컨대 처녀성을 잃은 미혼녀와 결혼하는 것은 회피하면서도 과부나 이혼녀와의 결혼은 회피하지 않는 사회 풍조는 주목할 만한 현상이라고나 할까요."

여자의 함정

- 여자는 권력을 좋아하고 권력자를 사랑하는 경향이 있습니다만…….

"여자는 확실히 권력을 좋아하죠. 역사상 권력을 쥐고 흔든 여자들은 두말할 나위도 없거니와, 자신들이 권력을 포기한 경우에 있어서는 남자를 통해 그것을 장악하려 하거든요. 나는 여자의 권력욕을 생각할 때 맥베스 부인을 연상하곤 합니다. 그리고 내 주변에는 이런 일도 있었습니다. 남편이 국회의원에 출마했는데 아내가 더 극성을 떨던 일, 남편이 국회의원에 출마했다가 낙선하자 아내 쪽에서 더 실망하는 것입니다. 그런 나머지 아내는 선거 때마다 남편에게 출마를 강요했고, 최종적으로 다섯 번씩이나 낙선을 했습니다. 그러자 이 여자는 탈진 상태가 되어 죽고 말았습니다. 남편 쪽에서는 가족에 대한 미안함도 있고 해서 진작 정치를 포기하고 다른 길로 나가려 했지만 아내가 워낙 성화를 부려서 다섯 번씩이나 낙선을 했던 것이고 결국 빈털터리 홀아비가 되었죠."

- 여성은 유행에 민감한 특성이 있죠?

"여성은 태어나는 것이 아니라 만들어진다는 말이 있습니다. 보바리 여사가 한 말인데 아주 탁견이라고 생각합니다. 여자는 성장과 더불어 스스로 여성이 되기를 선택하고 여성으로서의 버릇과 마음을 키워 나갑니다. 그리고 여성에게는 유행에 민감한 특성이 있습니다. 사실 여성들은 몸치장에 대단한 정열을 가지고 있습니다. 그런데 유행의 원인을 자세히 살펴보면, 개중에는 일부 망상이 없지도 않습니다. 가령 아무개 탤런트와 같은 옷을 입으면 그녀처럼 예뻐질 수 있다고 생각하는 것입니다. 그러나 유행에 따르지 않을 만큼 자존심이 강한 여자, 미녀이기를 포기해버린 여자, 유행을 알면서도 경제력이 못 미쳐 유행에 따르지 못하는 경우도 없지 않지만, 대개의 여자들은 유행에 대한 관심 속에 살고 있다고 봐야죠."

- 여성과 유혹은 불가분의 관계라고 합니다만 선생님께서는 어떻게 생각하십니까.

"흔히 열 번 찍어 안 넘어가는 나무가 없다고 합니다. 그런데 우리나라 여자들은 유혹에 강한 편이라고 말할 수 있습니다. 하지만 어떤 여자든 백 번쯤 찍으면 넘어가게 되어 있습니다. 여자란 본래 자기를 좋아하는 남자를 사랑하게 마련입니다. 처음에는 싫은 사람도 두 번, 세 번 접근해 듣기 좋은 말로 아첨을 하면 꾸민 말인 줄 알면서도 솔깃해집니다. 그런가 하면 남자의 유혹을 기다리는 태도가 아니라, 여자가 남자를 유혹하는 적극적인 경우도 있습니다. 그렇지만 여자를 유혹하는 것도, 유혹에 빠지게끔 하는 원인도 모두 남자에게 있다는 것을 알아야 합니다. 그러니 여자만을 두고 이런저런 소리를 할 수는 없습니다. 하지만 어찌 된 판인지 유혹하지 말라, 유혹당하지 말라는 따위의 얘기는 도학자의 잠꼬대쯤으로 들리는 세상 아닙니까. 중요한 일은 무엇보다도 큰 행운을 약속할지 모르는 앞으로의 유혹을 위해서라도 구질구질한 유혹은 과감히 뿌리칠 수 있어야 하겠습니다. 그리고 참다운 삶이 무엇인가 하는 통찰력도 있어야 합니다. 자기를 소중히 하는 목적과 부합될 경우에는 적극적으로 유혹도 하고 유혹도 당하되 자기의 가치를 손상시킬 우려가 있는 유혹은 단연코 거부해야 합니다."

- 부부 사이의 성애性愛에 관해 좀 더 자세히 말씀해 주시기 바랍니다.

"먼저 방법을 생각해야 하지 않을까요. 방법이란 모든 영역에서 적절하게 구사될 때 성공할 수 있는 열쇠입니다. 성애도 방법을 생각해야 합니다. 생활을 신선하게 하기 위해서⋯⋯. 그리고 감동적이며, 영원하게 하기 위하여⋯⋯. 대개 부부생활은 매너리즘에 빠지게 되는데 이를 타개하기 위해서는 방법의 연구가 필요하다는 뜻입니다. 방법은 환경, 성격 등으로 일률적인 수는 없겠죠."

남의 아내 훔치기

- 우리 주위에서는 종종 아내의 탈선으로 가정 파탄이 목도됩니다만…….

"가정생활에도 결정적인 위기가 있게 마련입니다. 부부 가운데 어느 편이 다른 곳으로 사랑을 옮겼을 때 나타나는 현상입니다. 사람이 살다 보면 별의별 일이 다 있게 마련이죠. 가정을 포기하면서라도 얻고자 하는 일이 있고, 그렇게 하면서까지 이루고자 하는 새로운 사랑이라든가……. 이럴 경우 그 부부생활은 빨리 청산하는 편이 옳을 것입니다. 서로의 청춘을 위해서나 장래를 위해서도……. 물론 결혼을 일시적인 장난으로 생각하는 것도 곤란한 일이지만, 터무니없이 신성시하는 것도 옳은 태도는 아니라고 생각합니다. 결혼이란 사랑을 핵으로 하는 일종의 계약 관계 아니겠습니까. 그런데 사랑의 행방이 다른 곳으로 가게 되면 그 결혼은 실패한 것으로 단정해야죠. 이혼이 너무 손쉽게 이루어지는 것도 좋을 까닭이 없으나 우리나라처럼 이혼제도가 까다로운 것도 문제라고 생각합니다. 문제는 이런 단계까지 가지 말아야 하는데 유혹은 끊임이 없죠. 사회 저변에는 우리 마음을 사로잡으려고 하는 대상이 범람해 있잖습니까. 그리고 권태기라는 게 있죠. 권태기에 있는 사람은 배우자에게서 느껴 보지 못했던 유쾌한 기분을 다른 사람한테서 느낄 수도 있거든요. 만일 한 여자가 권태기에 접어들어 외간 남자와 교제하게 되면 좀처럼 헤어나지 못하게 되어 있습니다. 계속 교제하게 되는 가운데 호의와 유혹이 따라오고 마침내 새로운 국면에 빠져들죠. 어쨌든 부부 관계를 청산할 마음이 없으면 가정부인은 외간 남자를 만나지 않도록……. 바람둥이들은 남의 아내를 척척 훔치기도 하는데, 아무튼 남녀 관계를 한마디로 설명하기란 무척 어렵습니다."

- 권태기를 극복하는 묘술은 없을까요?

"권태기가 두렵다는 것은 권태로운 심정 자체 있는 것이 아니고, 권태기가 위기를 몰고올 소지가 있기 때문입니다. 그렇다면 권태기를 극복할 수 있는 수양이 필요합니다. 가령 독서를 하거나, 그림을 그리거나, 취미를 살리는 부업을 하거나……."

- 죄송스러운 질문입니다만 혹여 외도를 하신 적은 없습니까.

"있다고 하면 문제이고, 없다고 하면 거짓말이 될 것이고……. 그 정도로 해두죠."

- 경험담 한 토막 들려주시면 좋겠습니다.

"본래 남녀 간의 이야기는 꺼내놓고 하는 것이 아닙니다. 어디까지나 비밀스러운 부분이 있어야죠. 그건 어떤 경우라도 마찬가지입니다."

- 자녀는 몇이나 두셨습니까.

"1남 5녀. 모두 성장해서 나가 살고 있습니다."

- 요즘도 약주를 즐기십니까.

"나가면 거의 예외 없이 술을 하게 됩니다."

- 주로 누구와 드십니까.

"옛 친구들을 만나서 마십니다."

- 집필은 밤에 하십니까.

"어쩔 수 없이 그렇게 됩니다."

좀 쑥스럽고 긴 인터뷰를 이쯤에서 마치기로 했다. 너무 긴 시간, 여성지 편집자의 요청도 있고 해서 문학과는 거리가 먼, 어떻게 보면 가볍고 얄궂은 질문으로 초점을 맞추지 않을 수 없었다. 아무튼 선생과 대담을 나누는 동안 한바탕 사랑과 결혼과 멋과 행복의 파노라마가 장강대하長江大河처럼 펼쳐지는 것을 느낄 수 있었다.

그동안 한국문학상, 한국창작문학상을 수상한 이병주 선생은 한때 신한건재주식회사, 나진산업주식회사, 한국농약주식회사의 대표이사로 사업을 벌이기도 했으나 지금은 오로지 창작에만 전념하고 있다.

『멋』 1985년 7월호

시인 문효치(文孝治, 1943~   )

명문대가의 후손

문효치 시인에 관한 한 굳이 날짜를 잡아 딱딱한 대담을 할 필요가 없다. 문 시인은 한국문인협회 이사장으로, 필자는 부이사장 겸 상임이사로 거의 매일 수시로 소통하고 있기 때문이다. 문 이사장과의 대화 주제는 협회 업무에만 그치지 않고, 문학적인 담론에서부터 가정사나 개인적인 신상 문제에 이르기까지 사실상 그 어떤 경계나 형식이 따로 없다. 달리 말하자면 일상적인 대화에다 지금까지 그 분이 발표한 일련의 작품과 산문들만으로도 얼마든지 짤짤한 기사를 구성할 수 있다는 뜻이다. 이 글은 별도의 대담을 거치지 않고 여기저기 산재한 문 시인 관련 자료만으로 발췌 정리한 것임을 밝힌다.

> 푸른 들의 끝
> 여기 작은 집 모여 사투리로 하루하루를

엮어가는
전북 군산시 옥산면 남내리
이 검은 흙이 빚어져 얻는 목숨
처음으로 햇빛 보고 바람소리 듣던 곳

조상의 영혼이 별빛으로 달빛으로 어둠속에서
빛나
언제나 내 살 속은 밝았나니
그 살 속으로 흐르는 사랑이 그리움을 낳고
그리움으로 내 발길은 다시 여기로 올 뿐

세월이 흘러 길이 바뀌고
물 또한 막힌다 해도
삶과 죽음의 발길은 다시 여기로 올 뿐

이 시는 문효치 시인의 작품 「고향송故郷頌」 전문이다. 아주 오래 전 이곳 전북 옥구군(나중에 군산시로 통합) 옥산면 남내리 대봉산大鳳山 자락에 뿌리를 내리고 세거世居해 온 남평문씨南平文氏 일문은 대대손손 명문대가名門大家로 명성을 드날렸다. 특히 시인의 고조모 제주고씨(濟州高氏, 1855~1944)는 1886년(고종 23년) 콜레라로 인해 아침에 시아버지 여의고 저녁에 남편 잃는 큰 슬픔을 겪었으면서도 치가治家를 잘해 무려 8만 필지에 이르는 방대한 토지를 소유했다.

그 분은 효성이 지극했을 뿐만 아니라 외아들을 엄히 잘 가르쳤다. 이와 함께 인심이 후덕하기로 유명했다. 1908년과 1911년 큰 흉년이 들자 사재를 털어 가난한 친척과 마을 사람들을 굶주림으로부터 구해냈다. 1915년 그 분의 회갑잔치 때에는 그 은덕을 기리기 위해 근동의 주민들이 구름처럼 모여들어 저 드넓은 저택 안팎뿐만 아니라 집 뒤의 대봉산 기슭까지 발 디딜 틈이 없었다. 남내리에는 오늘도 '감역남평문공한규처단인제주고씨 효열비監役南平文公漢奎妻端人濟州高氏孝烈碑'와 '제주고씨구휼송덕비濟州高氏救恤頌德碑'가 우뚝 서서 그 분의 효행과 덕망을 기리고 있다.

제주고씨의 외아들, 즉 시인의 증조부 성재性齋 문종구文鍾龜 선생은 자타가 공인하는 이 고장의 토호土豪로서 명실상부한 만석꾼이었다. 이 고장 사람이라면 그 분의 땅을 밟지 않고서는 어느 곳에라도 나돌아 다닐 수가 없었다. 그 분은 기현농장岐峴農場 등 여러 기업들을 운영하며 자선사업 등 다방면에 걸쳐 폭 넓은 사회활동으로 세인의 칭송을 받았다. 특히 그 분은 1920년대 옥산공립보통학교(지금의 옥산초등학교) 대지를 기꺼이 희사했고, 그 땅 위에 세워진 옥산공립보통학교는 그동안 옥산국민학교, 옥산초등학교로 이름을 바꾸면서 현대식 교육기관으로 이 고장 초등교육의 요람이 되었다. 간단없는 비바람을 견디며 남내리 고택 앞에 서 있는 '사인문종구자선불망비士人文鍾龜慈善不忘碑'가 그 분의 공덕을 잘 증언하고 있다.

시인의 조부 문원태文袁泰 선생은 1927년 일본 와세다대학(早稻田大學) 정치경제학과를 졸업한 당대 최고의 지식인이었다. 그 분은 기현농장을 경영하면서 문학과 철학에 깊은 관심을 기울였고, 잡지『평론評論』을 운영하는 가운데 여러 매체에 각종 논고를 기고하는 것은 물론 한 권의 저서를 간행하였다.

어디 그뿐인가. 그 분은 옥산저수지 축조 당시 드넓은 땅을 제공하였다. 수몰된 그 땅 위에 마침내 거대한 저수지가 생겨났고, 그 저수

지야말로 당시 옥구군은 물론이려니와 저 멀리 군산 일대까지 식수와 농업용수를 공급하는 원천이 되었다. 당시 옥구군 주민들은 그 분의 공적을 오래도록 기리고자 옥산면 요충지에 송덕비를 세웠다.

문효치 시인은 그런 가문에서 부친 문영수文榮洙 선생과 모친 김옥수金玉洙 님의 장남으로 출생했다. 1943년 여름, 음력으로 6월 열나흗날이었다. 연희전문 국문학과를 나온 부친은 서울에서 교편생활을 하면서 시를 썼고, 모친은 가문의 종부로서 향리의 살림을 맡고 있었다. 어느 것 하나 부족함이 없는, 주위에서 모두 우러러 보는 대지주의 집안이었다.

비운의 회오리바람

1945년 8월 15일 일제가 패망했고, 우리 민족은 그 해방공간에서 전대미문의 정치적·사회적 혼란과 격동에 휩싸였다. 찬탁과 반탁, 좌우익의 충돌, 정부 수립을 둘러싼 남북의 대립 등 여러 갈등이 증폭되고 있었다. 그때 문효치 어린이의 나이는 세 살이었다.

- 아주 어린 시절에 상경한 것으로 알고 있습니다만…….

"1948년 내 나이 여섯 살 때 아버지께서 시골로 내려와 우리 형제, 즉 나하고 동생을 서울로 데리고 오셨습니다. 그 이듬해, 1949년 아버지로부터 애국가를 배웠습니다. 아버지는 아주 엄격하셨습니다. '사자는 새끼를 낳으면 절벽 아래로 굴려 떨어뜨리고 제 힘으로 기어 올라오는 놈만 키운다'고 말씀하셨습니다. 아버지가 얼마나 엄하던지 나는 아주 주눅이 들어 살았습니다. 아버지에 관한 몇 토막 추억 중에 뺨을 맞고 공포에 떨었던 기억이 가장 선명하게 남아 있습니다."

　-『문효치 시전집』에 보니까 마포강에서 행복하게 물놀이하는 사진도 나와 있던데요?

　"그런 때도 있었죠. 하지만 아버지는 정말 무서운 분이었습니다. 나는 1950년 서울 북성초등학교에 입학, 동요를 두세 곡 정도 배웠습니다. 그럴 즈음 6·25전쟁이 터졌고, 사흘 만에 서울이 북한 인민군에게 점령되었습니다. 아버지를 비롯한 우리 가족은 일단 방구들 밑을 파고 지하로 숨었습니다. 전선이 점점 남으로 내려가는 동안 아버지는 불안에 떨었습니다. 아버지는 형제들하고 같이 은신해 있다가 두려움에 견디다 못해 인민군에 자원입대를 했습니다. 월북을 한 거죠. 우리 집안은 지주 계급에다 인텔리 계급이니까 적화통일이 되면 틀림없이 악질 반동으로 몰려 몰살당할 거라는 예감을 한 겁니다. 아버지는 동생들을 숨겨 놓은 채 그렇게 독단으로 떠났습니다. 그 후로 생사를 모릅니다. 만약 아버지가 공산주의 사상을 가진 분이었다면 동생들을 데리고 나갔을 겁니다. 하지만 아버지는 동생들을 숨겨 놓은 채 나머지 가족들을 살리기 위해 혼자 십자가를 지었습니다. 어머니 말씀에 의하면, 인민군에 자원입대하기 전 한 사흘 동안 코피를 쏟으며 고민했다고 합니다. 그러던 끝에, 나 혼자 나간다, 이렇게 결정한 거죠. 나머지 가족들은 두려움에 떨며 공산치하에서 지냈습니다. 그 해 9월 유엔군의 인천상륙작전으로 서울이 수복되었죠. 하지만 아버지는 돌아오지 않았습니다. 서울 탈환 전투가 한창일 때 포탄 두 발이 우리 집 마당과 지붕에 떨어졌으나 불발탄이어서 겨우 살아

남을 수 있었습니다. 그로부터 몇 달 후 1·4후퇴 때에는 영등포에서 기차 지붕에 올라 피난길에 들어섰죠. 이리(현재의 익산)에서부터는 걸어서 군산 고향집까지 당도했지만, 너무 무리한 탓에 폐렴에 걸려 죽을 뻔했습니다. 간신히 병을 추스른 뒤 어른들을 따라 김제군 만경강 어귀 토정리의 한 농가에서 피난생활을 했습니다. 그곳 장흥초등학교 2학년으로 편입했죠."

- 그 학교에는 얼마나 다녔습니까.

"2학년 한 해 동안 다녔습니다. 그 이듬해 다시 고향으로 돌아와 옥산국민학교 3학년에 편입했습니다. 본래 허약한 체질이어서 그때는 늑막염에 걸려 사경을 헤맸죠. 어른들이 군부대에서 흘러나온 항생제를 구해 간신히 치료했지만, 매년 병치레를 하느라 한두 달씩 장기 결석을 하지 않으면 안 되었습니다."

1953년 7월 27일 정전협정 조인으로 이 땅에서 일단 포성이 멎었다. 하지만 전쟁이 남긴 상처는 너무 컸다. 그 미친 전쟁의 와중에 문효치 소년의 집안에는 비운의 회오리바람이 휘몰아쳤다. 증조부, 조부가 잇따라 돌아가시고 아버지까지 월북함으로써 3대가 한꺼번에 추락했다. 집안의 기둥뿌리가 송두리째 휘청거렸다. 농토와 임야 등 어마어마한 재산이 뭉텅뭉텅 남의 손으로 넘어가고 있었으나 속수무책이었다. 여기에 토지개혁까지 맞물리면서 비운의 회오리바람은 급격한 몰락의 폭풍을 몰고 왔다.

- 가세가 급전직하로 기울었군요.

"걷잡을 수 없을 만큼 비참한 지경으로 치달았습니다. 우리 집은 본래 큰 저택이었습니다. 큼직큼직한 건물이 여러 채였고, 대문에다

울안의 중문만 해도 여러 개가 있었죠. 그런데 초등학교 때부터 그 건물이 하나씩 팔려 나가거나 허물어지면서 옛 영화가 무너져 내렸다고나 할까요. 그때쯤 해서는 동네 사람들이 전부 우리 가족을 따돌리기 시작했죠. 우리가 대지주였으니까 동네 사람들의 대부분이 소작인일 수밖에 없었죠. 그러니까 동네 사람들의 입장에서는 그동안 당신네가 대지주로 행세하는 동안 우리 소작인으로 억압을 받았다, 그런 심리가 작용했는지도 모릅니다. 나는 본래 내성적 성격으로 부끄러움을 많이 타기도 했지만 무척 슬프고 쓸쓸하게 자랐습니다. 몰락한 지주의 후손, 더욱이 월북자의 아들이었으니 동네 사람들은 저를 좋게 대할 리 만무했죠. 요즘 말로 '왕따'라고나 할까요, 아무튼 학교에 갈 때도 혼자 터덜터덜 가고, 올 때에도 혼자 터덜터덜 왔죠. 올 때는 갈 때보다 시간이 넉넉하니까 길바닥에 주저앉아서 혼자 해찰하고, 벌레나 곤충을 잡아서 놀기도 하고, 풀꽃이나 이런 걸 따가지고 놀기도 하고, 땅바닥에 앉아 혼자 놀면서 그렇게 집에 왔어요."

삼촌들과 『보리피리』

- 문학에는 언제부터 관심을 갖게 되었습니까.

"국민학교 때였습니다. 그때 서울에서 대학에 다니던 삼촌 두 분이 방학 때 우리 집에 내려오셨습니다. 내가 장조카니까 참 이뻐해 주셨어요. 그 분들은 노래도 가르쳐 주시고, 공부도 가르쳐 주셨습니다. 그런 삼촌들이 아주 대단하게 느껴졌습니다. 그 당시, 즉 1950년대만 해도 대학생이 흔치 않던 시절이었습니다. 그렇기 때문에 대학

생이라는 사실 하나만으로도 삼촌들이 우러러 보였습니다. 어디 그
뿐인가요. 삼촌들이 밖에 나가 친구들과 어울려 술 한 잔 마시고 돌
아오면 벽에 딱 기대 앉아 시를 읊는 겁니다. 어린 저로서는 그 시
의 내용을 알 수가 없었습니다. 다만 '시몬' 어쩌구 하는 대목이 기
억납니다. 지금 생각하면 '시몬 너는 좋으냐 낙엽 밟는 발자국 소리
가……' 아마 이런 것 아니었을까 싶습니다만, 어쨌든 삼촌들이 아주
멋있게 보였습니다. 그래서 나도 삼촌처럼 저렇게 시를 알았으면 좋
겠다, 하는 생각을 갖게 되었죠. 그런데 방학이 끝나자 삼촌들이 서
울로 돌아갈 때 미처 못 챙겨간 것이 있었어요. 삼촌들이 쓰던 일기
장하고 시집 한 권이었습니다. 다락 속에 있던 그 시집은 한하운韓何
雲 시인의 『보리피리』였습니다. 말하자면 내가 이 세상에 태어나 가
장 먼저 읽었던 시집입니다. 그 시집에는 한자들이 많이 섞여 있어
서 해독하기가 어려웠고, 또 시가 뭔지도 모르던 때라 읽고 또 읽어
도 무슨 뜻인지 알 수가 없었습니다. 하지만 그 시집을 읽으면서 뭔
지는 모르지만 이건 쓸쓸하고 외롭고 슬픈 시다, 그래서 좋아한 겁니
다. 이를테면 그 안에 담긴 뜻도 모르면서 괜히 좋아한 거죠. 하지만
할머니는 노발대발했습니다. 할머니께서 말씀하시기를, 꼭 못된 것
만 닮아가지고 이런 걸 본다는 겁니다. 할아버지가 문필가였고, 아버
지가 국어 교사로 시를 썼잖아요? 아버지는 시집을 내려고 원고를 다
준비하고 있다가 6·25전쟁을 만났던 겁니다. 난리통에 그 원고가 어
디로 갔는지 찾을 길이 없었습니다만, 어쨌든 할머니 입장에서는 뭔
가를 쓰던 할아버지나 아버지를 마땅찮게 생각했는데 어린 손자인
나까지 그런 책을 보고 있으니 속이 상했던 거죠. 할머니는 『보리피

리』를 압수해서 없애버렸습니다. 아궁이에 넣고 불을 질러버렸죠. 우리 할머니한테는 문학을 하면 가난하게 산다는 관념이 있었죠. 몰락한 집안의 장손이 권력을 차지하고 돈을 많이 벌어서 집안을 일으켜야 할 텐데 시집 따위나 읽고 있으니 실망과 불만이 컸던 겁니다. 한마디로 너무나 안타까운 거죠. 아무튼 할머니에게 『보리피리』를 압수당했을 때 얼마나 억울하고 허망했는지 모릅니다. 그렇다고 할머니에게 저항할 수도 없잖아요? 할머니에게 그 책을 압수당한 뒤 『보리피리』에 대한 향수랄까 애착은 더욱 짙어졌고, 훗날 어른이 되어 헌책방에서 『보리피리』를 구하기에 이르렀습니다.”

- 삼촌들과 한하운 시인의 『보리피리』를 통해 문학에 눈 뜨기 시작했군요.

“그렇습니다. 삼촌들 때문에 시에 대한 애정을 갖기 시작했고, 『보리피리』를 통해 처음으로 문학에 대한 싹이 트기 시작했다고 생각합니다. 6학년 때에는 문현식 선생님을 만났습니다. 선생님께서는 내가 어쩌다 글짓기를 하면 칭찬을 많이 해주었습니다. 그것이 나에게는 큰 자극이 되었죠. 나름대로 용기를 갖게 되었습니다. 생각해 보십시오. 그 당시 어느 누구에게도 사랑받지 못하고 인정받지 못하는 ‘왕따’ 소년이 선생님한테 인정받았다는 사실이 저로서는 정말 이 세상을 살맛나게 해준 겁니다. 나는 다음에 또 칭찬을 받아야겠다는 생각을 굳혔습니다. 하지만 두 번째 작품을 더 잘 쓰기 위해 머리를 쥐어짰죠. 하지만 아무리 궁리를 해도 잘 안 되는 겁니다. 답답했습니다. 그때 묘안이 떠올랐습니다. 에라 모르겠다, 하고는 책을 베꼈습니다. 그때 우리 집에는 책이 참 많았습니다. 그 중에서 우리 선생님이 이것만은 못 봤을 거야, 그렇게 판단되는 작품을 골라 그걸 베껴서 내 이름으로 제출했습니다. 그때마다 당연히 칭찬을 들었죠. 그런데 웬걸 그런 식으로 몇 번 칭찬을 듣다 보니까 이번에는 은근히 걱정이 앞서는 겁니다. 이 짓을 오래 하다가는 필경 들키는 것 아닐까. 그런 생각이 들자 그때부터 남의 작품을 개작하기 시작했습니다. 예를 들어 사슴에 관한 시가 있다면 사슴을 토끼로 고쳐 놓고, 그 아래를 토끼에 맞게 고치는 겁니다. 그런 식으로 개작하는 작업을 꽤 오래 했습니다. 그런데 이 개작이라는 것이 무척 어렵습니다. 그래서 나중에는 그럴 바에는 내 스스로 내 작품을 직접 쓰기로 생각을 고쳐먹었죠. 개작을 하는 사이 그 나름대로 습작의 내공이 쌓였다고나 할까요, 아무튼 그 사이에 시를 쓸 수 있는 기능이 생긴 겁니다. 그 뒤로는 내가 직접 쓴 작품을 제출했습니다. 이제는 직접 쓴 작품도 선생님께서 칭찬을 해주셨습니다. 제가 정말 잘 써서 칭찬을 해주셨는지, 아니면 용기를 북돋아 주기 위해서 괜히 그렇게 칭찬을 해주셨는지 그건 잘 모르겠습니다만, 하여간 선생님께서는 여전히 칭찬을 해주셨습니다. 그것이 결국 내가 문학의 길로 들어서게 된 동력으로 작용했던 겁니다. 시에 대한 동경, 시에 대한 어떤 꿈, 그것을 지향하는 마음과 문학을 숭상해 온 집안 분위기 등이 나로 하여금 문학의 길을 걷게 한 것 같습니다.”

미당未堂 서정주徐廷柱 시인과의 만남

당연한 말이지만, 인간의 운명은 누구를 만나느냐에 따라 좌우된다. 그런 점에서 문효치 소년의 운명은 삼촌들과 문현식 선생의 영향으로 이미 결정되었다고 말할 수 있겠다. 그 후 소년은 삼촌들의 권유로 서울 유학길에 올라 중학교 입학시험을 치렀다. 하지만 시골과 서울의 격차는 너무 컸다. 1차, 2차에 모두 낙방하고 3차로 균명중학교(현 환일중)에 입학했다.

- 중학교 때에는 누구를 만났습니까.

"중학교 때 이병일 선생님을 만났습니다. 서울대 국문과를 나온 분이었죠. 작가나 시인은 아니었지만, 문학에 대한 소양은 대단한 분이었습니다. 그 선생님께 반해 가지고 중학교 3년을 보냈습니다. 그분은 교과서 중심의 수업보다도 선생님의 이야기들, 자기 주변 이야기, 연애담, 친구의 이야기 등을 자주 들려주었죠. 내가 몰랐던 어른들의 세계, 남의 세계가 무척 재미있었습니다. 따라서 그 선생님을 무조건 좋아했지요. 그 분은 평소 '모든 예술의 가장 으뜸에 위치해 있는 것이 시'라고 말씀하셨습니다. 나는 그때부터 시집만 읽었어요. 소설을 전혀 안 읽은 것은 아니지만, 정말 시를 열심히 읽었어요. 그 무렵 저는 이병일 선생님으로부터 시에 대한 중요한 안내를 받았습니다. 언젠가 한번은 시를 써냈더니만 '제목을 이렇게 큰 걸 잡으면 어떡해? 제목은 작은 걸 잡아야 해' 이렇게 가르쳐 주셨어요. 그건 지금 생각해도 명언입니다. 예를 들어 '지구' '우주' 같은 제목을 잡으면 너무 버겁잖아요. 그 반면, '연필' '책상' 같은 제목을 잡으면 쉽게 다가갈 수 있습니다. 그렇습니다. 중학생이면 역시 중학생답게 거기에 맞는 제목을 잡아야 합니다. 중학생이 너무 거창한 제목을 잡으면 미처 감당하지 못하고는 제풀에 지쳐 넘어지게 마련입니다."

문효치 학생은 균명중학교를 졸업하고 균명고등학교로 진학했다. 그의 내면에는 장차 시인을 향한 꿈이 풍선처럼 부풀어 오르고 있었다. 일단 문학의 길을 선택한 이상 다른 과목에는 별 관심이 없었다. 누군가에게 감동을 안겨줄 수 있는 작품을 쓸 수만 있다면 더 바랄 나위가 없을 것 같았다.

- 고등학교 때에는 누구를 만났습니까.

"고등학교 때는 한태근 선생님을 만났죠. 그 분은 작곡가이기도 했는데, 정말 배의 힘이 다 빠지도록 노래를 많이 가르쳐 주었습니다. 한창 사춘기를 맞이했던 그때 숱한 노래를 부르면서 감수성과 상상력을 키웠다고나 할까요, 아무튼 한 선생님으로부터 많은 영향을 받은 것이 사실입니다. 나는 중고등학교 시절 문예반 활동을 했습니다. 이 과정에서 몇몇 작품을 교지에 발표했죠. 특히 고등학교 때에는 하이네, 바이런, 괴테 등 외국 시인의 작품과 소월素月, 미당, 청록파青鹿派의 시집을 접하게 되었습니다."

문효치 학생은 고등학교를 졸업하고 동국대학교 국문학과에 진학했다. 이때 그는 미당 서정주 선생을 만났다. 이는 그의 인생을 결정짓는 일대 '사건'이었다. 미당은 당시 동국대학교 국문학과 교수로 후학들을 가르치고 있었다. 미당은 모든 문학 지망생들, 특히 시인 지망생들이 우러르는 선망의 대상이었다.

- 동국대학교에 입학하자마자 미당 선생과 만났습니까.

"아닙니다. 처음에는 어떤 분들이 교수님으로 계신지도 몰랐습니다. 입학해서 수강 신청을 하다 보니 양주동 교수 성함이 나오는 겁니다. 교수님 중 서정주, 조연현이라는 성함도 나와서 깜짝 놀랐습니다. 교과서에서나 보던 선생님들이 여기 다 계시네. 아, 참 좋은 학교로구나, 그런 생각이 들었어요. 그 이전에 삼촌이 말하기를, 동국대 국문학과가 명문이라고 했거든요. 그런데 1학년 과목에는 미당 선생님 강의가 없는 겁니다. 그래서 수강 신청을 할 수가 없었고, 그 대신 2학년 교실에 가서 도강盜講을 했습니다. 미당 선생님 얼굴이라도 보고 싶어서 그랬던 겁니다. 미당 선생님 앞에 앉아 있다는 그 자체만으로도 무척 황홀했죠. 오죽하면 내가 노상 2학년 교실에 가니까 2학년 선배들은 나를 자기네 동급생인 줄 알았습니다. 저는 그 정도로 선생님을 흠모했습니다. 그 분은 내 문학에서 숭배의 대상이었습니다. 그 분의 시를 흉내 내기도 하고, 그 분의 시세계를 탐색하기도 했죠. 어떤 친구들은 작품을 들고 선생님 댁을 출입하며 지도를 받았어요. 선생님한테 인정을 받아야 『현대문학現代文學』에 추천을 받아서 등단할 수 있었으니까요. 하지만 나는 부끄러움을 많이 타서 선생님 댁에 갈 수가 없었어요. 동국대 학생들만 그런 것이 아니라, 다른 대학의 학생들도 선생님 댁으로 모여들었습니다. 그런데도 나는 두려워서 미당 선생님 댁에 가지 못했거든요. 친구들은 신춘문예에 당선하거나 『현대문학』 추천을 받아 속속 등단하고 있었지만 나는 아직 미적거리고 있을 뿐이었습니다. 그러던 어느 날 용기백배하여 마포 공덕동에 있던 선생님 댁에 찾아갔습니다. 대문 문간에 달린 '徐廷柱'라는 문패를 보는 순간 가슴이 덜컥 내려앉는 기분이었습니다. 어떻게 할까 망설이다가 초인종 단추를 눌렀지요. 그런데 그날따라 선생님이 댁에 안 계셨습니다. 선생님이 계셨더라면 무슨 말씀을 어떻게 드려야 할지 몸 둘 바를 모르고 쩔쩔 맸을 텐데 아휴, 도리어 잘

된 일이라 생각하고는 안도감 속에 의기양양하여 돌아섰죠. 그 이튿날이었습니다. 학교에 갔더니 미당 선생님께서 '자네 어제 우리 집에 왔었나?' 하시는 겁니다. 아, 선생님께서 나를 기억하시는구나. 그때부터 선생님 댁에 원고를 가지고 가서 첨삭 지도를 받을 수 있었습니다."

문효치 대학생은 그런 과정을 거치면서 시작詩作 수업을 쌓아 나갔다. 달리 말하자면 미당 서정주 선생과의 만남이야말로 차라리 천운이라고 말할 수 있었다. 미당은 자택을 방문한 문효치 제자에게 종종 술자리까지 마련해 놓고 대작對酌을 하는 가운데 자상하고 친절하게 시를 가르쳐 주었다. 그때 문효치 대학생은 미당 선생을 마음의 우상으로 섬기며 습작에 몰입했다. 이와 함께 그는 1965년 동대문학회를 창설, 회장으로 활동하는 등 뜨거운 열정을 불태웠다.

신춘문예 2관왕

그런 과정을 거쳐 문효치 대학생은 1966년 서울신문과 한국일보 신춘문예 시부문에 당선했다. 예나 지금이나 신춘문예 당선이란 하늘의 별 따기만큼이나 어렵다. 하지만 그는 한 군데도 아닌, 두 군데 신춘문예에 당선함으로써 일약 2관왕의 영예를 차지했다. 그는 이렇듯 두 군데 신춘문예를 석권함으로써 문단에 충격파를 던지며 화려하게 등단했다. 서울신문 당선작은 「바람 앞에서」였고, 한국일보 당선작은 「산색山色」이었다. 그 작품은 다음과 같다.

해 어스름, 구름 뜨는 언덕에
너를 기다리며 서겠노라.
잎 트는 山家, 옹달샘 퍼내가는 바람아.

알록달록 色실 내어
앞산 바위나 친친 감고
댓가지 풀잎에 피리 부는 바람아.

꿈꾸는 이파리의 아우성을
하늘에 대어 불어 놓고
보일 듯 말 듯 그림 그리어
강물에 풀어가는 色바람아.

감기어라 바람아, 끝의 한 오라기까지도 와
기다리며 굳은 모가지에 휘감겨
네 부는 가락에 핏자죽을 쏟아 놓아라.

허물리는 살빛을 山바람아 감고 돌아
네 빛 中 진한 빛의
뜨는 달의 눈물을 그려 봐라.
너를 기다려 어두움에 서겠노라.
어디선가 맴도는 色바람의 울음아.

-「바람 앞에서」 전문全文

당신의 입김이
이렇게 흘러내리는 山허리는
山빛이 있어서 좋다.

당신의 유방 언저리로는
간밤 꿈을 解夢하는

조용한 아우성의 마을과

솔이랑 鶴이랑
陶瓷器 구워내다
새벽이슬 내리는 소리

五月을 보듬은 당신의 살결은
노을, 안개,
지금 당신은 山빛 마음이다.

언제 내가 엄마를 잃고
破婚당한 마음을
山빛에 묻으면

靑瓷 밑에 고여 있는
가야금 소리.

山빛은 하늘에 떠
돌고 돌다가
산꽃에 스며 잠을 이룬다.
- 「산색山色」 전문全文

　　이 두 편의 작품이 서울신문과 한국일보 1월 1일자에 큼지막하게
발표되었을 때 문단뿐만 아니라 전국의 문학 지망생들이 깜짝 놀랐
다. 한 사람이 두 신문의 신춘문예에 당선한 것도 놀라운 일이었지
만, 작품 자체가 타의 추종을 불허할 만큼 출중했기 때문이었다. 문
시인은 그런 영광의 면류관을 쓰고 그 해 동국대학교 국문학과를 졸
업했다.

백제를 찾아서

한편, 문효치 시인은 대학 2학년 때 ROTC에 입단, 2년 동안 야영 훈련과 군사교육을 받았다. 장교 임관시험에 상위권으로 합격했고, 앨범에 사진도 올린 데다 기념반지까지 만들어 손가락에 꼈다. 하지만 그는 끝내 장교로 임관하지 못했다. 부친의 이름이 월북자 명단에 올라가 있었기 때문이었다.

- 당초 그걸 모르고 ROTC에 응시했습니까.

"전혀 몰랐습니다. 아버지의 생사를 알지 못하는 가운데 홀어머니께서 우리 형제들을 가르치느라 고생을 참 많이 하셨죠. 사정이 그러한지라 이왕 군대생활을 할 바에는 월급 받는 장교로 가는 게 좋겠다고 생각했던 겁니다. 아버지 문제가 불거져 임관에서 탈락할 줄은 꿈에도 생각하지 못했습니다. 저는 하사 계급장을 달고 동기생들이 소대장으로 있는 전방부대의 분대장으로 배치되어 굴욕적인 군대생활을 했습니다. 그뿐이 아닙니다. 제대하는 날까지 계속 군 수사기관의 감시를 받았습니다. 여담입니다만, 엎친 데 덮친 격으로 제대 말년에 김신조 사건이 터져 당초 예정대로 제대하지 못하고 약 6개월 간 군대생활을 더 했습니다."

- 제대 후에도 계속 공안당국의 감시를 받은 것으로 알고 있습니다만…….

"그렇습니다. 제대 후 1968년 군산동중·고등학교에 2학기부터 근무하다가 1970년 서울 배재중학교로 직장을 옮겼죠. 군 수사기관의 조사와 감시는 끈질기게 따라붙었습니다. 그런 억압 속에 급기야 쓰러지고 말았습니다. 한창 젊은 나이에 체중이 34킬로그램까지 떨어졌으니 그야말로 피골皮骨이 상접했던 겁니다. 소화불량, 불면증, 부정맥 등이 복합적으로 얽힌 화병火病이었습니다. 무엇보다도 피로감을 감당할 수가 없었습니다. 아무것도 하지 않는데도 무조건 피로감이 쏟아져 몸을 가누기조차 힘들었습니다. 죽음에 대한 공포가 극심했죠. 병원에 가서 이것저것 별별 검사를 다 받았지만 병명이 나오질 않는 겁니다. 한약방, 한의원까지 찾아다녔지만 아무 소용이 없었어요. 방학 때 이름 있는 약수터에 가서 약수를 마시며 요양을 해도 별로 나아지지 않았습니다. 아무튼 수사기관의 조사와 감시로 인한 고통은 이루 말할 수가 없었습니다."

- 시인으로서 백제와 관련해 독보적인 위치를 굳히셨는데 언제부터 백제에 관심을 집중하기 시작하셨습니까.

"내가 죽음에 대한 공포로 시달리고 있던 1971년 충남 공주에서 무령왕릉武寧王陵이 발견되고 서울에서 그 유물 전시가 열렸습니다. 사실은 무령왕도 죽음의식이 특별했던 인물입니다. 그는 선대의 여러 왕들이 죽고 죽이는 비극적 사건들을 잘 알고 있었죠. 따라서 그는 나름대로 죽음에 대한 경험, 죽음에 대한 철학이 있었던 사람입니다. 앞에서 말했다시피 나는 화병이 깊어 삶과 죽음의 갈림길을 헤매고 있었죠. 그런 정황이 맞물려 무령왕이 내게는 친근하게 다가왔습니다. 똑같은 경험은 아니지만 죽음의 문제를 가지고 고뇌하고 절망했던 경험이 있으니까요. 역대 많은 임금 중에서도 특히 무령왕에게 동정심과 친근감이 생긴 것은 그의 죽음과 깊은 관련이 있다는 것이죠. 무령왕 유물 전시를 관람할 때 목관木棺이 아주 강력한 인상으로 다가왔습니다. 죽음에 대한 두려움과 공포에 시달리고 있던 나에는 그게 저승과 이승을 오가는 나룻배로 인식되더군요. 그 배를 보면서 '이제 내가 죽겠구나. 저 배가 나를 데리러 왔구나.' 그런 비감어린 생각이 들었습니다. 그런 감상으로 「무령왕의 목관」을 썼고, 그후 무령왕 연작을 쓰기 시작했죠."

> 그렇지. 님을 실어 저승으로 저어 가던 한 척의 배가 세월의 골 깊은 앙금에 익어 지금 여기에 머무르다 이별을 서러워하던 혈육의 눈물이 아직도 마르지 않은 채 쉬임없이 들려오는 창생의 울음소리 짭짜름한 저승의 바람 냄새가 잡혀와, 그렇지 우리가 또 빈손으로 타고서 어스름한 바다를 가르며 저어 가야 될 한 척의 배가 여기에 왔지.
> — 「무령왕의 목관」 전문全文

아무튼 문 시인은 무령왕릉 유물 전시 관람을 통해 죽은 자들의 숨결을 느끼면서 충격적인 감동을 받고 이를 소재로 죽음과 삶을 결부시킨 작품을 쓰기 시작했다. 이와 함께 그는 무령왕 시리즈에서 더욱 지평을 넓혀 부여, 익산, 화순, 일본의 나라(奈良), 교토(京都), 규슈(九州) 등지를 탐방하며 백제를 집중적으로 천착했다. 그리하여 그는 마침내 백제를 주제로 한 시집을 줄기차게 쏟아내는 가운데 저 찬란했던 백제를 부활시키며 우리 시단에서 독보적인 위치를 굳혔다.

문단의 중심에 우뚝 서다

문 시인은 1998년 배재중학교 근무 28년 만에 명예퇴직하면서 새로운 전환점으로 들어섰다. 오랜 병마를 떨치고 건강도 되찾았다. 이를 계기로 그는 서울문예원 시창작교실, 강남문화원, MBC문화센터, 시예술아카데미, 고려대평생교육원 등에서 본격적인 시창작 강의를 시작했다. 어디를 가나 그의 강의는 큰 인기를 끌었고, 그의 강의실에는 수강생들이 꼬리를 물고 이어졌다. 그 이듬해부터는 동국대, 동문화예술대학원, 대전대, 동덕여대, 추계예술대, 장안대에 출강했고, 주성대 겸임교수로 임용되었다.

그런가 하면 2001년 한국문인협회 임원선거에서 시분과회장으로 당선되었고, 국제펜클럽한국본부 심의위원장에 피선되어 문단활동에도 적극적으로 뛰어들었다. 특히 2005년에는 국제펜클럽한국본부 제32대 이사장 선거에 출마하여 압도적으로 당선하였고, 세계 여러 나라의 펜클럽 행사에 한국 대표단장으로 참가하는 등 활동 무대를 지구촌 곳곳으로 넓혀 나갔다. 이 과정에서 여러 외국 문인들과의 교류는 물론 중국 천진사범대학교와 종산대학교 객좌교수로 초빙되기도 했다.

그는 또 2007년 계간 문학지『미네르바』발행인 겸 주간으로 취임하여 문학지 경영에서도 놀라운 수완을 과시했다. 『미네르바』가 창설한 작품상과 질매재문학상은 누구나가 받고 싶어 하는 문학상으로 널리 알려져 있다.

문 시인은 급기야 날개를 달고 비상했다. 사실인즉 괴물 같은 연좌제만 아니었다면 그는 더 큰일을 하고도 남을 재목이었다. 하지만 부친의 월북으로 인한 연좌제가 언제나 그의 발목을 잡아왔다. 그러다가 동서 냉전체제가 무너지고 연좌제가 퇴색하면서 문 시인도 서서히 기지개를 켤 수 있었던 것이다. 그는 2012년 고희古稀를 맞아 『문효치 시전집』을 출간하면서 머리말에 이렇게 적었다.

> 터널은 길었다. 터널 속을 가다 보면 예측할 수 없는 일들이 앞을 가로막곤 했다.
>
> 나의 소년 시절은 한국전쟁의 가운데에 있었다. 1·4후퇴 때에는 기차의 지붕 위에 올라 피란을 했다. 아침에 영등포역에서 출발한 기차는 한밤중에야 겨우 대전역에 도착했다.
>
> 그 도중에 여러 개의 터널을 만났다. 터널을 지날 때마다 이불을 뒤집어쓰고 무사히 빠져 나가기를 빌었다. 추위와 배고픔과 졸음이 오히려 전쟁의 공포를 덮었다. 터널 속은 전쟁 중에 손상을 입어 온전치 못했다. 기차는 무서운 연기를 뿜어내며 가다가 서고 또 가다가 서곤 하면서 헉헉거렸다. 거기서 졸다가 떨어진다거나 두려움에 성급하게 뛰어내린다면 석탄을 태우면서 가는 기차의 연기를 마시고 죽게 된다. 기차의 거북이걸음 탓에 터널들은 모두 길었다.
>
> 뒤돌아보면 내 삶은 험난한 터널 속이었다. 때로는 연기로 가득차기도 했고, 때로는 큰 바윗돌이 굴러 떨어져 가로막기도 했고, 어떤 때는 폭우로 물이 들기도 했다. 그것들을 돌파하면서 70년을 걸어왔다. 여기 이 시들과 함께.

문 시인은 2015년 한국문인협회 제26대 임원 선거에 출마, 압도적인 대승을 거두고 2월 13일 제26대 이사장으로 취임했다. 이로써 그는 국제펜클럽한국본부 이사장에 이어 한국문인협회 이사장에 이르기까지 한국을 대표하는 두 문학단체의 대표를 맡은 최초의 인물로 떠올랐다. 이는 전무후무한, 과거에도 없었고 앞으로도 있을 수 없는 진기록이라 하겠다.

세월이 흘러 문 시인이 문단에 나온 지도 어언 반세기가 지났다. 오늘 여기까지 오는 동안 그는 주옥 같은 시집과 산문집 등을 간행했다. 이는 문 시인 거둔 개인의 수확일 뿐만 아니라, 더 나아가 한국문학의 발전에 기여한 큰 성과라 하겠다. 그는 이처럼 왕성한 창작 활동을 통하여 권위 있는 여러 문학상을 휩쓸었고, 다른 한편으로는 국내 중요 문학상의 심사위원장 또는 심사위원으로 활약해 왔다. 어디 그뿐인가. 전국 각지에 그의 문학을 기리는 시비詩碑까지 속속 건립되었다. 지금까지 문 시인이 간행한 저서 목록, 문학상 수상 내역과 문학상 심사 관련 경력, 시비 건립 현황을 살펴보면 다음과 같다.

작품집

[시집]

『겨울 연주』(공저, 1970) 제1시집『연기 속에 서서』(1976) 제2시집『무령왕의 나무새』(1983) 제3시집『백제의 달은 강물에 내려 출렁거리고』(1988) 제4시집『백제 가는 길』(1991) 제5시집『바다의 문』(1993) 제6시집『선유도를 바라보며』(1997) 제7시집『남내리 엽서』(2001) 『사랑은 칼라로 유혹한다』(공저, 2001)『희미한 꼬리 달린 내 사랑』(공저, 2001)『문 밖에 사랑이』(공저, 2003)『사랑은 슬픈 귀를 달았다』(공저, 2004)『참으로 슬프게 붉어지면』(공저, 2005)『주목나무에 주목하다』(공저, 2007) 제8시집『계백의 칼』(2008) 제9시집『왕인의 수염』(2010) 제10시집『칠지도』(2011) 제11시집『별박이자나방』(2013)

[시선집·전집]

『동백꽃 속으로 보이네』(2004)『백제시집』(2004)『사랑이여 어디든 가서』(2011)『문효치 시전집』(2012)『저기 고향이 보이네』(2012)『낙타의 초상』(2014)

[산문집]

『김현승 연구』(1997)『시가 있는 길』(1999)『문효치 시인의 기행시첩』(2002)『꿈을 쫓는 로맨티스트』(편저, 2004))

수상

제16회 시문학상(1991) 제7회 동국문학상(1993) 제16회 평화문학상(2001) 제3회 시예술상(2001) 제17회 한국펜문학상(2001) 제6회 천상병시문학상(2008) 대한민국 옥관문화훈장(2009) 제5회 김삿갓문학상(2010) 제23회 정지용문학상(2011) 제1회 익재문학상(2014) 제6회 정과정문학상(2014) 제49회 한국시협상(2017)

문학상운영위원 및 심사위원

김삿갓문학상 운영위원장, 질마재문학상 운영위원장, 미네르바작품상 운영위원장, 이설주문학상 운영위원장, 시예술아카데미상 운영위원장, 한국문학상 운영위원장, 한국PEN문학상 운영위원장, 박종화문학상 운영위원장, 한국문협서울시문학상 운영위원장, 질마재문학상 심사위원장, 김삿갓문학상 심사위원장, 미네르바작품상 심사위원장, 시예술아카데미상 심사위원장, 목월문학상 심사위원장, 김만중문학상 심사위원, 한국시문학상 심사위원, 시예술상 심사위원, 익재문학상 심사위원, 서정주문학상 심사위원, 박종화문학상 심사위원, 조연현문학상 심사위원, 한국문학상 심사위원, 한국문학인상 심사위원, 윤동주문학상 심사위원, PEN문학상 심사위원, PEN번역문학상 심사위원, 월간문학상 심사위원. 『미네르바』『문학과 창작』『한국작가』『문학예술』『문학세계』『문학선』『펜문학』『월간문학』, 농민신문, 전북일보 등 신인상 및 신춘문예 심사위원

문효치 시비 건립[※( )는 건립자]

충남 보령 개화예술공원(예술공원), 전남 해남 땅끝마을(해남군), 경남 산청·함양 양민 희생자 추모공원(추모공원), 전북 군산시 옥산면(시비건립추진위원회), 강원도 영월군 김삿갓문학관 경내(영월군)

보라. 어느덧 고희를 지나 인생의 오후에 들어선 문효치 시인은 문단 생활 반세기를 넘기며 집안의 몰락, 부친의 월북, 연좌제 등 파란만장한 현대사의 질곡 위에 찬란한 기념비를 세웠다. 그렇다. 그는 아픔과 쓰라림으로 점철된 운명의 한복판을 관통하는 가운데 어둠을 빛으로, 병마를 건강으로, 슬픔을 기쁨으로, 불운을 행운으로, 절망을 희망으로 장쾌한 역전의 드라마를 연출하면서 한국 문단의 '큰 바위 얼굴'로 우뚝 섰다. 이 같은 쾌거야말로 문학을 통한 인간 승리의

장편 서사시敍事詩이자 영광의 금자탑金字塔이 아니고 무엇인가.

『문학저널』 2017년 3월호

소설가 이광복李光馥 연보

약력

1951년 음력 4월 30일(양력 6월 4일) 충남忠南 부여군扶餘郡 석성면石城面 증산리甑山里 원증산元甑山 마을에서 부친 이진구李辰求, 一名 喜成 님과 모친 윤대순尹大順 님의 4남 3녀 중 장남으로 출생. 본관은 한산韓山. 누님 두 분과 동생 넷이 있음.

1953년 종가宗家의 후사後嗣로 백부 이창구李昌求 님과 백모 강만순姜萬順 님에게 입양入養되어 같은 마을에서 자람. 성장기에는 이 같은 사실을 모르다가 나중에야 알았음.

1964년 석양초등학교 졸업(제7회)

1967년 논산대건중학교 졸업(제17회)

1969년 서라벌예술대학 전국 고등학생 문예작품 현상모집 희곡부
　　　　문 가작 1석 입선

1970년 논산대건고등학교 졸업(제19회)

1972년 노동청(현 고용노동부) 공보담당관실 근무

1973년 문화공보부 문예창작 현상모집 장막희곡 입선

1974년 극작워크숍 제2기 동인

1974년 동아일보사『신동아新東亞』논픽션 현상모집 당선

1975년 한국문인협회『월간문학月刊文學』편집부 기자

1976년『현대문학現代文學』9월호 소설 초회추천初回推薦

1977년『현대문학』1월호 소설 완료추천完了推薦

1979년『월간독서月刊讀書』장편소설 현상모집 당선

1983년 독립기념관건립추진위원회 전문위원

1989년 한국소설가협회 사무차장

1991년 한국소설가협회 사무국장

1992년 한국문인협회 이사(제19대, 이후 제20대~제26대 연임)

1993년 한국소설가협회 운영위원

1994년 한국소설가협회 『한국소설韓國小說』 편집위원

1995년 한국소설가협회 감사

1995년 국제PEN한국본부 이사(제28대, 이후 제29대~제34대 연임)

1995년 중경공업전문대학(현 우송대학교) 문예창작과 강사

1996년 '문학의 해' 조직위원회 행사분과 위원

1997년 해군사관학교 제52기 순항훈련 참관

1999년 한국소설가협회 중앙위원

2000년 김동리·박목월문학관 건립추진위원회 발기위원

2001년 국제PEN한국본부 문화정책위원장 겸 사무처장

2001년 한국소설가협회 이사

2001년 문학의집 서울 창립 회원

2003년 대한민국 명예해군(제7호, 현)

2005년 한국문인협회 편집국장(사무처장 대우)

2007년 한국문인협회 소설분과회장(제24대)

2007년 월간 『문학저널』 주간(현)

2009년 재경부여군민회 자문위원(현)

2010년 한국소설가협회 부이사장

2011년 한국문인협회 부이사장(제25대) 겸 상임이사

2011년 『월간문학』 주간(현)

2011년 『계절문학』(2015년 가을호부터 『한국문학인』으로 제호 변경) 주간(현)

2011년 안수길전집간행위원회 편집위원

2011년 (재)나누리장학재단 창립 이사

2012년 서울남부지방검찰청 시민위원(제4기)

2013년 한국문인협회 평생교육원 소설창작과 교수(현)

2013년 서울남부지방검찰청 시민위원(제5기)

2015년 한국문인협회 부이사장(재선, 제26대) 겸 상임이사(현)

2015년 문학신문文學新聞 고문(현)

2016년 한국소설가협회 부이사장(재선, 현)

2016년 한국문학진흥 및 국립한국문학관건립공동준비위원회 위원장(현)

2017년 문화체육관광부 문학진흥정책위원회 위원(현)

2017년 국립국어원 말다듬기위원회 위원(현)

2017년 국제PEN한국본부 자문위원(현)

2017년 사비신문 고문(현)

작품 활동

1978년 장편소설 『풍랑의 도시』(고려원) 간행

1979년 장편소설 『목신牧神의 마을』(월간독서 출판부) 간행

1979년 장편소설 『목신의 마을』이 KBS-R 연속극으로 제작 방송됨

1980년 제1창작집 『화려한 밀실』(도서출판 금박) 간행

1980년 제2창작집 『사육제謝肉祭』(도서출판 열쇠) 간행

1980년 장편소설 『폭설』(신현실사) 간행

1980년 제1콩트집 『풍선 속의 여자』(육문사) 간행

1986년 제3창작집 『겨울여행』(문예출판사) 간행

1986년 전래동화 『에밀레종』(일신각) 간행

1988년 중편소설집 『사육제』(고려원) 간행

1989년 장편소설 『열망』(문예출판사) 간행

1990년 장편소설 『술래잡기』(문이당) 간행

1991년 장편소설 『목신의 마을』(문성출판사) 재간행

1991년 장편소설 『폭설』(민문고) 재간행

1991년 제2콩트집 『슈퍼맨』(예원문화사) 간행

1992년 단편 「절벽」이 KBS-TV 미니시리즈로 극화 방영됨

1993년 장편소설 『겨울무지개』(우석출판사) 간행

1994년 장편소설 『바람잡기』(남송문화사) 간행

1995년 장편소설 『송주임』(자유문학사) 간행

1995년 장편소설 『이혼시대(전3권)』(자유문학사) 간행

1995년 광복 50년 기록영화 『시련과 영광』(120분. 국립영화제작
　　　소) 대본 집필. 세종문화회관 상영, KBS-TV 방영

1996년 남미 이민 기록영화 『꼬레야 꼬레야니』 대본 집필. K-TV
　　　방영

1997년 장편소설 『삼국지(전8권)』(대교출판사) 간행

1998년 항해일지 『태평양을 마당처럼』(도서출판 지혜네) 간행

1998년 정부수립 50년 기록영화 『아, 대한민국』(120분. 국립영상

제작소) 대본 집필. 세종문화회관 상영, KBS-TV 방영

1999년 장편소설『한 권으로 읽는 삼국지』(대교출판사) 간행

2000년 장편소설『안개의 집』(이노블타운) 발표

2001년 제4창작집『먼 길』(행림출판사) 간행

2001년 장편소설『사랑과 운명』(행림출판사) 간행

2002년 시베리아 횡단철도 기록영화『한러친선특급』대본 집필.
　　 K-TV 방영

2003년 시사평론집『세계는 없다』(도서출판 연인) 간행

2004년 장편소설『불멸의 혼』(조이에듀넷) 간행

2005년 정인호 애국지사 전기『끝나지 않은 항일투쟁』(도서출판
　　 신원기획) 간행

2007년 소설선집『동행』(청어출판사) 간행

2010년 교양서적『금강경에서 배우는 성공비결 108가지』(청어출
　　 판사) 간행

2011년 교양서적『천수경에서 배우는 성공비결 108가지』(청어출
　　 판사) 간행

2012년 장편소설『구름잡기』(새미출판사) 간행

2013년 장편소설『안개의 계절』(뒤뜰출판사) 간행

2016년 장편소설『황금의 후예』(청어출판사) 간행

2017년 교양서적『문학과 행복』(도화출판사) 간행

상훈
1987년 대통령표창 수상

1990년 제7회 동포東圃문학상 수상

1992년 제2회 시詩와시론詩論문학상 수상

1994년 제20회 한국소설문학상 수상

1995년 제14회 조연현문학상 수상

1995년 대통령표창 수상

2005년 제1회 『문학저널』 창작문학상 수상

2005년 제19회 한국예총 예술문화상 공로상(문인부문) 수상

2007년 노동부장관 표창 수상

2012년 제28회 PEN문학상 수상

2014년 제14회 들소리문학상 수상

2014년 부여 100년을 빛낸 인물(문화예술부문) 수상

2016년 제30회 한국예총 예술문화대상(문인부문) 수상

2016년 제3회 익재益齋문학상 수상

문학과 행복

탐방-빛나는 문인들의 인생론

초판 1쇄인쇄 2017년 7월 19일
초판 1쇄발행 2017년 7월 21일

저 자 이광복
발행인 박지연
발행처 도서출판 도화
등 록 2013년 11월 19일 제2013−000124호

주 소 서울시 송파구 중대로34길 9−3
전 화 02) 3012−1030
팩 스 02) 3012−1031
전자우편 dohwa1030@daum.net
인 쇄 (주)현문

ISBN | 979−11−86644−33−1 *03810
정가 15,000원

도화道化, fool는

고정적인 질서에 대한 익살맞은 비판자,
고정화된 사고의 틀을 해체한다는 뜻입니다.